モテたかったが、こうじゃない

魔力ゼロになったおれは、あらゆるスパダリを魅了する
愛され体質になってしまった

CHARACTERS
カール
国内の魔導士のトップに
位置する王宮魔導士長。
知的好奇心が強い策略家。
レイヴァン
とある事情であまり
表に出ていない第三王子。
独占欲が少々強めな超絶美形。
マシロ
魔力を増やすために田舎から
王都へやってきた元気で素直な青年。
しかしレイヴァンの魔力暴走に
巻き込まれ、魔力を失ってしまう。

グランツ
王宮騎士団の団長。男前で渋い見た目とは裏腹に、恋愛に初心すぎる恋愛童貞。
アイリーン
第一王子の婚約者。ふわふわな見た目で愛嬌があるが、その本性はどうやら——
アレクセイ
自信たっぷりで陽キャな第二王子。レイヴァンの双子の兄。

目次

モテたかったが、こうじゃない
魔力ゼロになったおれは、あらゆるスパダリを魅了する愛され体質になってしまった　7

番外編①　双子王子と魅惑のお風呂　327

番外編②　大人の嫉妬は底がない　341

モテたかったが、こうじゃない

魔力ゼロになったおれは、あらゆるスパダリを魅了する愛され体質になってしまった

プロローグ

――モテたい。


これは男子に生まれた者ならば、必ず一度は思うことじゃないだろうか。

一般的にモテる要素をあげるなら、容姿に身長、性格や能力、それに地位や金。

このモテステータスほぼすべてに関わってくる数値がこの世界にはある。

それが『魔力の量』だ。

男は魔力が多いほど優秀で、容姿にも恵まれ、より高い地位に就くことができる。

逆に女性は少ないほど魅力を放ち、男を引きつける。そして男から注がれた魔力の量に応じて、優秀な子どもを産む。

これら男女が互いに惹かれ合い、自然に求め合うのは、優秀な子孫を残したいという生き物の本能に他ならない。これは奇跡や努力で覆せない絶対的な法則で、世界の真理だ。

魔力は生命力と同義。男は多ければ多いほど、生き物として上位の存在になる。

ゆえに、女性にモテる。

その代表的な存在が、王族や貴族だ。

王族や貴族というのは親が優秀な男女であることが多く、当然生まれてくる子どもも優秀なことがほとんどだ。つまり男女ともに、生まれながらにしてエリートになることが決まっている、いわば人生の勝ち組だ。

魔力は主に五つの属性が存在し、保有している属性によって、だいたいの髪色と瞳の色が決まっている。とくに瞳は固定されていて、光は橙《だいだい》、火は赤、水は青、風は緑、土は茶色になる。

髪色は親同士の属性が混じり合って出ることもあるけど、それでも自分の属性と大きく外れることは珍しく、あまりない。

しかし王族は特殊で、生まれた男子は、母親がどの属性だったとしても光属性で生まれてくる。金髪に橙《だいだい》色の瞳。これは王族のみが持つ、いわば証のようなものだ。

だが例外もある。それは双子が生まれたときにだけ起こる、何百年に一度あるかないかのレアケース。

闇属性。この世にたった一人だけの貴重な属性。それが、現国王様と王妃様の間に生まれた双子王子の弟、第三王子だ。

闇属性の特徴は、艶《つや》やかな漆黒の髪を持ち、どこまでも深い紫色の瞳をしているという。

保有している魔力量が化け物級に多く、容姿も人間とは思えないほど美しいらしく、目が合っただけで女性が失神する、なんて噂があるほどだ。

そこまでいくともはや魔物の域だと思うんだけど、この第三王子、実はあまり人前に出てこない。

なんでも極度の人見知りで、部屋に籠《こも》って本ばかり読んでいるそうだ。もったいない話である。

逆に双子の兄である第二王子はとても社交的で、式典など人前に出る行事には必ず参加しているようだ。容姿は王族らしく金髪に橙《だいだい》色の瞳、父親である現国王様に生き写しと言われるほど似ていて、とてもハンサムらしい。おまけに愛想もいいらしく、笑顔が素敵と村中の女性たちが夢中になって話していた。

第一王子の王太子殿下もすごい人気だけど、この人にはもう婚約者がいるため、今はあまり女性に騒がれることはない。でも婚約発表当時は、それはそれはすごくて、あらゆる年代の女性たちがショックで生きる屍になったほどだ。

しかしそれも、婚約者のお披露目を機に収まることになる。

美しいエメラルドグリーンの瞳と、風属性では珍しい腰まであるピンクブラウンの髪。小さくて華奢な身体にふんわりとした緑のドレスで着飾った姿は、まさに天使そのもの。

教会出身のお嬢様で、おれの心のアイドル、アイリーン様。

あれだけ阿鼻叫喚だった女性たちが、アイリーン様の美貌と立ち振る舞いに圧倒され、潔く負けを認めるほどの美少女なのだ。

婚約発表の号外に載った、お二人が並んで微笑んでいる写し絵の美しいこと。おれは見た瞬間、アイリーン様のあまりの可愛さにのけぞった。

写し絵であの破壊力、何かの奇跡でもし目の前に現れでもしたら、きっと緊張と興奮でどっかの血管が切れてしまうかもしれない。それくらい可愛いんだ、本当に。

そんな可愛い嫁さんを貰える王族は、間違いなく人生の勝者だろう。

ちなみに、王宮に勤める人たちもまた、大半は貴族か魔力が多い一般市民だ。

――改めて言おう、この世の優劣は魔力の量で決まる。

女性の平均魔力量は一〇〇〇、男は二〇〇〇以上が多い中、かくいうおれの数値はというと、現時点で一八六〇。つまり平均以下。死活問題である。

ここまでの説明で察しがついていると思うけど、おれ――マシロは、負け組側の人間だ。

ほんの少し平均値に足りてないくらいで大げさな、と思うかもしれないが、このちょっとの差が残酷なほど現実に響いてくる。

おれの住むペペル村は、王都からかなり離れたところにある田舎《いなか》の村で人口も少ない。比率も年寄りや子どもが半分を占めている。逆に独身の大人はほとんどいなかった。

大人というのは、基礎魔力が確定した者のことを指す。

魔力は十八歳の誕生日の正午に確定し、このときの数値がその人の基礎魔力になる。

それまではわりと不安定で、常に増えたり減ったりしているわけだけど、だからといって急激な変化があるわけじゃない。だいたいの人が、確定する前に自分の基礎魔力を予測できるくらいの変化だ。

基礎魔力は魔法を使えば当然減るし、なんなら生きてるだけで減る。生命力と一緒だから減れば疲れるし、身体が弱って病気になることもある。まあ減った分は寝たりアイテムを使ったりすれば回復するんだけど。体内の魔力があまりに減りすぎると気絶、最悪の場合死ぬらしいから、魔力の消費量は本当に気をつけないといけない。

だから普段魔法を使うのは基本男だけ。女性も使えなくはないけど、大抵の人は基礎魔力が少ないので使わない。とくに魔力の消費が多い魔法は命に関わるから、男が積極的に仕事をして、女性がそれをサポートするのが一般的な夫婦の在り方になっている。

話をもとに戻そう。つまり何が言いたいかというと、村には独身の男女が少ないってこと。少ないとどうなると思う？

そう、争奪戦だ。

そこで重要になってくるのが『魔力の量』なわけなんだけど、もうすごいんだから。清々しいほどあからさまに女性の態度が違う。

おれはほぼ平均値の魔力量に見合った、可もなく不可もない容姿で、世界で一番人口の多い土属性の、ごく一般的などこにでもいる村人だ。土属性にありがちな茶髪に茶目。凹凸《おうとつ》の少ないパッとしない顔。強《し》いて特徴をあげるとしたら、若干大きい釣り目なところくらい。

その一目で魔力も平均値なんだとわかるザ・平凡な容姿は、女性からの受けがすこぶる悪いのだ。身長も百六十五センチと男にしては少し小さく、やや頼りなくというか、子どもっぽく見られがちで、相手にすらされないことが多い。

それもこれも原因は、おれの魔力量が平均より少ないからに違いなかった。

おれだって魔力に頼らずなんとかできないかと、それなりに努力はしたさ。

畑仕事が多い村では、男らしさが評価のプラスになる。だから身長を伸ばすために牛乳をたくさん飲んだし、肉も食べた。筋トレだって頑張った。

しかし無情にも身長は伸びることなく止まり、筋トレもめぼしい成果を出すことができなかった。

でもせっかく頑張ったのだからと自分を奮い立たせ、何人かの女性に手あたり次第に告白したが、こちらも惨敗。しかも友達だったら考える、とはっきり断られる始末だった。

最後に告白したときなんて、おれを振った直後の女性が、たまたま通りかかった村一番の魔力量を持つ近所の兄ちゃんを見つけた途端、そのまま兄ちゃんを追いかけて行ってしまったぐらいだ。

おれのことなんか眼中にないと、思い知らされた瞬間だった。

あっという間に小さくなっていく背中を眺めながら、おれはこの世の理《ことわり》には逆らえないのだと悟り、ちょっと泣いた。

それからすっかり腑抜けてしまったおれは、身体を鍛えることをやめ、ぼんやりと運命を受け入れる日々を過ごしていた。

そんなある日の夜。いつものように酔っぱらって上機嫌にしている父さんが、とんでもないことを言い出したのだ。

なんでも、父さんも昔魔力が少ないことで悩んでいて、やけくそで魔力値の確定する数分前に魔力を回復するマジックアイテム、エリクサーを飲んだらしい。するとそれにより、魔力が確定する前に増えたというのだ。

そんなまさか、胡散臭い話ではある。でもおれに希望を持たせるには十分な情報だった。

いつもと違って前のめりになって聞くおれの様子に、父さんはますます上機嫌になり、さらに詳しく話し続けた。

まず飲むエリクサーはなるべく上等なものにすること。父さんは王都にある一番大きなアイテムショップで買ったらしい。

そして、飲むのは昼の十二時になる五分前。エリクサーの効果が出るまでに少し時間がかかるからだそうだ。

それさえ守れば、あら不思議。最大魔力値が増えますよ、とのことだった。

――まさに裏技だ。

モテることを諦めていたおれにとっての救世主が、まさか家の中にいたなんて。

母さんは子ども相手に嘘をつくなと、父さんのお酒を取り上げていたが、興奮しきったおれの耳には入らない。頭の中はもう、この裏技を試す計画でいっぱいだった。

だって、やっぱりモテたい。

少しでいいから女の子にチヤホヤされたい！

どれほど効果が出るのかわからないが、とりあえず平均値の二〇〇〇は超えたい。

平均値さえ超えれば、少なくともお友達枠からは脱出できるはず。

待ってろよ村の女の子たち！　生まれ変わったおれに、黄色い声を上げるがいいっ！

そんな野望を胸に、おれは一番いいエリクサーを買うため、その日からせっせとお金を貯めはじめた。

朝から晩まで家の仕事を手伝い、仕事がない日は村の老人たちの手伝いをして小遣いを貰った。

おかげで年寄りからは孫に欲しいと言われるほど人気者になってしまった。

おれがいきなり働き者になったことで、両親は驚き理由を聞いてきたが、父さんはともかく、実の母親に『女の子にモテる裏技を試すため』とはさすがに恥ずかしくて言えず、無難に王都に遊びに行きたいからと答えた。目的地は同じだし、嘘ではない。

すると、なぜか母さんはおおいに喜んだ。おれが一人で遠出したいと言い出したことがよほど嬉しかったらしく、成長したと褒めてくれた。動機が不純だと自覚があるから、気まずい。

想像以上に喜ぶ母さんに耐えられず視線をそらすと、ずっと母さんの隣で黙って立っている父さんと目が合う。その瞬間、ニヤリと笑われた。たぶん父さんにはバレている。

「いいんじゃないか？　お前は素直で物分かりがいいわりに、いかんせん視野が狭いからな。王都に行って少し揉まれてこい」

こうして両親から応援されながら頑張った約半年。おれは着実に王都へ行くための準備を整えた。

そして迎えた出発の日。十八歳の誕生日まであと二日に迫った今日、おれは村を出た。

目的はもちろん、王都にある一番大きなアイテムショップで上等なエリクサーを買うことだ。

王都行きの馬車は、とても乗り心地がいいとは言えないくらいボロボロ。でも一人だけの車内で、窓から流れる景色を眺めるおれの胸は、そんなこと気にならないくらい高鳴っていた。

この半年で貯められるだけお金を貯めてきた。これだけあれば、一番いいエリクサーを買えるだろう。それなりに重くなった財布に自然と笑みがこぼれる。全財産をしまったカバンを大事に抱えなおし、おれは王都でする一世一代の大勝負に胸を躍らせた。

第一章

馬車に揺られること二日。

何事もなく予定通りに王都に到着した。運賃は前金で払っていたから、そのまま馬車を降りる。

降りてすぐ目に飛び込んできたのは、見上げるほど大きく立派な白い城門と、同じくらいの高さでひたすら遠くに続いている白い壁。終わりの見えない壁は、もしかして都市をぐるりと囲っているのだろうか。あまりの存在感に圧倒され、しばらくその場に立ち尽くす。

ここが、王都セントルース。この国の中心にある大都市だ。

はじめて来た王都を前に、緊張で喉が渇く。ついにここまで来た。

今日、馬車の中で十八歳の誕生日を迎えた。基礎魔力が確定するのは今日の正午。

それを過ぎたとき、おれの人生が決まってしまう。

張り付いた喉を潤すように唾を飲み込み、肩から下げた全財産の入ったカバンのベルトをギュッと握りしめ、王都に入るための手続きを待つ長い行列の最後尾に並んだ。

一歩、また一歩と列が進むにつれて、心臓の音がうるさくなっていく。

運よく三十分ほどで順番になり、手続きを済ませて門を潜ると、今度は目の前に広がる街の賑わいに衝撃を受ける。目に入るもの、耳に入るもの、肌で感じるもの、そのどれもがはじめてで新鮮だった。

レンガで綺麗に整備された道には、びっしりといろんなお店が並んでいる。広い中央の通りは人であふれていて、まるでお祭りでもしているようだ。

ペペル村とは全然違う。まさに別世界。

村には立ち寄る旅人もほとんどおらず、会うのは顔見知りばかりだから、こんなに知らない人であふれている状況に少し戸惑ってしまう。

好奇心と不安でキョロキョロ周りを見ていると、あることに気がついた。

歩いている人みんな、身なりがいい。大人はもちろん、小さな子どもだって清潔感のある綺麗な服を着ていて、一目でおめかししているのがわかった。

ゆっくりと自分の服装を見下ろす。農作業用のズボンに長靴。上は一応普段着だけど、無地のシャツとカバン。土がついていないだけましだが、明らかに浮いている。

これでも自分が持っている中で、一番オシャレな服を選んだつもりだ。村をこの格好で歩いていたら、デートかお出かけかと思われるくらいにはオシャレ……なはず。

ダメだ、自信がなくなってきたぞ。そもそも、村基準で考えるのがダメなのか。

一度気になってしまうと、恥ずかしくて堪らない。

アイテムショップに行く前に服買おうかな……。ああでも、このお金はエリクサーを買うためのもの。いや、せめてズボンと靴だけでも……

「兄ちゃん大丈夫か？」

「ひゃいっ!?」

「うおっ、大声出すな！　びっくりするだろ……っ」

背後から急に話しかけられて飛び上がる。心臓が口から出るところだった……

ドドドッと激しく跳ねる心臓を両手で押さえ、ゆっくり振り向くと、驚いた表情の若い男が立っていた。若いといっても、おれより年上で二十代半ばくらいだろうか。

「な、何か……？」

なぜ声を掛けてきたのかわからない男に警戒する。

男はそんなおれの様子に一瞬眉を上げたが、すぐに愛想よく笑い、城門のほうを指さして、王都の案内所に勤めていると言った。なんでも王都は人の往来が激しいから、道案内や迷子の対応をしているのだとか。そう言われれば、門で列の誘導をしていた人たちと同じ格好をしている。

正体がわかって強張《こわば》っていた身体から力を抜くと、役人さんもにこりと笑った。

見方が変わったせいか、おれと同じ土属性の特徴がある容姿にも好感が持てる。

おれに声を掛けたのは、門のそばで田舎者《いなか》丸出しの若い男が、焦った表情でキョロキョロしていて、道に迷ったのだろうと思ったそうだ。

……田舎者《いなか》丸出し。その言葉にショックを受けるが、事実なので仕方がない。

なんとも遠慮のない物言いだけど、これだけ気軽に話しかけてもらったほうが、こっちも気負わずに話せる。おれみたいにはじめて王都に来た人が多いだろうから、あえて気さくに接してくれているんだろう。そう思うとまあ、ありがたい。

本当は服装のことで焦ってたんだけど、よくよく考えたら目的の一番大きなアイテムショップがどこにあるのか知らないことに気がついた。王都に行くことまでしか頭になかった自分の甘さに、冷や汗が出る。この人に声を掛けてもらえなかったら詰んでいたかもしれない。ここはありがたく厚意に甘えることにした。

目的地を伝えると、なんと一緒に来てくれるという。なんて親切なんだ。

色々と街の説明を聞きながら歩くこと十五分。役人さんが、やたら大きくて派手な建物の前で止まった。どうやら着いたらしい。

「ここに置いてあるアイテムは一級品ばかりだから、きっと満足いく買い物ができるよ。また困ったことがあったら近くにいる役人に頼ってくれ。この制服が目印だから。では、よい観光を」

軽く手をあげて、役人さんはもと来た道を戻っていった。なんかいいな、こういうの。

仕事だとしても、知らない人に親切にしてもらえるのって心が温かくなるというか、とにかく気分がいい。魔力や見た目も大事だけど、男は優しさだって大事だよな。おれも困っている人がいたら進んで声を掛けられる男になろう。

とはいえ、やっぱり魔力も大事。まずは目的のエリクサーを手に入れなければ。

おれは大きく深呼吸をし、気合十分にアイテムショップに一歩踏み込んで——すぐに出た。

そのまま邪魔にならないように道の端まで避難して、壁を向いて頭を抱える。

……いやだってさぁ。やたらデカい建物ってだけで入りづらいのに、店内もキラキラしてるし、出入りしてる人たちみんな金持ちそうっていうか、身分が高そうっていうか……

とにかく、おれの場違い感が半端ない。

さっきの役人さんのおかげで、多少気持ちに余裕が出たといっても微々たるものだ。人間そんなすぐには変わらない。おれにとってこの店はまだハードルが高すぎる。しかも一人。絶対無理だ、都会怖い。

でも、だからといって入らないとエリクサーは買えないし……。それだとせっかくここまで来たのも無駄になる。それだけは絶対に避けないと。

悩みに悩んで、カバンから時計を出して確認する。針は十時二十分を指していた。

魔力値が固定される十二時までは、まだ少しだけ余裕がある。ちょっと街中をぶらつけば、この賑やかさにも慣れるだろう。そうすれば店に入る勇気くらいは持てるかもしれない。

勢いで入って、勢いで買って、勢いで出てくればバッチリ解決。大丈夫、完璧だ。

そう自分に言い聞かせて、アイテムショップに背を向けた。

違うぞ、これは逃げじゃない。戦略的撤退だ。

念のため迷子にならないように、今いる通りを道沿いに歩くことにした。

広い道なのに、たくさんの人があふれていて歩くだけで大変だ。少し歩いただけで二回も肩がぶつかってしまい、おれは仕方なく通りを進むのを諦めて道の端に戻る。

お店とお店の間に、ちょうどよく嵌《は》まれそうな隙間を見つけて避難すると、壁に背中を預けるようにもたれ掛かって立ち、行きかう人の波をげんなりと眺めた。

なんで歩くだけなのに、こんなに難しいんだ。

ここまで連れてきてもらったときは、人が多いなと思ってもぶつかったりしなかったのに。もしかしたら、あの役人さんがうまく誘導してくれていたのかもしれない。何それ男前すぎないか。

もともと村とは違うとわかってはいたものの、あまりにも違うことが多くて驚くばかりだ。住めば都というけど、とてもじゃないがここで暮らせる気はしない。

早くも村に帰りたい気持ちになっているところに、どこからか優しい甘い香りが漂ってきた。

小麦粉と砂糖、バターの香り……これは、クッキーだ。

知っている匂いに、萎え気味だった気持ちがふっと浮上する。

何を隠そう、おれは甘いものが大好きだ。クッキーの匂いも、家でよく母さんが作ってくれていたからすぐにわかった。美味しそうな香りに誘われて、ふらふらと向かった先にあったのは、素朴なたたずまいの小さなお菓子屋。

丸みのある可愛い白い扉の隙間からは、クッキー以外にも甘くて美味しそうな匂いが漏れ出ている。ショーウィンドウに見える綺麗に並べられた知らないお菓子の数々に目を奪われた。

あの白くてふわふわしたのはなんだろう。あっちのタルトなんてあふれちゃいそうなほど苺がのってる。あっ、奥に並んでる丸いお菓子、同じ形なのに色が違う。味も全部違うのかな。

見ているだけで涎《よだれ》があふれてきた。ああ、全部食べてみたい。

いやでもダメだ、これを買うとエリクサーが買えなくなる。

それにこんなにも可愛いお菓子を、男一人で食べるのはさすがに恥ずかしい。

おれは誘惑を振り払うように、左右に頭を振った。しかし、この魅惑的な香りをなかったことにするのは、あまりにもったいない。

そうだ、デートで来るのはどうだろう。

魔力を増やして、モテモテになって、可愛い彼女ができた記念に二人でまたここに来る。奥に見えるあの丸くて白い二人掛けの小さなテーブルに向かい合わせで座って、はじめて食べる味の感想を言い合う。半分こしたり、あーんしてお互いに食べさせ合っちゃったり。

――いい、最高だ。絶対にしたい。

そうと決まれば、建物ごときにビビってる場合じゃない。未来でおれとお菓子屋デートしてくれる可愛い彼女のためにも、今すぐアイテムショップに戻らなくては！

やる気を取り戻し、鼻息も荒くもと来た道を引き返すために振り返った――そのとき、どこかで苦しそうに唸る声がかすかに聞こえた。

振り向いて辺りを見渡してみても、苦しそうにしている人は見当たらない。

聞き間違いかとも思ったが、もう一度耳をすませてみるとやっぱり聞こえる。雑音にかき消されてしまいそうなほど小さい、低く掠《かす》れた耐えるような声。

いったいどこから？　慌てて周りを見渡しても、やはり倒れてる人はどこにもいない。

ふとお菓子屋の脇に、細い路地があるのに気がついた。もしかして、あそこからじゃないだろうか。

あんなところで倒れていたら誰にも気づかれない。おれは急いで路地をのぞいた。

薄暗い路地の奥のほうに、黒い布で全身をすっぽりと覆い隠し、苦しそうに蹲《うずくま》っている人影が見えた。声や大きさからして、たぶん男だろう。

見つけた瞬間にドキッと心臓が跳ねる。人がいるのは想像していたのに、いざ実際に苦しんでいる姿を目の当たりにすると、足元がすっと冷えていく感じがした。

早く助けてあげたいのに、見慣れない光景にショックを受けているようで足がすくみ、その場に立ち尽くす。早く、早く、助けないと……

気持ちだけは一丁前なのに、足が震えて動けないでいた。

困っている人に進んで声を掛けられる男になるって、さっき誓ったばかりなのに。自分が情けなくて、本当に嫌になる。

男がまた苦しそうに呻《うめ》いた。

その声にハッとし、怖気づく足を叱咤しながら、おれはどうにか男に駆け寄る。

「だ、大丈夫ですか！」

男のそばにしゃがみ、とりあえず声を掛けるが返事はない。意識が朦朧《もうろう》としているのかも。思っていたよりも深刻そうな状況に血の気が引く。とにかく状態を確認するために、男を覆う黒いマントをめくった。

マントの下から現れたのは、見たことのない黒い髪。まるでカラスの羽のような艶《つや》やかで綺麗なその色に、状況も忘れて目を奪われる。

俯《うつむ》いていた男の頭がわずかに上がり、目が合った。

吸い込まれそうなほど深みのある澄んだ紫色の瞳に、間抜けな表情のおれが映っていた。あまりに神秘的な光景に時が止まった気さえする。

惚けて固まったおれと違って、男は驚きと焦りの表情を浮かべ、カッと目を見開いた。

「逃げろっ!!」

そして、おれを突き飛ばすように手を伸ばす。

——その瞬間。

「うぐぅ……っ!!」

大きな塊《かたまり》が腹にぶつかった。いや、正確には塊《かたまり》のようなもの、だ。

おれは衝撃のまま後ろへ吹っ飛び、地面に叩きつけられて仰向けに倒れる。背中を強く打ち付けたせいか起き上がることができない。それどころか指一本動かなかった。

身体が痛い、でもそれ以上に全身が鉛のように重かった。それに、なんだか寒い。

かひゅ……かひゅ……と口からか細い音が漏れ、これが自分から出ている音なのかと認識すると、さらに不安が増した。え、ヤバくないかこれ。おれ死ぬの?

何が起きたのかわからない。だんだん呼吸をするのも難しくなってきて、視界が霞《かす》む。耳鳴りも酷い。

うっすら見える狭い空に割り込んできたのは、焦った様子の綺麗な顔。さっきまで倒れていた男だ。

男が必死に何か言っているようだけど、耳鳴りが大きくて聞き取れない。それでも、おれを心配してくれているのは雰囲気でわかった。

さっきとはまるで正反対の状況だ。男の様子からしても、おれの状態はよくないんだろう。

上からのぞき込みながら、おれの頬を何度も叩く男をただ見つめる。ぼやける思考で、男が元気になったみたいで「よかった」と安堵した。もしかしたら声に出ていたかもしれないが、耳鳴りのせいで音になったかまではわからなかった。

すると、霞《かす》む視界でもハッキリ見える紫の目が大きく丸くなる。

綺麗だな……。こんな至近距離で見つめ合ってたら、うっかり恋がはじまってしまいそうだ。それほど神秘的な色だった。もしおれが女の子だったらの話だけど。

「かはッ」

ドクンッ、と心臓がひときわ大きく跳ねた瞬間、急激に体温が下がっていくのがわかった。身体がガタガタと震え、視界もまたたくまに白くなり、意識もどんどん遠のいていく。

死ぬ。そう確信したとき、恐怖が腹の底から湧き立った。

今までの思い出が次々と浮かんでくる。これが走馬灯、ってやつだろうか。冗談じゃない。おれはただ、モテたかっただけなのに、なんでこんなところで死ぬんだよ。

まだ女の子と手も繋いだことないし、デートもしたことない。キスだってまだだ。

心残りが多すぎる。ちょっといい人になってみたかっただけなのに、慣れないことはするもんじゃないと、身をもって知った気分だ。

すでに冷たくなっているおれの手を男が握る。大きな手は、火傷しそうに熱かった。

でも最期に、平凡だったおれの命が、一人の名も知らぬイケメンを救ったことで大勢の女性を幸せにしたと思えば、まあ、多少の意味はあったかもしれない……

なんて。はは、あーーくそ……

「……死にたく……な、い……なぁ」

朦朧《もうろう》とする意識の中で、ほとんど力の入らない口からポツリと出たのは、心の底からの言葉だった。

すぐ近くで息を呑む気配がした。おれはゆっくりと瞼《まぶた》を下ろす。もう限界だった。

——せめてキスだけでもしてみたかったな。

そう思ったと同時に上半身が抱き起こされ、柔らかいものがおれの唇に触れた。

それはじんわりと温かく湿っていて、すぐにおれの口を塞いでしまう。

わずかに開いた唇の隙間から、息と一緒に温かいものが口の中に入ってくるのを感じた。それは蜜のように甘くて、飲み込むと身体中へ染みていく。最後の晩餐だろうか。なんにしても、こんなに美味しいものは今まで食べたことがない。

もっと欲しくてゆっくり口を開く。舌先で催促すると、一瞬温もりが離れたが、またすぐに戻ってきて、今度は口の中に肉厚でぬるっとしたものを入れられた。

それがおれの舌と絡まると、甘さがさらに濃くなって美味しい。

ざらざらした表面で舌を擦られてから奥まで突っ込まれる。口は隙間なく塞がれ、余計に息が苦しかったが、そんなこと気にならないくらい行為に夢中になっていた。

時折、喉に直接ドロッとしたものを流し込まれたが、それがまたすごく気持ちがよくて、喜んですべて飲み干す。

どれくらいの間そうしていたのだろう。なんだか少しだけ、身体が温まってきた気がした。

すると次第に意識がふわふわと霞《かす》んできて、今度はものすごい睡魔に襲われる。

身体の力が抜けて、口を開けておくことが億劫になってきたとき、中に入っていたものが抜かれてしまった。それがどうしても嫌で、無意識に出ていった温もりを追いかけて舌先を出す。顔のすぐ近くで笑う気配がし、突き出した舌先が軽く吸われ、今度こそ離れていった。

おれの全身をくるむように布が巻かれ、そのまま身体を抱き上げられる。

背中と膝裏をしっかりとした腕で支えられて、抱えられた身体をギュッと男に引き寄せられる。

「……死なせない」

男の言葉を最後に、おれの意識は深く沈んでいった。

◇◆◇◆◇◆◇◆

誰かの話し声が聞こえる。おかしいな、おれ死んだはずなのに。

だんだん意識がはっきりしてくると、背中に柔らかい感触がするのに気がついた。

これは、布？　シーツ？　ベッドにでも寝かされているんだろうか。

サラサラして肌触りが抜群にいい。寝心地が最高だ。さすが天国のベッド。

それにしても身体が重いし頭も痛い。死んでいるんだったら感覚があること自体おかしいのでは。

ということはもしかして、おれ死んでない？

さっきから右手がずっと温かい。何かに包まれているからだとわかった。

なんだろう、弾力があるけど柔らかいわけでもない、おれの手がすっぽり収まる大きさのもの。

試しにキュッと少しだけ握ってみた。――すると、真横からガタガタッと大きな音がして、温もりに包まれたままの右手が引っ張られる。

「今、握り返してきた……っ！」

どうやら今動いた人に、右手を握られていたらしい。

というか今の声、どこかで聞いたことがあるような……

「意識が戻ったのですかっ！」

あれ、もう一人いる。なるほど、さっきの話し声はこの二人だったのか。

聞き覚えのない人物の声に恐る恐る目を開けると、白衣を着た眼鏡の男が、おれを心配そうにのぞき込んでいた。目が合うと、白衣の男は安堵したように目尻を下げる。

「よかった、気分はどうだい？」

「……おれ、いき、……っ⁉　げほっ、ごほ……っ‼」

「ああっ、ダメだよ急にしゃべっては……っ。起きられる？　水飲めるかな？」

白衣の男がおれの背中を支え、そのまま上体をゆっくり起こす。ベッドに座った状態で、口に水の入ったコップを当てられ、そのまま少し傾けられると、冷たい水が少しずつ口の中に入ってきた。

時々むせながらもなんとか飲み込むうちに、渇いて張り付いた喉が徐々に潤っていく。

時間はかかったが、コップの水を飲み干す。おかげでだいぶ頭がスッキリしてきた。

一息つくおれを白衣の男が優しい顔で見ている。どうやら悪い人ではなさそうだ。

「あの……」

ここはどこですか？　と続くはずだった言葉は、横から来た衝撃に吹き飛ばされた。

「よかった……っ！　このまま目覚めなかったら、僕は……!!」

右手を握ったままの男が突然抱きついてきたのだ。腕の中に閉じ込められるように抱きしめられて、身動きが取れない。しかも加減なしにぎゅうぎゅうと締めつけてくるものだから結構苦しい。

なんとか抜け出そうと本気で抵抗しているのに、びくともしないのはなんでなんだ。こいつがデカいからか、それともおれが弱いからか。どっちにしても腹が立つことに変わりはない。

せめてもの抵抗に顔を上げて男を睨む。すると、見覚えのある黒髪が視界に入った。

「あ！　あんた、路地の……っ」

倒れてたイケメン！

狼狽《うろた》えるおれとは逆に、男は嬉しそうに甘く微笑んだ。

うっ、ただ笑っただけだというのに、なんという破壊力……ッ。ここまで整ってると、相手が男でもクラッとくるな。

顔面の強さにのけぞって距離を取る。しかし、なぜかその分男はグッと顔を寄せてきた。思わず顔が引きつる。どういうつもりなんだこの美形、さっきから距離感がおかしいぞ。

いっそ自爆覚悟で頭突きするか迷っていたら、白衣の男からとんでもない名前が飛び出した。

「レイヴァン殿下。安心したのはわかりますが、彼が困っていますよ」

レイヴァン、殿下……？　殿下って、まさか王子様ぁ!?

白衣の男に不機嫌そうな表情を向ける『レイヴァン殿下』を、今度はおれがマジマジと凝視する。

艶《つや》やかな漆黒の髪にどこまでも深い紫色の瞳、そして一目見ただけで女性が失神するほどの美貌……。間違いない。こいつ、噂の第三王子か……！

今の今まで気がつかなかったが、よく見れば着ている服も上質なものだとわかる。

全体が黒で統一されていて、襟や袖に施された金の刺繍が高貴な雰囲気を醸し出している。何より、瞳と同じ紫色に輝く大きな宝石が首元で存在感を放っていた。あんなデカい宝石を身に着けられるなんて、権力があるヤツ以外ありえない。

なんで王子様が路地で倒れてるんだよっ。

……いやそんなことより、これは結構マズいんじゃないか。

部屋を見た限りどこかの病院っぽいけど、ベッドのふかふか具合からして、とても一般人が利用する施設とは思えない。

それにあの場所には、おれと王子ことレイヴァンしかいなかった。ということは、おれが気を失ったあと、第三王子にわざわざ運ばせたことになる。

平民が高貴なお方の手を煩わせたばかりか、助けてもらっておいてあんた呼ばわりしたあげく、睨んで抵抗してしまった。不敬罪で牢屋行きは勘弁してほしい。

体調とは別の意味で青ざめた。そういえば路地でおれが近寄ったとき、逃げろって言ってた気がする。だとすると、おれが助けるつもりで近づいたこと自体が、レイヴァンにとって余計なことだった可能性すらあるわけで。直前に受けた他人からの親切に感化されて、実はいらぬお世話を焼いてしまったのかもしれない。

よかれと思ってしたことが、裏目に出たのだと思い至って肩を落とす。昔からそうだ、柄にもないことをすると碌《ろく》な結果にならないんだよな。間が悪いというか、なんというか。

うなだれて落ち込むおれの様子に何か勘違いしたのか、レイヴァンが深刻な声で意味のわからないことを言い出した。

「やはりまだ魔力が足りていないのか」

「は？　まりょくぅ……っ⁉」

おれが顔を上げるよりも先に顎を大きな手で掴まれ、レイヴァンのほうへ引き寄せられるのと同時に、唇が弾力のある温かいもので塞がれた。

なんか人類を超えた美形のドアップが見える。まつ毛バサバサじゃん……って、これキスされてないか⁉

唐突な出来事にパニックで悲鳴を上げたが、悲しいことに全部レイヴァンの口の中へ消えていく。抵抗するがびくともしない。それどころか、さらに深く重ねてきた。

おいおいおいっ、美形で王子だからって許されないことがあるだろ！　くそっ、気持ち悪……くない？　いや、むしろ気持ちいい？　え、嘘だろ、なんで、もしかしておれ、童貞拗《こじ》らせすぎて人間だったら男のキスでもいいってのかよ……っ。

自分の許容範囲の広さに衝撃を受ける。

しかもなんだこれ、すごい甘い味がする。美形はキスに味がついてるのか？　なんだそれズルいぞ。いや待てこの味、どこかで……。たしか路地で、意識が朦朧《もうろう》としてるときにも感じたような……

だんだん思考にモヤがかかっていくような不思議な感覚に襲われ、さっきまで押していたレイヴァンの胸に縋《すが》りついていた。

小さく笑う気配がし、ぬるりと生温いものが口の中に入ってきて——我に返る。

そこから相手が王子だということも忘れて無我夢中で暴れた。そのときガリッと嫌な音がして唇が離れる。相手の舌を噛んだようだ。

口を左手で押さえて目を丸くするレイヴァンを、肩で息をしながら睨みつける。

あの強烈な甘さは鉄の味でかき消されていった。

突然はじまったレイヴァンの奇行に驚いたのはおれだけじゃなかったようで、そばで固まっていた白衣の男もキスシーンが終わったことで我に返り、慌てておれとレイヴァンの間に割って入った。

「で、殿下……っ！　いきなり何をしているんですか⁉」

「まりょくを、あたえようと……」

口を押さえたまま、たどたどしく話すレイヴァンの手の隙間から、一筋の血が垂れる。

それを見た白衣の男が飛び上がった。

「血が！　口の中を見せてくださいっ！」

治療しようとする白衣の男を、なぜかレイヴァンは嫌そうに目を細めながら見て、首を横に振った。

「いやら」

「なぜ⁉　あなた、回復魔法使えないでしょ⁉　あーもう、いいから見せなさい……っ！」

最後まで抵抗していたレイヴァンだったが、さすがに白衣の男が両手で引っぺがしに来ているのに対して空いている左手だけでは勝てなかったようで、口を開けさせられていた。

こんな状態にもかかわらず、レイヴァンの右手はおれの手を握ったままだ。

おれに噛まれた舌から赤い血があふれている。

「あー……、結構深いですね」

眉間に皺を寄せつつも、白衣の男はレイヴァンの口元に手をかざし、回復魔法をかける。ほわっと出た淡い緑色の光とともに傷は塞がったようで、それ以上血が出る様子はなかった。

白衣の男は、傷が治ったというのに不服そうにしているレイヴァンに向けて、呆れたようにため息をひとつ吐くと、部屋の奥へと消えていく。戻ってきた彼の手には濡れたタオルがあり、それをむくれるレイヴァンに渡した。

「何が気に入らないのか知りませんが、血まみれのままだと彼が嫌がりますよ」

白衣の男の言葉にハッとし、おれをちらりと見たレイヴァンは、受け取ったタオルで大人しく血を綺麗に拭き出す。

そのやり取りを、おれはただぼんやりと見ていた。

さっきのはいったいなんだったんだ……、魔法か？

まるで、自分が自分でなくなるような嫌な感じだった。

唇に指先で触れる。まだ少し湿っていた。

あの甘い味がした途端、抵抗するどころかレイヴァンのことを受け入れている自分がいた。与えられるものを受け取りたいと、自らを差し出すような……。そもそもおれは、なんで男同士のキスに気持ちよくなっているんだ。こんなのおかしい。きっと、変な魔法を使われたに決まってる。

警戒してレイヴァンを思いきり睨むが、当の本人は舌を噛まれたくせに嬉しそうな笑みを返してきた。

レイヴァンの手元にある、血まみれのタオルが目についた。

……噛んだのは、やりすぎだったかもしれない。

そもそもなんで、この人はおれにキスしてきたんだろう。自分で言うのもなんだけど、こんな平凡男にキスするなんて罰ゲームだろうに。

ということは、意味のあるキスだったってことか？　……いや、意味のあるキスってなんだ。

あとたぶんおれ、あの路地でもレイヴァンにキスされてると思う。さっきも魔力がどうのって言ってたし、もしかしたら、おれが倒れた原因と関係があるのかもしれない。

考えに耽っていると、ふとまだ握られたままの右手が気になった。

腕を振ってみても、全然放してくれない。それどころか、さらにしっかりと握られてしまった。

その様子を見た白衣の男は、申し訳なさそうに眉尻を下げる。

「急に驚いたよね、殿下も意地悪でキスしたわけじゃないんだ。嫌かもしれないけど、手は繋いだままでいてくれるかな。今の君には必要なことだから」

『今の』おれに必要……？　ますますわけがわからない。

嫌かもしれないけど、という言葉を聞くなり、レイヴァンが明らかに落ち込んだ。

「私は王宮医師のフィリップ。君は？」

「……マシロです」

「マシロ君ね。よろしく」

それからフィリップは色々と説明してくれた。

まずこのキス魔――もとい、第三王子レイヴァン・セントルース殿下は、何百年かに一度、まれに王族から生まれる闇属性の持ち主。そして、この国で一番魔力が多いそうだ。

現在十九歳。成人してはいるけど、生まれ持った膨大な魔力量と闇属性の特性で体内の魔力コントロールが難しく、ごくまれに魔力を暴走させてしまうらしい。それが原因で、普段は人前に出ないようにしているそうだ。

でも王族や貴族は、昔から王都にある魔法学園を卒業しなければいけない決まりがあるらしく、魔力暴走の心配があるレイヴァン王子は、本来成人した十八歳から二十一歳までの三年間学ばなければいけないところを特例として、王族の公務の一つである学園の生徒会運営を務めることで卒業できるようにしてもらったらしい。

学園には半年前から通っていて、いつもは城の自室で仕事をしているが、今日はどうしても出席しないといけない会議があって登校。しかし、会議がはじまる直前に魔力の不調を感じて、すぐ城に引き返したそうだ。その途中、暴走の気配が増し動けなくなって、やむなくあの路地で耐えていたところ、おれがのこのこ来たんだと。

おれは彼の魔力暴走に巻き込まれて、持ってる魔力を全部吹き飛ばされてしまったらしい。つまりあのとき腹に当たった衝撃波みたいなやつは、レイヴァンから飛び出した魔力の塊《かたまり》なのだとか。

生命維持に必要不可欠な魔力を一気に失ったことで体温が下がり、死にかけていたところをレイヴァンのとっさの判断で、一時的にレイヴァンの魔力をおれに入れた。それがあの甘い味の正体。

やっぱり路地でもキスされていた事実にショックを受ける。魔力は体液に多く含まれているから、あの場ではそれしか方法がなかったらしい。

でもこの方法も一か八かの賭けだったそうで、おれが目を覚ます可能性は限りなく低かった。実際あれから半日も経っているという。丸一日過ぎても目覚めなかったら諦めていたというフィリップの言葉に肝を冷やした。

おれが目を覚まさない間もレイヴァンが魔力を注いでくれていて、今も右手から送られているらしい。

なるほど、右手が温かいのって魔力が流れ込んでるからなのか。

じゃあもしかして、さっきのキスも顔色の悪いおれに魔力をあげて元気にしよう、とか？

サーッと血の気が引く。ただの親切じゃないか。そうだよ、よく考えなくてもわかることだ。これほどの美形王子が、理由もなくおれなんかにキスするわけがない。

せっかく看病してくれたのに、おれは自意識過剰な反応で噛みついて、命の恩人に怪我を負わせたことになる。

慌ててベッドに正座し、できる限り頭を下げてレイヴァンに土下座した。

「知らなかったとはいえ、恩を仇で返してしまい申し訳ございませんでした……っ！」

部屋中が静まり返る。これは不敬罪で最悪死刑もありえるかもしれない。生きた心地がしなかった。

しばらくして我に返ったのか、焦った様子のレイヴァンがおれに声を掛ける。

「顔を上げてくれ、悪いのはすべて僕だ……っ」

「でも……」

ちらりと顔だけ上げると、レイヴァンの綺麗な形の眉が困ったように下がっていた。

「マシロは僕を助けてくれただけだ。それに、目覚めたばかりのマシロに強引な手段をとってしまってすまない。先に説明するべきだった」

「でもおれ、王子様に噛みついて怪我を……」

「ああ、できればそのままにしておきたかった」

「え？」

今なんか不穏な言葉が聞こえたような……。横でフィリップがレイヴァンをギョッとした顔で見ているが、たぶん気のせいだろう。

その後もレイヴァンは、頑《かたく》なに自分が悪いからとおれの謝罪を受け入れなかった。お互い引き際がわからなくなってきたころ、レイヴァンが突然、閃いたように表情を明るくした。

「ではこうしよう。僕のことを王子ではなく、レイヴァンと呼んでくれないか。マシロが僕の願いを聞いてくれたら、僕もそれを謝罪として受け取ろう」

レイヴァンの提案に面食らう。

それは、はたして謝罪になるんだろうか。でも本人が言い出したことだし、何より早くこのやり取りを終わらせたい。

おれとしても、王子を名前で呼ぶだけで、数々の無礼な振る舞いをなかったことにしてもらえるのは、正直ありがたかった。さすがに王族相手に流血沙汰はヤバすぎる。

おれはこの提案を受け入れることにした。極刑の恐怖に比べたら、名前で呼ぶくらいなんともない。

「ありがとうございます、レイヴァン様」

少しでも印象をよくしようと、できる限りの笑顔でお礼を言う。

するとなぜか、レイヴァンの顔がみるみる赤くなっていき、ついには逸らされてしまった。

……おれの笑顔は見るに堪えないということですか。はっ倒すぞ。

ずっとひやひやした様子で見ていたフィリップも安堵のため息を吐き、この話は終わりだとばかりに、医者の顔でおれに質問してきた。

「ところでマシロ君、一点確認したいんだけど、もしかして今日が成人の日だった？」

「はい。そうですけど」

そういえば、倒れてからもう半日経っているらしいし、とっくに十二時を過ぎている。

おれの基礎魔力は、平均以下の数値のまま確定してしまったわけだ。

父さんの裏技を確かめられなかったことは残念だけど、使わなくなったお金で王都のお菓子屋巡りも悪くない。しばらく観光したら、母さんにお土産買って村へ帰ろう。

おれが今後の予定をのんきに考えている傍で、フィリップの表情が暗くなる。

「あのねマシロ君。落ち着いて聞いてほしいんだけど、……君の魔力はなくなってしまったんだ」

深刻な様子のわりに、さっき聞いた内容と変わらなくて、頭の中にはてなが飛ぶ。

「はい、それで死にかけたおれに、レイヴァン様が魔力を分けてくれたんですよね。……まさか後遺症があるとか？」

そうか、それは考えてなかった。体内の魔力を吹っ飛ばされるほど強い衝撃波を受けたんだから、後遺症があっても不思議じゃない。可能性に気がついて急に不安が湧いてくる。

おれの不安を否定しようとしたが止めて、フィリップは言葉を選びながら慎重に話し出す。

「後遺症と言っていいのか判断できないけど、マシロ君自身の基礎魔力が、その……全部ないんだ」

フィリップの言っている意味がわからなかった。おれの基礎魔力が全部ない？

「いやいや先生、いくらおれの魔力が平均以下のカスだからって、ないはさすがに言いすぎですよ」

面白い冗談ですね！　と笑ってみせるが、おれ以外まるでお通夜のような雰囲気に、だんだん笑顔が引きつっていく。

そんなおれを気遣いながら、フィリップはゆっくりと説明してくれた。

「信じられないよね、私だって信じられないよ。本来であれば、体内の魔力が一定量失われた時点でまず助からない。なのに君は他人の魔力を与えられて一命をとりとめ、それどころか自身の魔力がすべてないにもかかわらず、こうして会話までしている。これは奇跡だよ」

「おれ自身の魔力が、すべて、ない……？」

呆然とするおれを痛ましそうに見ながらも、フィリップは続ける。

「今の君は、自分で魔力を作ることができない。……おそらく君自身の魔力がすべて消えたのと同時に別の魔力が注がれたことによって、君の身体は一時的に仮死状態になった可能性がある。他人の魔力を保有しているが、自分の魔力はない状態。そのまま十二時を迎えてしまったことで『君自身の基礎魔力はゼロ』の状態で、数値が確定してしまったんだと思う」

すごく丁寧に説明してもらったおかげで、自分の状態はなんとなく理解できた。できたけど、受け入れられるかといえば、それはまた別だ。

えっ、おれの魔力……本当にないの？　増やそうと思って王都まで来たのに、増えるどころか、本来の魔力もなくなって、まさかのゼロ……？

待って。ということは、この世に存在するすべての女の子、その誰よりも魔力値が低いってこと？

だってゼロだし。それってどうやって彼女作るの？　平均以下のときですら相手にされなかったのに、ゼロって、そもそも男として認識されるんだろうか。

魔力がないってことは、子どももできないってことだよな。え、種無し？　おれ種無しなの？

受け入れがたい現実が津波のようにおれの思考を埋めていく。

よほどヤバい顔をしていたのだろう、フィリップが気遣うようにおれの肩に触れ、声を掛けてくる。

「マシロ君、その、とにかく落ち着いて……」

「……先生は、自分の魔力がゼロになっても落ち着けるんですか？」

「え!?　いや、それは………無理かな？」

「でしょうね……!!」

正直に答えてくれたフィリップの手を引っぺがし、おれは絶望のあまり頭を抱えた。

あぁ！　おれの人生は終わってしまったのだ。

一生独身。一生童貞。

モテたいなんて煩悩の塊《かたまり》のような願いを持ったから、バチが当たったとでも言うのだろうか。

いや、いるだろ、おれ以外にも思ってるヤツ。むしろ男全員思ってるだろ……っ！

ちょっとでも増やそうなんて欲をかかなければ、まだ平均に足りなくても魔力があったのに……。

おれのばかぁ……っ!!

ベッドに突っ伏してシーツを濡らすおれの背中を、大きな手が優しく撫でた。

身体を起こす気力がないから顔だけ上げると、レイヴァンが綺麗な紫の瞳でまっすぐおれを見ていた。握ったままのおれの右手ごと、彼は自身の胸に手を当てる。

「こうなったのは僕のせいだ。僕が一生、マシロのそばにいる」

突然プロポーズみたいなことを言われてあっけにとられた。顔が良い分、冗談に聞こえないのがまた痛々しい。

あんたがそばにいるからなんだというのか。おれはいくら美形でも、そばにいてくれるのは男じゃなくて女の子がいいです……ああ、もう女の子には見向きもされなくなったんだった。あはは、……悲しい。

それにレイヴァンは僕のせいなんて言ってるけど、わざと魔力を暴走させたんじゃないみたいだし、そもそも路地に隠れていたのを見つけて近寄ったのはおれだ。つまり事故。レイヴァンを責める気持ちは少しもなかった。

「別にレイヴァン様のせいで、なんて思ってません。あれは事故です。一生とか、そこまで思いつめなくていいですよ」

おれがなるべく笑って伝えると、レイヴァンは目を見開いて驚いていた。

きっと盛大に責められると思っていたんだろう。でもこれ以外に言うことなんてない。

それに本音を言うと、罵倒してやる気力がない。いかんせん彼女ができる可能性がなくなったことのショックが大きすぎる。

王宮医師の先生が真剣な顔で信じられないことだって言い切るくらいだから、きっと魔力が戻る方法は現時点でないんだろうし、あのまま死ななかっただけましだったと、諦めるしかないんだろう。

「怖くないのか？　魔力がないんだぞ」

あっさり許されたことにレイヴァンが戸惑った様子を見せる。

「正直まだ魔力がなくなった実感がないのでなんとも……。恐怖より一生恋人ができない悲しみのほうが勝ってます」

言葉にすると余計に落ち込んできた。しかし、レイヴァンはおれの言葉を真っ向から否定する。

「そんなことはありえない。マシロはとても魅力的だ。恋人なんて引く手あまただろう」

あんたの目は節穴か。おれに魅力がないことなんて、おれが一番よく知ってるんだよ。加えて今は魔力もない。慰めの言葉にしても雑なセリフに、うらめしげな目をレイヴァンに向ける。

だがレイヴァンは本気で思っているらしく、むしろ前のめりにおれを褒めちぎってきた。

「僕はこんなにも可愛らしい存在に出会ったことがない。ふわふわと柔らかそうな栗色の髪に意志の強い大きな目、華奢でしなやかさのある身体。いろんな表情を見せる感情豊かな性格も実に愛らしい。それにマシロの魔力を消した僕を罵《ののし》るどころか許してくれるとは、心が清らかすぎて眩しいほどだ。マシロはきっと、間違って地上に舞い降りてしまった天使か女神に違いない」

頭沸いてんのかこいつ。恍惚とした笑みを浮かべておれを見つめるレイヴァンにドン引きして、眉間に深く皺ができる。

すべての発言が的外れすぎて意味不明だ。そんな特徴などおれにはない。

髪がふわふわというのは自然乾燥で跳ねまくってるだけだし、意志の強そうな目ってただのつり目じゃないか。身体はたんに筋肉が付きづらくて痩せてるだけでむしろ貧相……

って、あれ？　もしかしてすごい遠回しに貶されてないかこれ。

そういえば普段部屋に引きこもってるらしいし、あんまり人と接したことがないのかな……。それとも、単純に美的センスが壊滅的なのか。いずれにしても、おれを天使だ女神だと言い出すなんて、病んでるとしか思えない。レイヴァンがすごく不憫に思えてきた。

見た目は抜群にいいのに、言葉選びが下手すぎる。

ほら、フィリップも信じられないものを見る目でレイヴァンを見ている。先生、その顔は自国の王子に向けていいものじゃないですよ。

でも気持ちはわかる。だって麗しの王子様がダサい田舎《いなか》の平凡男を『女神』なんて言い出したんだ。そりゃあんな顔にもなるだろう。

優しいおれは、今後のレイヴァンが困らないように認識を正してやる。

「残念ですがレイヴァン様、それ全部おれじゃないですよ」

「いいや、今僕の目の前にいるマシロで間違いない。僕の天使」

おれの右手をもう片方の手でも握り、まるで愛しい人に向けるような、蕩けた甘い表情で見つめてくる第三王子レイヴァン。なんて残念な野郎だ。フィリップも頭を抱えている。たしかにこれは閉じ込めておいたほうがいいかもしれない。

なんとも気まずい空気が部屋中に広がる中、それをぶち壊すように廊下からドドドドドッと、すごい音でこちらに近づいてくる足音が聞こえた。そして、その音はこの部屋の前でぴたりと止まり、扉を壊す勢いでひとりの男が部屋に入ってきた。

現れたのは立派な青いマントを身にまとった、青い髪のこれまた美形な男。青い髪ということは水属性だろう。さすが王宮、顔がいい男がわんさか出てくる。ちなみにフィリップも黄緑色の髪に緑の瞳をした少し控えめなイケメンだ。

全員の注目を浴びる中、男は息も整わないうちに口を開いた。

「魔力を吹き飛ばされた少年が目を覚ましたとは本当か……!!」

興奮を隠しきれない声が部屋中に響く。合ってるけど、他に言い方なかったのか。

きょろきょろと部屋を見渡し、レイヴァンに両手で手を握られているおれを見つけると、勢いそのままに長い脚でまっすぐおれたちに近づいてきた。

あっという間にすぐそばまで来た青い男はピタッと立ち止まり、上からおれの目を無遠慮にのぞき込んだ。なんの迷いもなく、お互いの息が当たるほど近い距離まで一気に顔を寄せられたせいで、下手に動けなくなる。

知的ですべてを見透かすような澄んだ青い瞳。普通にしていたらきっと爽やかで紳士的な雰囲気だろうに、今の彼の表情はまるで子どもが新しいおもちゃを見つけたかのようにキラキラと無邪気に輝いていた。

「おおっ、たしかに紫色だ。しかしやや薄いか……?」

「カール魔導士長、マシロ君が怯えてます」

フィリップが厳しい口調で青い男を諌《いさ》める。男はカールという名前みたいだ。しかしカールはそれを無視し、おれから目を逸らすことなくにっこりと笑った。

「マシロ君、私はカール。王宮で魔力の研究をしているんだ。そして、君にとても興味がある。今後ともよろしく頼むよ」

できればよろしくしたくないです、という言葉は全力で呑み込んだ。

魔導士長ってことは、この国にいる魔導士のトップ。エリートオブエリート。当然魔力の量もすごいんだろう。顔面でわかる。

白いシャツに青いズボン。青いマントの裏地は黄色になっていた。シンプルでスラッとした印象で、どこかひょうひょうとしているのに圧がすごい。

あまり刺激しないほうがよさそうだ。引きつる頬を精一杯動かして、なんとか愛想笑いだけ返した。

すると目の前のカールは片眉をひょいと上げ、何を思ったのかだんだん顔を近づけてきた。そして——ちゅっ、と唇に湿った感触がした。

レイヴァンの怒鳴り声とフィリップの声にならない叫びが部屋中にとどろき、カールは何が面白いのかニヤニヤと笑っている。

一拍置いて、カールにキスされたんだと気がついた。

この短時間で二人もの男にキスされるなんて、いったい何が起こっているんだ。

レイヴァンといいカールといい、これだけ顔がいいとキスぐらい挨拶みたいな感じなのだろうか？　それとも都会ではこれが常識なの？　マジで勘弁してほしい。

カールに殴りかかる勢いで怒るレイヴァンを、フィリップが必死に後ろから羽交い締めにして止めている。カールはちゃっかり距離を取って避難していた。反省する様子もなく腕を組んで楽しそうにしていることから、きっと愉快犯なんだろう。

「いや失敬。でもあんな近くで可愛く微笑まれたら男はキスするよ」

「……おれも男なんですが」

おれの主張に、カールは顎に手を当てて不思議そうにした。

「ふむ、たしかに。君のことはしっかり男だと認識できているのになぜだろうね。嫌悪感がいっさい湧いてこない。まあ男でも、これだけ可愛くて魅力的だったら、性別なんて些細《ささい》なことに感じてしまうのも頷ける」

この人も変なことを言い出したぞ。男か女かは些細《ささい》なことじゃないと思うんだけど……それに可愛いなんて、赤ちゃんの時ぐらいしか言われたことないんだが。純粋な目で見てくるカールも、レイヴァン同様本気で言っているのが見て取れてげんなりした。

魔力が多いと、容姿や能力と引き換えに変人になるんだろうか。

「……魔力も平均値でしたし、今まで容姿を褒められたことはとくにないです」

「マシロは可愛い」

レイヴァンはややこしくなるから黙ってろ。

キッと軽めにレイヴァンを睨む。すると、頬をほんのり赤く染めて大人しくなった。

暴れなくなったレイヴァンにフィリップも拘束を解き、自分の座っていたイスに戻る。かなり疲れたのだろう、うなだれてぐったりとしていた。

ふーんと興味深そうにカールはゆっくり近づきながら、いろんな角度でおれを観察する。

あまりに遠慮のない視線に居心地が悪くなって身じろぎした。しばらくすると満足したのか、カールは一人納得したように頷いて腕を組んだ。

「なるほど、思うに君の可愛らしさは体質変化にともなって起こったものだろう。私とレイヴァン殿下にはとても可憐で魅力的に映っているんだが、フィリップ医師はどうだい？」

「……私には普通の青年に見えます」

困惑気味に答えたフィリップに安心する。よかった、この人はまともなようだ。

「じゃあ人によって、おれの姿が違うってことですか？」

おれの質問に、カールはまた顎に手を当てて考え出した。考えるときのカールの癖なのかもしれない。

「うーん、姿が違うというより認識の違いなんじゃないかな。君のことを可愛く感じる条件のようなものがあるんだろう。それに当てはまった者にだけ、君はとても魅力的に映る。思わず自分のものにしてしまいたくなるくらい、蠱惑的にね」

「えっ」

思わず近くにあったシーツで身体を隠す。レイヴァンもおれを庇うように前に出た。

「ああ、失敬。つまりマシロ君からは、自分を魅力的に感じさせるフェロモンのようなものが出ているると考えるのが自然だろう。それも万人にではなく、特定の人物にのみ効果のあるフェロモンが」

フェロモン……。なんだか怪しい単語が出てきたな。

そうすると、今までレイヴァンから出ていた耳を疑う数々の発言は、すべてフェロモンに影響されていたということか。それなら納得できる。フィリップもあからさまに安堵していた。

「でもそのフェロモン？　が、なんでおれから出ているんでしょうか？」

男にも効くみたいだし、正直いらないんだけど。

すると、カールは待ってましたとばかりに意地悪でいやらしい笑みを浮かべた。うわ、すごく聞きたくない。

「理由はわからないけど、君にとっては便利なものに違いないと思うよ。これから生きていくために必須な能力とも言えるね」

生きていくのに必須……？　ますます意味がわからない。

おれは女の子が好きなんだから、男に可愛く思われたって迷惑でしかないし、フェロモンの被害にあった男側もたまったものじゃないだろう。何せ口説《くど》いてる相手がおれだぞ。可哀想すぎる。

おれが本気で困惑するほど、カールは笑みを深めた。

「君は今、魔力がないよね。生きてるだけで消費される魔力を君自身ではもう作れないということは、他者から補充しなければいけないのは理解できるかい？」

え、初耳なんですけど。でもおれ以外の人は頷いているので、とりあえずおれも頷く。

「今のマシロ君は、瞳の色がレイヴァン殿下と同じ紫色をしているけれど、それは君の中に殿下の魔力があるからだ。でもそれも、もう薄くなってきている。魔力がなくなってきている証拠だ。私は長年魔力の研究をしていてね、体内の魔力は腹の奥にある核で作られることがわかっている。それと皮膚から取り込んだ魔力は核には溜まらない。じゃあどうするのか——直接核に魔力を注ぐ必要があるわけさ」

「直接注ぐってどうや、て……、え……？」

いきなりガクンと身体の力が抜け、ベッドにへたり込む。

身体が熱い。視界もぐわんぐわんと揺れ出して、身体が急速に渇いていく感じがした。それになんだこれ、お腹の奥がムズムズする。全身から汗が噴き出て止まらない。

レイヴァンとフィリップが必死に呼びかけてくれているが、返事をする余裕はなかった。

繋いでいる右手が強く握られる。そうだ、手は繋いだままなのに、なんで……

「皮膚からの供給ではもう限界のようだ。それにしても、かなり苦しそうだね」

「カール！　マシロが……ッ」

「落ち着いてください殿下。助ける方法はもうわかっています。あとは、彼の同意を得るだけです」

カールとレイヴァンの言い争う声が遠くに聞こえる。あのときと同じ、酷い耳鳴りだ。額に浮かんだ汗が頬を流れてシーツを濡らしていく。浅い呼吸を何度も繰り返すが一向に収まらない。ダメだ、倒れる。

「マシロ！」

力が抜けて倒れ込む間際に、横からレイヴァンに抱きとめられた。――瞬間、背筋にゾクゾクと甘い電流が駆け上り、おれから出たと信じられないくらい鼻に掛かった甘い声が口から飛び出した。

驚き固まるレイヴァンとフィリップとは対照的に、カールは上機嫌な表情でおれをのぞき込む。

「発情するのか。ますます興味深い」

「マシロ君は大丈夫なんですか……っ」

突然様子が変わったおれを心配し、フィリップがカールに詰め寄る。しかし、カールはそれを半分呆れたようにあしらった。

「大丈夫なわけないでしょう。魔力が底をつきかけている。このままだと、彼は死ぬよ」

うっすらと聞こえた単語に眩暈《めまい》がした。死ぬ。おれ、死んじゃうの？　助かったんじゃなかったのかよ。

完全に力の抜けた身体はレイヴァンに支えられ、一人で起きていることもできなくなっていた。カールの指示で、レイヴァンがおれの身体を仰向けにする。涙が目尻を濡らし、それをカールが親指でなぞった。意識が混濁しているおれにも聞こえるように、はっきりとした口調でカールが問いかけてくる。

「聞こえているかい？　君が助かるには、腹の中にある核に直接魔力を注ぐしか方法はない。魔力は体液に含まれている、とくに多いのが精液だ。それを尻から直接核に注ぐ。そのために性行為をする必要があるんだが、やるかい？」

「せい、こうい………えっちするって、こと……？」

「そうだよ」

歪んだ視界に映るカールは、じっとおれを見ている。誰と、なんて聞かなくてもわかった。たぶんフェロモンが効いている人、つまりカールとレイヴァンのどちらかだ。

フェロモンの効く条件がなんなのかわからないけど、カールの言っていた『便利』とは、このことだったんだと気がつく。

これから生きていくためには必須だってことは、きっと今この人たちに抱かれて終わりじゃないんだろう。これから先、生きていたいならずっと……

ダメだ、頭が働かない。とにかく早く決断しないと。身体を蝕《むしば》んでいる熱さは、おれが死ぬまでのカウントダウンそのものだ。青い瞳は静かにおれを見つめたまま動かない。おれの答えを待っているんだ。生き続けるか、このまま死ぬか——

おれは、おれは……

「……たすけて、ください」

「決まりだね」

絞り出したおれの答えは、カールを満足させるものだったらしい。カールがおれの腕を掴んで引き上げる。しかしそれはレイヴァンに阻まれた。背中に回された手のひらがすごく熱い。

「マシロに触るな」

ピリッと空気が張り詰める。ここまで整った顔に睨まれたらすごい迫力だろうに、カールは気にせずお茶にでも誘うような軽い口調で提案した。

「でしたら殿下もご一緒にどうです？　魔力は多いほうがいい」

怒鳴りかけたレイヴァンだったが、おれの苦しい息遣いにハッとして、しばらく考えたあと、苦々しげに頷く。

それに満足げな笑みを浮かべたカールは、自身の胸に着けた青い石のペンダントに触れた。

「そういうことなので私たちは失礼するよ。説明はまた後日に」

「ちょっ、カール魔導士長……！」

引き止めようとするフィリップを無視して、カールが何かを呟く。

一瞬の光と浮遊感。気がつくと部屋が変わっていて、さっきまであった消毒液の匂いがなくなり、かわりに紙と木の匂いが漂っていた。移動してきたのはおれとレイヴァン、カールの三人だけみたいだ。

レイヴァンに抱えられたまま、部屋の中央にある大きなベッドに運ばれる。丁寧に背中から降ろされると、ひんやりとした白いシーツに全身が包まれて、気持ちよさに息を吐いた。大人が三人一緒に寝ても少し余裕があるくらい大きかった。

火照《ほて》った身体を冷やそうと、頬をシーツに擦りつける。

「きもちいい……」

「気に入ったかい？」

カールがマントやペンダントを外し、ベッド近くの机に置いた。

軽装になっていく彼をぼーっと眺める。本当に今からこの人たちとえっちするんだ。男に抱かれるなんて誰が予想できただろう。女の子と手さえ繋いだことがないのに。

「ん……っ」

熱く高まった身体を両手で抱きしめる。背中を丸めて横になった視線の先に、自分の股間が勃ち上がっているのが見えて泣きたくなった。

考える暇なんてない。魔力を貰わなきゃ、おれは死ぬ。これは必要なことなんだ。そう自分に言い聞かせる。しかし、理不尽な熱は容赦なくおれを呑み込み、思考をどんどん溶かしていく。

顔の横に手をつかれ、おれを囲い込むように覆いかぶさった。

上から艶《つや》やかな黒髪が垂れ、おれの顔にかかり、そのまま綺麗な紫と見つめ合う。

「マシロ……」

絞り出すような切ない声で名前を呼ばれ、その響きに脳が揺れた。稲妻が走り抜けたような衝撃が全身を貫く。

「あ、ああ……っ」

無意味に声が出た。頬がどんどん熱くなり、今まで感じたことのない衝動に胸がざわつく。腹の奥が疼いて仕方がなかった。理性が、内側から呑まれていく。

顔を逸らそうとするが、顎に手を掛けられてレイヴァンのほうに顔を向かせられる。もともと大した距離もなかった唇が、ゆっくりと焦らすように降りてきて、おれの口を塞いだ。

おれを捕らえた紫の瞳から目が逸らせない。

重なった唇がかすかに震えていて、レイヴァンも余裕がないのだと感じる。

唇同士を合わせただけの触れ合いに、高まった身体が物足りなさを感じて舌先でノックすると、怯んだようにレイヴァンが一瞬揺れて動かなくなった。しかしすぐに再開し、動きも情熱的なものへと変わった。分厚い舌が口内にねじ込まれ、おれの舌と絡み擦れるたびに、口の中いっぱいに甘い蜜があふれて心地がいい。

わざとかと思うほどの激しい水音は下品なはずなのに、聞けば聞くほどお互いもっと大胆になっていく。

「ずいぶん楽しんでいるようですね、お二人さん。妬《や》けちゃうな」

おれたちが絡み合うすぐ横に腰かけ、上半身裸になったカールがニヤニヤとおれたちの痴態を見物している。しかしレイヴァンはキスを止めるどころか、カールに見せつけるかのように、いっそう激しく口内を舐めた。くちゅくちゅと響く水音と甘い息遣いだけが部屋に響く。

お互いの唾液を何度飲み込んだだろうか。甘い蜜が食道を通るたびに腰が揺れ、レイヴァンに擦りつけてしまう。布を隔てた刺激ですら十分なほど腫れた性器からあふれ出た先走りが、下着を貫通してズボンに染みを作り、擦りつけているレイヴァンの股間部分にいやらしく糸を張る。

ぐじゅぐじゅになった口や性器が気持ちよくて、腰の動きが止まらない。

「うあ……うぅ、ん、でりゅ……ぁっ、でりゅ……っ」

「……っ、マシロッ」

譫言《うわごと》のように甘えた声が出る。あともう少しの刺激でイケそうだ。レイヴァンもそれを察したのか、おれの腰を両手で掴む。しかし、ここでカールのストップが入った。

「おっと、ダメですよ殿下。この状態で射精させたら、魔力が尽きて本当に死んでしまいます。補充を優先しましょう」

おれが死ぬという言葉に反応して、レイヴァンの動きが止まる。

しばらく葛藤したのち、レイヴァンの舌が名残惜しそうにおれの口から出ていった。

「やだ、もっと……っ」

出ていってしまった温もりを追いかけて、おれも舌を突き出す。

それを見てうめき声を上げたレイヴァンに、カールがすかさずくぎを刺した。

「ダメです殿下。それとも、私に彼のはじめてを譲ってくださるのですか？」

「くッ、すまないマシロ、我慢してくれ……っ」

おれの両肩を押さえつけ、断腸の思いといった様子で離れていくレイヴァンと入れ替わりに、カールが背後からおれを抱きかかえた。背中をカールの胸に預ける体勢で座らされ、脇の下から手を差し込まれる。そのままおれの下腹部を服の上から撫ではじめた。背中に当たる感触は、すらっとした見た目に反して意外と筋肉がついている。

顔だけ後ろを振り向くと、甘い眼差しと目が合い、こめかみにキスされた。

気持ちよくてうっとりと目を細める。もっとしてほしくて、カールの頬に額を擦りつけてねだった。

おれの仕草にカールも嬉しそうに笑い、何度も啄むような軽いキスを顔中にしてくれた。嬉しくて、お返しにカールの頬をぺろぺろと舐める。汗をかいているのか少ししょっぱくて、気づけば夢中になって舐めていた。

カールの手が裾をめくり、服の中へと潜り込んでくる。素肌を直接指でなぞられる感触に背中がしなって舐めるのを止めると、お腹から反った胸にかけて手のひらを滑らされた。汗で張り付いていたシャツがたくし上げられ、胸まであらわになる。

外気に晒された乳首がピンと立っていた。

「ふふ、発情してると甘えん坊になるんだね。可愛い」

ツンと震える二つの乳首が、カールの長い指先に同時に弾かれる。感じたことのないチリッと刺すような刺激で、思わず甲高い声が出た。

「あぁッ」

「カール！」

上着を脱いだレイヴァンがベッドに戻ってきた。ズボンはそのままだが、シャツのボタンはすべて外されていて、そこからのぞく引き締まった胸板や腹筋に汗が滲んでいる。

怒るレイヴァンに今度はカールが見せつけるように、おれの両方の乳首を指で挟んでクリクリと弄びはじめた。さっき感じた一瞬の刺激ではなく、じりじりと擦り込まれる小さな快感に、胸をもじもじ揺らしてしまう。

「あ……あうっ、ふっ、あぁ……ぁっ」

開きっぱなしの口からは断続的な喘ぎ声が漏れ、飲みきれずあふれた唾液が口の端から喉を伝い、首まで濡らしていた。

その一部始終を、正面からレイヴァンに見られている。

「どうしました？　殿下。ああ、達しないギリギリでしているので大丈夫ですよ。見入っていないで、早く解《ほぐ》してあげてはいかがですか」

「くっ、わかっている！」

不満そうにしながらも、レイヴァンはおれの両脚を左右に広げ間に座った。ズボンの布を押し上げ、色の濃くなった股間部分がレイヴァンの前に晒される。そこが触られているわけでもないのに、レイヴァンの熱い視線に反応して、勝手にビクビクと腰が跳ねた。

まるで誘っているみたいな自分の動きに、恥ずかしくて目が潤んでくる。

「やっ、見ないで……っ」

視線から逃れようと腰を左右に揺らすが当然意味はなく、顔の横と足元から同時に喉を鳴らす音が聞こえた。レイヴァンが無言でおれのズボンのボタンとジッパーを外し、下着ごと一気に脚から引き抜く。

押さえつけていた下着ごと取られたことで、すでに硬く芯を持った性器は勢いよく外へ飛び出し、先端から透明な先走りが飛び散る。濡れていた下着には糸が引いていた。

とっさに隠そうと伸ばした両手はカールに押さえ込まれ、丸出しになった息子が二人の視線を集めて羞恥に震えている。

「すごく濡れてるね。そんなに乳首が気持ちよかった？」

残っていたシャツもカールに脱がされ、ツンと主張した乳首を指で優しく転がされた。

「違う、マシロは僕とのキスで興奮したんだ。そうだろう？　マシロ」

脱がされて用済みになった服はまとめて床に落とされ、おれは何も身にまとっていない状態になる。勃起してピコピコ揺れている性器を、レイヴァンの指が先端からつけ根にかけてなぞった。その動きに連動して、おれの腰がガクガクと震える。

「ふあ……あぁん」

「……可愛い。すぐに準備するから、一緒にイこう」

そのまま指は下へと下りていき、玉を通って、おれでも触ったことのない奥の蕾にたどり着いた。ぷっくりと膨れたヒダを、レイヴァンの指が確かめるような動きで優しくなぞる。

「すごい、ここも濡れてる……」

レイヴァンの言う通り、触れられたそこはヌルヌルしていた。指先が入り口を押すたびに中の粘膜がうねり、お腹の奥からドロッとしたものが出てくるのがわかる。

早くお腹の核に魔力が欲しくて、身体が勝手に準備をしているようだ。

「へえ、自然に濡れるとは、ますます興味深いな。これも体質変化によるものかもしれませんね。なんにせよ、今は都合がいい。さあ殿下、さっさと解《ほぐ》してください」

後ろからカールがおれの膝裏を持ち上げ、両脚を左右に大きく広げた。少し浮いた腰のせいで、レイヴァンにいやらしく濡れているであろう穴が丸見えになる。

レイヴァンの喉がゴクンと鳴った。

「痛かったら言うんだぞ」

興奮を隠せていない声に反して、優しく指先が入り口を押し、そのまま、くちゅ……とゆっくりおれの中へ入ってくる。

「んっ、ふぅ……ぁっ」

すでに十分濡れていたそこは、なんの抵抗もなくレイヴァンの指を呑み込んでいく。やがて進む動きがとまった。指一本すべてが収まったようだ。異物感はあるものの、とくに痛みはない。ふうふうと息を吐くたびにレイヴァンの指を感じた。

「なんでこんなに柔らかいんだ……。マシロ、苦しくないか？」

視線を少し下げると、開かれた脚の間からレイヴァンが見える。

おれを気遣ってはいるものの、その表情は興奮で赤く染まり、内腿《うちもも》に当たる息も熱かった。

ただ入っているだけの指に、お腹の奥が物足りないと疼いた。ちょうど臍の下あたり、両手を疼く場所に当て、ゆっくりさすりながらレイヴァンにお願いする。

「ここまで欲しい」

レイヴァンの顔が一気に赤く染まり、目を見開いておれを凝視する。微動だにしなくなったレイヴァンに対し、背後からカールの笑い声が上がった。

「あははっ、それはいい！　殿下の意気地のなさに焦れているみたいですよ」

「……うるさい」

レイヴァンは赤い顔を誤魔化すように入れた指を引き抜き、今度は二本に増やしておれの中に押し込んだ。先ほどと変わらず指はすんなり収まったが、中の圧迫感が増し、明確に自分以外のモノが入り込んでいるという感覚が強くなった。

レイヴァンも多少窮屈さを感じたのか、埋められた指が弾力を確かめるように何度も曲げられ、壁を押す。そのたびにもぞもぞと腰が動き、吐き出す息も熱くなっていった。

おれの反応に甘さが加わったのがわかると、中の指も大胆さを増した。肉を広げるようにぐっぐっと指を折り曲げられて、壁をひっかくように上下に出し入れされる。お腹の奥からあふれ出す液が腸内でかき混ぜられ、じゅぶじゅぶと激しい音を鳴らした。

「あぁぁ……っ、んぅ……あぁっ！」

最初のただ入れられただけのときと違い、快感を刺激する動きに堪らず腰をひねって逃げる。でも、後ろのカールがそれを許してくれなかった。

がっしりと後ろから抱かれ、跳ねる身体を押さえ込まれる。身体の中をかき乱されるたびに散らせない快感が溜まっていき、背筋がゾクゾクと震えた。官能的な刺激に、快楽の淵へと一気に引きずり込まれて喘ぐしかできない。

いつの間にかもう一本指が足され、合計三本の指が大胆におれの中を出入りしていた。内壁がレイヴァンの指に絡みつき、ひっきりなしに痙攣《けいれん》している。玉のような汗が全身から噴き出した。腰は常に浮き、つま先に力が入ってガクガクと激しく震えている。

「あぁぁ！　あ、あっ……！」

お尻を弄られているのに、二つの玉がぐっとせり上がる。勃ち上がった竿が腰の動きにあわせて下腹を叩くたびに、ペチペチと音を立てた。爆発しそうなほど膨らんだ先端から透明な先走りが漏れ、お腹を濡らしていく。

出したい、盛大にぶちまけたい。容赦なく追い立ててくる指を尻たぶで思いきり締めつけたそのとき、耳元で艶《つや》のあるバリトンに窘《たしな》められた。

「こら、出しちゃダメだと言ってるでしょ?」

それと同時に、脚を持ち上げていた手が片方外されて股間に移動し、竿のつけ根をカールのしなやかな指で締められる。

「ひあぁ……っ! やぁっ……あぁぁ……ッ!」

今まさに出ようとしていた欲望が出口を塞がれてマグマのように荒れ狂い、目の奥が白くチカチカと弾けた。喉の奥からは悲鳴にも近い喘ぎがひっきりなしに飛び出す。

あまりの苦しさに涙が出た。あふれて頬を濡らす雫をカールの舌がすくう。生々しく湿った感触が、敏感になっている身体をさらに追い詰めた。

泣き叫ぶおれをうっとりと見つめたまま、カールはレイヴァンを挑発する。

「おやおや殿下、マシロ君が射精できなくて泣いてしまいましたよ。焦らしてばかりで可哀想に。自信がないのでしたら、今からでも私が代わって差し上げましょうか?」

暴れていた指を肉壁に沿ってぐるりと回転させられる。もう準備が万全な腸壁は甘えるようにレイヴァンの指に絡みつき、今か今かと期待に震えていた。

「いや、必要ない」

熱いほどの温もりを惜しむように、ゆっくりとすべての指が抜かれる。

散々弄られた粘膜は、締めつけるものがなくなって寂しそうにくぱくぱと収縮を繰り返している。

レイヴァンは自身のズボンを寛《くつろ》げる間も、おれの蕾から目を逸らすことはなかった。ジッパーを下げた途端、下着を突き破る勢いで飛び出した性器が、布越しでもはっきり形が浮かぶほど怒張している。

取り出されたそれはガチガチに硬くそそり立ち、血管が浮かんでいた。その光景にくぎ付けになる。あれが、今からおれの中に入るのか。他人の性器が自分の中に入るなんて、本来なら怖いはずなのに、魔力に飢えた身体は早く欲しいとおれを急かして熱くなる。

カールが左脚を、右脚はレイヴァンが同じように膝の後ろを掴み、二人によって左右に大きく広げられた。濡れそぼった穴にはち切れんばかりに膨らんだレイヴァンの先端が添えられ、入り口に当たる熱が、まるでノックするようにピクピクと震えている。

「マシロ」

熱情を含んだ低い声で名前を呼ばれて、レイヴァンを見る。

紫色の瞳がおれを捕らえ、黒をまとった美しい男が蕩けるほど甘い笑みを向けていた。

すべてを差し出したくなるほどの強烈な美にため息を吐く。

「僕を、全部あげる」

「うあっ……ああぁ！　は……ッ、あぁ……ッ、あぁぁッ！」

グッと押しつけられた腰が進むままに、大きく膨張した先端がヒダを押し広げながらメリメリとおれの中へと埋められていく。

息をするのも忘れるくらいの圧迫感。圧倒的な質量。限界まで広げられた入り口が悲鳴を上げる。指とは比べ物にならなかった。レイヴァンもきつそうに息を吐きながら、それでも止まることなく中へ入り込んでくる。おれはカールの腕にしがみついて耐えていた。

そのうち張り出した部分がつぷんと埋まり、じわじわ奥に向かって太い部分が一直線に侵攻してきた。掻き分けられる粘膜がジンジンと熱を帯びる。指で解《ほぐ》されて柔らかくなっているとはいえ、今まで感じたことのない感覚に身体が力んでしまい、必要以上にレイヴァンを締めつけ、その度に息をすることを忘れてしまう。レイヴァンも耐えるように喉の奥で呻《うめ》いていた。

「吐いて、深く……そう、そのまま……上手だよ」

おれが息を止めるたび、耳元でカールが優しく誘導してくれる。そのおかげで、少しだけど身体のこわばりが抜けていった。

「はぁ……、ぁ……ふぅ」

「いい子だね」

こめかみに優しくキスをされる。

カールに甘やかされて緩んだ隙を見逃さず、レイヴァンはゆっくりと、でも確実に奥へと腰を進め、やがて動きを止めた。レイヴァンが長く熱い息を吐き、満足そうに笑った。

「全部、入った……。マシロわかる？」

みっちりと埋められたそれは脈動していて、まだ動かされていないのに、内側をドクドクと叩いて存在を主張してくる。おれはゆっくりと手を伸ばし、お腹の上からレイヴァンの熱を撫でた。別の人間がおれの中にいる、とても不思議な感覚だった。

「ッ、動いても、いいか……？」

肩で息をし、艶《つや》やかな黒髪は汗で顔に張り付いている。本当はすぐにでも動きたいだろうに、それでもおれを気遣う姿を見て、自然と頷いていた。

ゆっくりと中のモノが動かされる。押し込まれているときとは違い、抜かれる動きに粘膜が引っ張られてぞわぞわした。隙間なく嵌《は》まっていたはずの肉棒は、おれの粘膜を擦り上げるたびにスムーズに動くようになっていき、動きは徐々に速く大胆に変わっていく。

「んああ……ッ！　や、はや……、い、ああ……ッ」

「熱くて、蕩けそうだ……っ」

いつの間にか脚からカールの手は外されていて、レイヴァンが両脚を掴んで押し広げていた。奥に叩きつけるように何度も何度も腰を打ちつけられ、その激しさを物語るように、肌と肌がぶつかる乾いた音が部屋中に響いて耳まで犯される。粘膜はひっきりなしに収縮し、ひたすらレイヴァンに絡みついていた。

背後にいるカールが、左の乳首を指で転がして遊び出した。大した刺激じゃないものの、ピリッとした快感に反応しビクビクと胸が跳ねる。おれの反応にご満悦のカールは、悪戯に指で摘んだり弾いたりとやりたい放題だ。

二か所同時に刺激を与えられ、身体が急速に追い込まれていった。何度もイキそうな感覚に襲われるのに、カールに根元を締められているため出すことができない。快感だけが蓄積されて、目の奥がチカチカと点滅し、ずっとイッているような長い快楽に脳が焼けていく。

早く、早く射精したい……ッ。頭の中がその言葉でいっぱいになる。

なりふり構っていられなかった。中に出してもらわないと、おれもこの熱を出すことが許されない。

絶叫に近い声で何度もレイヴァンに懇願した。

「レイヴァ……ン、さまぁ！　あぁ、にゃかにぃ……っあん！　なかぁ、はやく、ちょうだ……い、はやく、レイヴァンさまぁ……ッ」

叫ぶと腹の奥がぎゅう……ッと締まり、中の熱がグンッと大きく体積を増したのを感じた。破裂しそうな感触に嬉しくて顔がほころぶと、レイヴァンが歯を食いしばり、ひときわ激しく奥を抉った。埋められた亀頭がびくびくと跳ね、思いきり弾ける。大量の精液がおれの中に放たれた。お腹の中が焼けつくような熱さでドロドロに満たされていく。

「ひうっ……、あぁぁあ――ッ、ああ……ッ!!」

目の奥に火花が散り、頭が真っ白になる。

背中が大きく反り、ガクガクと全身が激しく痙攣《けいれん》し出す。大きく開いた口からはもはや断末魔のような悲鳴が上がった。いまだに締められている竿は、射精のない絶頂で痛いぐらいに赤く膨らんでいる。

気持ちいいというより苦しかった。もうぐちゃぐちゃだ。わけがわからない。

「はあ、はあ……、マシロ、まだ中が、うねってる……っ」

放ったあともしばらくおれの中で痙攣《けいれん》しているレイヴァンの肉棒が、最後の一滴まで注ぎ込むためにぐっぐっと奥を押した。そのたびにあられもない声が口から漏れた。

中に出されたことを確信して、カールがやっと締めていた指を外した。すると、せき止められてパンパンになっていた熱が尿道をすごい勢いで駆け上り、一気に飛び出す。

それはもう、すごい衝撃だった。

「――ッ!!　ああぁ――あぁ……っ!!」

雷に打たれたみたいに頭からつま先までピンッと力が入り、腰が勝手に跳ね上がる。両脚をレイヴァンに押さえつけられたまま、ガクガクと全身が激しく痙攣《けいれん》した。

身体の中も、すべての臓器がひっくり返っているのではと思うほどうねり、まだ埋められたままのレイヴァンを激しく攻め立てた。腸壁が絡みつき、粘膜が細かく震え、熱を放ったばかりの肉棒をまた硬くさせていく。

「マシロ……ッあっ、待てッ、また出る……ッ」

レイヴァンがおれの中で果てた。お腹の中が満たされていく。

連続で射精し、さすがに疲れたようで、レイヴァンは倒れるようにおれに覆いかぶさった。

両脚を解放され、脚がだらしなくベッドに投げ出される。ひとしきり射精して出し切ったあと、おれも全身が脱力し、びくんびくんと余韻で身体が跳ねた。

重なり合った身体は、汗と精液にまみれて酷いありさまだった。おれもレイヴァンも、射精の余韻に呆然と一点を見つめ、荒い息を何度も吐き出す。

たっぷりと注がれた精液がお腹の中でぎゅるぎゅると動き、じんわり温かくて気持ちよかった。涙と汗と涎《よだれ》でぐちゃぐちゃになった顔を掴まれ、カールに後ろからのぞき込まれる。ぼやける視界に安堵の笑みが映った。

「濃くなってる。とりあえずは一安心かな」

今度は下から手が伸びてきて顔を下げられる。汗で髪が張り付き、絶頂の余韻をまとわせた表情のレイヴァンが見上げていた。おれのトロンとした瞳をじっと見つめて、感嘆の声を出す。

「ああ、僕の色だ……」

そのまま顔が近づいてきて、口を塞がれた。まだ整いきっていない息ごと呑まれて苦しい反面、入ってきた舌に口内を舐められるのは心地がよかった。片腕を背中に回され、ぐるりと身体を転がされて、おれがレイヴァンの上に乗っかる体勢になる。その拍子に柔らかくなった性器がズルズルと中から抜けた。

顔に添えられていた手が後頭部に移動し、がっしりと押さえ込まれて噛みつくようなキスをされる。口の中がトロトロだ。おれからも積極的に舌を絡めて快楽を貪る。ただひたすらに気持ちがよかった。

身体がぴったりとくっついているせいでお互いの性器が擦れ合い、放たれたものでヌルついているのがいいアクセントになって、腰を動かすのを止められない。次第に互いのモノがまた芯を持ちはじめ、硬くなっていくのがわかり、興奮が高まっていく。

夢中でレイヴァンに腰を擦りつけていると、無防備だった双丘が鷲掴みにされて左右に割られた。

さっきまでレイヴァンを咥え込んでいた穴は無防備に口を開けたままのようで、中からたっぷりと注がれたモノが垂れていく感触がした。

内腿《うちもも》を伝う白濁を丁寧に二本の指ですくわれ、カールに穴へ戻される。

「せっかくの魔力がもったいない。残さず全部食べないとね」

差し込まれた指はお腹の核へと精液を塗り込むように、奥を容赦なくえぐった。

「あ、ふ……はあ……ッ」

後ろの刺激に驚いて、レイヴァンとキスしていた口を離してしまう。そのまま首元に縋《すが》りついて悶えた。

カールの指が動かされるたびに、空気を含んだ水音がお尻の中で鳴る。ぐぼぐぼと間抜けな音に羞恥心が煽られていく。

「マシロ、大丈夫か？」

心配している言葉とは裏腹に、レイヴァンの声は熱を含んでいた。

吐息で掠《かす》れた言葉が耳に吹き込まれ、ゾクゾクと肩が震える。

「耳も首も真っ赤だ。可愛い……」

こめかみや耳に啄むような軽いキスをされて、お尻に埋まったカールの指を締めつけてしまう。

「はあ……堪らない」

後ろのほうで、カールが感嘆の声を上げた。

散々おれの中を掻き回していた指が引き抜かれ、代わりにレイヴァンとは違う、別の熱が入り口にあてがわれる。

数回入り口を撫でたあと、一気に奥まで貫かれた。

「んあぁぁ……ッ！」

「さすが……っ、すんなり入る」

いきなり容赦なく突き上げられたというのに痛みはなく、むしろ快感で背骨がぞくぞくと震えた。

「おいっ」

「殿下は十分楽しんだでしょ？　マシロ君も喜んでいるようですし、いいじゃないですか」

カールの大きな手がお尻の丸みをなぞる。敏感になった皮膚が粟立ち、穴がキュッと締まった。

「ああ、中がうねって絡みついてくる。感じてるのかい？」

おれの反応を確認しながら、ゆっくりと中のモノを動かされる。レイヴァンとは少し違った感触で細く長い。それでも腸壁を埋めるには十分な大きさだった。余裕のある動きで、おれの中を堪能している。

壁を撫でるように動かされるとカールの凹凸《おうとつ》までわかり、敏感になっている粘膜が勝手に震えた。その振動がお腹まで伝わってきて、感じたことのない快感に不安になり、目の前にいるレイヴァンに縋《すが》りついた。

おれが嫌がっていると思ったのか、レイヴァンがカールに抗議する。

「いい加減にしろカー……うッ」

レイヴァンが言い終わる前に、突然カールが激しく上下に動き出した。

カールに揺さぶられるたびに前はレイヴァンのモノで擦られ、後ろからも前からも激しい水音が上がる。

おれは堪らず喉をのけぞらせ、レイヴァンの耳元でひたすら声を上げた。

「何かおっしゃいましたか？　殿下」

「……なんでもない」

何度もカールの腰に押されるうちに上半身がずり上がり、レイヴァンの顔辺りにおれの胸が移動する。すると、レイヴァンはなんの躊躇もなくおれの乳首を咥えた。温かなぬめりに小さな突起が包み込まれて、くちゅくちゅと音をさせながら舌で転がされるのはすごく気持ちがよかった。思わずお尻のカールを締めつけてしまう。

「……ッ、へぇ……、やっぱり乳首好きなんだ。マシロ君、殿下の舌は気持ちいい？　もっと舐めてって、お願いしてごらんよ」

トントンとお腹の奥を叩かれて促される。もう考えられるだけの思考は残ってない。

「可愛くおねだりできたら、殿下がもっと気持ちよくしてくれるよ」

おれはカールに言われるがまま、レイヴァンの頭を抱え込み乞う。

「レイヴァンさまぁ、おれのおっぱい、いっぱい食べて」

「――ッ、マシロ、マシロ……ッ」

「ふあぁ……っあぁ……んぅ」

背中に片腕を回され、抱き寄せられる。より深く咥え込まれた乳首をザラザラとした舌で執拗に舐められながら、先端の小さな穴をほじくられた。ジンと来る快感に腰が震えると、後ろのカールが熱い息を漏らす。

レイヴァンのもう片方の手がおれのペニスへと伸び、レイヴァンのものと一緒くたに上下に擦られる。一回り以上太さの違うたくましい熱に擦られて、気持ちがいいしか浮かんでこなくなっていた。

二人から与えられる刺激が、おれを確実に追い詰めていく。

「あぁん！　やっ、もぅ……っ、イクぅ……イッちゃうっ！」

息が止まるほど全身が硬直し、悲鳴を上げて二度目の絶頂を迎えた。おれから吐き出された飛沫《しぶき》がレイヴァンのペニスを濡らしていく。

「マシロ、可愛い、マシロ……」

イって柔らかくなったおれのモノを、勃起したレイヴァンのペニスと合わせてぐちゃぐちゃと揉まれる。もうさすがに出そうにないが、達したばかりの身体には刺激が強い。ピクピクと震えるおれを、レイヴァンはうっとりと眺めていた。

後ろのカールも限界のようで、おれへの快楽よりも自分が達するための動きに変わる。無遠慮に突かれる腸壁がブルブルと勝手に震え、堪らず目の前のレイヴァンにしがみつく。気持ちよすぎて泣きじゃくるおれの背中をレイヴァンが優しく撫でてくれるが、それさえも快感を高めるものにしかならなかった。

しばらく中を蹂躙し、カールが呻《うめ》くように息を詰めた。

「全部、呑むんだよ……ッ」

「ふあ……っ、ぁ、ああ……あっああぁーーッ！」

腹の奥に押しつけられた先端から、大量の精液が核の中に流し込まれていく。

熱い。熱くて、気持ちがいい。今まで与えられていた、苦しいほどの快楽を上書きするほどの幸福感が全身を駆け巡った。射精こそしなかったが、また達してしまったように全身が震える。

言われた通り一滴残らず呑み込むようにうねる粘膜が、カールに絡んで離さない。するとカールが背中に覆いかぶさってきた。長い舌でうなじを舐められ、腰をさらに奥へと押しつける。そのまま小さく揺らされた。

「堪らないね、そんなに私の魔力は美味しいかい？」

はぁはぁと息を吐き出しながらぐったりするおれの腹をカールがさする。その下で腹に収まった二人分の精液が魔力に変換されていくのを感じた。ぐるぐると渦を巻く感覚にうっとりする。

顔をのぞき込んできたカールと目が合った。すると驚いたように青い目が見開かれていく。

「なるほど、ははっ、これはいい！」

歓喜の声とともに、まだ抜かれていない肉棒がおれの中で再び硬さを取り戻した。

連続でイカされた身体は膨張していく圧迫感に震え、レイヴァンの胸に縋《すが》りついて喘ぐ。

「カール、いったん抜け」

息も絶え絶えなおれの様子にレイヴァンが代わりに怒ってくれるが、カールはそれを無視して、上機嫌におれの腰を掴んで引き寄せた。

「ああーーっ！」

打ちつけられた尻たぶから、ぱんっと乾いた音が上がった。すでにくたくたな身体はもちろん抵抗できるはずもなく、カールにされるがままだ。

「いいえ殿下、これは無理です。マシロ君の瞳を見てください。ああ、本当に可愛い。こんなの反則だ」

怪訝《けげん》そうな顔をしながら、おれの瞳を見たレイヴァンが息を呑んだ。

「いったいどういうことだ……っ、青じゃないか！」

「おそらく注がれた魔力の属性によって色が変わるのでしょう。なんとエロい……いや、興味深い！」

「なんだと……っ、だったらなおさら抜け！　僕に代われ！」

おれを置いて二人は言い争いをはじめる。

しかしおれの中にはまだカールが入っているため、二人が話をするたびにカールのモノで奥を突かれ、さらにレイヴァンの胸板とおれの乳首が擦れて感じてしまう。

全身が性感帯になった身体は、その刺激にどんどん高められていく。そして、あっけなく果てた。

「つんあぁ……っ！」

最後の力を振り絞ってビクビクと痙攣《けいれん》するおれを、二人が目を開いて凝視する。

はじめての行為と強すぎる快感、何度も射精と絶頂を繰り返したことで体力は限界に達し、おれはそのまま意識を失った。

第二章

おはようございます。死にたいです。

爽やかな陽ざしを浴びて迎えた朝は、まさに地獄のようだった。

まず感じたのは身体中に響く痛み。ほんの少し息をするだけで、全身にビリッとした痛みが走って悶える。もうバキバキのボキボキだ。

それに加え、頭の下にはレイヴァンの腕、腰にはカールの腕が巻きついていて身動きが取れない。

唯一救いだったのは、全員服を着ていたことだ。

左右に寝ている二人は、それぞれシンプルなシャツとズボンに着替えている。

しかしなぜか、おれは大きめのシャツ一枚だけだった。サイズの合うズボンがなかったのだろうか。一応裾が長く太腿《ふともも》まで隠れてはいるけど、スースーして落ち着かないし、何より下半身丸出しなんて間抜けすぎる。

身体はさっぱりしてるから、寝てる間に風呂に入れてくれたんだろう。

正直、美形二人に挟まれて寝ている状況だけでも、かなり精神衛生上よくないわけだが、それよりもっとおれを絶望させていることがある。

「おはよう、マシロ」

寝起きの掠《かす》れた声が右耳を甘くくすぐり、自然な動きで頬にキスをされる。

「早起きだね、具合はどう?」

吐息交じりの声が左耳を震わせ、からかうように腰を撫でられた。

甘い、甘すぎる。ただ、夢にまで見たシチュエーションのはずなのに、その相手が男というだけで全然嬉しくない。

「マシロ?」

「マシロ君?」

寝起きだというのに美しいイケメンたちが、不思議そうに横からおれをのぞき込む。

その顔と距離の近さに恥ずかしさが限界突破し、思いきり叫んでしまった。奇声を上げたことで、全身がえらいことになっているがそれどころじゃない。

だって覚えてるんだ。昨夜、男三人で体験した信じたくない出来事のすべてを。

なんかおれ変になってたし、命が懸かっていたにしても、初対面で年上のイケメンエリートたちに甘えて縋《すが》って股を広げたなんていっそ忘れていたかった……!

気を失う直前なんか、ほぼ自分で勝手にイってたし。

実はおれ、男もいける口だったのか? いやそんなわけない。断じてない。キスしたのも、抱き合ったのも、ましてや尻に……なんて、全部はじめてだったんだから。

いや何が怖いって、これだけ事細かに覚えているにもかかわらず、この二人に嫌悪感が湧かないところだ。

もしかして、今後も精液を貰わないと死んじゃうから、生存本能で嫌だと思わなくなっているとか？

思い浮かんだ可能性に頭を抱える。

「本当にどうしたんだマシロ。気持ちが悪いのか？」

レイヴァンは本気で心配しての言葉だったが、『気持ちが悪い』のフレーズに過剰に反応してしまう。

「気持ち悪くないから問題なんですよ……っ！」

半分泣きが入っている。声もガザガザだ。

オロオロするレイヴァンとは反対に、じっと観察していたカールがピンと閃いたように片眉を上げ、次にニヤニヤと意地の悪い笑みを浮かべた。

「マシロ君、もしかして……覚えてる？」

ビクッと全身が跳ねる。おれの反応を見たカールはいっそう口角を上げ、ついには声を上げて笑い出した。

「あははは……っ！」

「笑い事じゃないですよぉーーっ!!」

あんたらだって嫌な記憶だろ。男を抱いた記憶だぞ。しかも三人で……ッ！

「あーそう、覚えてるの。あはは、それはいい」

「どういうことだ？」

ここまで来てもわかっていない様子のレイヴァンに、カールが笑いを堪《こら》えながら説明する。

やっと状況を理解したレイヴァンは、なぜか上機嫌でおれに抱きついた。頬ずりまでしてくる。

「あの……おれも今から全力で忘れるので、お二人もなかったことに……」

「絶対に嫌だ」

レイヴァンの即答にうなだれる。

なんでだよー……あんたらにとっても人生の汚点だろー……

「いやぁ、愉快だね君は、笑った笑った。ところで身体痛いんだろう？　声もガラガラだ。治してあげよう」

喉の奥で、いまだに収まらない様子の笑いを漏らしながら、カールはおれに手をかざした。短い詠唱とともに手のひらから青い光が出ておれの身体を包み、ガチガチに痛かった身体が徐々に楽になっていく。

光が収まった頃には、完全に痛みが消えていた。すごい、さすが魔導士のトップ。

「どう？　違和感はない？」

「はい、大丈夫……ん？」

痛みは消えたが、お腹がぎゅるっと動いてる気がする。下《くだ》している感じとも違う。

「気になるなら言ってごらん」

カールに促され、違和感のあるお腹部分を擦りながら説明する。

「痛くはないんですけど……。お腹がムズムズするっていうか、すごい動いてる感じがして……」

なんか食べ物を消化してるときみたいな感じだ。王都に着いてから今まで、何も食べていないんだけどな。

動いているのはちょうど臍下辺り、ここ胃じゃないし……なんだろ。

「僕との子どもか」

さっきから抱きついているレイヴァンが、突然恐ろしいことを言い出した。おれの手の上からお腹を優しく撫で、うっとりするレイヴァンの様子を見て、全身の血が引いていく。

「こ、子ども……!?　うそっ、魔力なくなると男も妊娠するの……っ!?」

やだやだ、ちょっと待ってよ！　いくらなんでも無理だって……ッ。

あまりのことに恐怖でガタガタ震える。男とセックスしただけでもキャパオーバーなのに、いきなり母親になるなんてさすがについていけない。

卒倒しそうなおれを抱え直し、「大事にする」なんて甘く囁いて額にキスしてきたレイヴァンの頬を、渾身の力でひっぱたいた。こっちはいっぱいいっぱいだっていうのに畳みかけてくるんじゃねぇ！　なんだその幸せそうな顔、産まないからな!?

ギャーギャー騒ぐおれたちを止めるでもなく、カールはひたすら笑っている。

「あははは っ！　もう、無理……っ、君たち面白すぎる……っ」

「笑い事じゃないですって！　おれ、子育てとか無理だから……っ」

「なんで結構前向きなの？　んふふっ、あーおかしい。大丈夫大丈夫、さすがに子宮がないから妊娠は無理かな。ただの殿下の願望さ」

しつこく抱きついてこようとするレイヴァンを手で押しながら、カールに確認する。

「……ほんとに？」

「本当に」

「よかったぁー……」

カールの言葉に安心して脱力する。さすがに妊娠は怖すぎた。

おれが力を抜いたことで、レイヴァンに押し倒される形で一緒にベッドへ転がる。不満そうにレイヴァンが見下ろしてきたので、もう一回頬を軽く叩いておいた。あんたが変なこと言い出すからだからな。

自国の王子をバシバシ叩く平民を咎《とが》めることなく、カールはむしろニヤニヤ眺めてくる。その口から次の爆弾が落とされた。

「妊娠はないけど、たくさん注いだのは事実だから、まだ吸収している途中なんじゃないかな？何せ、二人分たっぷり入ってるからね」

お腹を指先でつんつんっとつつかれながら言われた言葉の意味がわからず、一瞬惚ける。

二人分……。え、あっ、あああああーー!!

理解した瞬間に全身が沸騰した。精液を魔力に変えてる動きってこと、ね！

だから、この人言い方がさぁ……っ。

熱くなる顔を必死にしかめて「怒ってるぞ！」と言うように睨んでみるも、エロ親父をもっと喜ばせるだけだった。

上機嫌なカールが、むくれたおれの頭を撫でる。レイヴァンがそれに文句を言っているけど無視されていた。ちょっと思ってたけど、この二人って仲がいいのかもしれない。少なくとも気心が知れてる感じがする。

撫でられながら昨夜の出来事を考える。方法は酷かったけど、今にも死にそうだったおれの体調は、こうして騒げるほど回復しているし、なんならかなり元気だ。ということは、やっぱりあれは効果のある行為だったんだろう。

命と引き換えに、おれは男としてあらゆる大事なものを失った。

お尻の穴に指を入れられて、最終的にあんな太いチンコまで入れたにもかかわらず、切れるどころか気持ちよかったなんて衝撃すぎる。

身体中熱くてわけわかんない状態、発情って言ってたっけ……いや、発情ってなんだよ。

……なんだか別の生き物になったみたい。

ちらりと目線だけ二人に向けると目が合った。たったそれだけのことなのに、蕩けるほど甘いイケメンスマイルが返ってきて、ほんの少し罪悪感が湧く。

本来なら、この表情はおれに向けられるものじゃない。セックスだって、意味のわからないフェロモンのせいで、おれのことがアイリーン様みたいな美少女に見えているからできたことだ。

なんだかかな。おれは魔力を失って、ケツまで掘られたけどさ、こっちが騙してる感がすごい。

だって本当の姿はモテない平凡男だぜ？　詐欺じゃん。

かといっておれが謝るのもなんか違うし、男に抱かれてお礼を言うのはもっと嫌だ。

こんなことになっても、おれはやっぱり女の子が好き。

「どうした？　やはりカールの手が気持ち悪いのか？」

「失礼ですよ。でもたしかに顔色がよくないね、大丈夫かい？」

心配そうにのぞき込んでくる王子様と魔導士長様。一生関わることはないと思っていた雲の上の人たち。立っているだけで女の子から黄色い歓声が上がるほどのイケメンで、地位も申し分ない。

それなのに人命救助とはいえ男を抱いて、あまつさえ可愛いと思い込まされている。

……やっぱりモテたかったおれとしては、この二人が一番の被害者に思えてならない。

そうはいっても、今はただ様子を見るしかないし。おれにどうにかできる範囲を遥かに超えている。変に反発して放り出されてみろ、おれは絶対に死ぬ自信がある。

「なんでもないです。ちょっとお腹空いたなって思っただけで」

両手を顔の前で振り、なんとか愛想笑いを浮かべて誤魔化す。

ここはとりあえず、生きることを考えよう。

「それはいけない。カール」

レイヴァンがおれの頭に置かれた手を引っぺがして、命令するようにカールの名前を呼んだ。

その子どもじみた行動に苦笑を浮かべながらも、カールは王子の言わんとすることを理解したようで、部屋にある扉へ歩いていく。

「はいはい、食事ですね。二人ともいい子で待ってるんですよ」

軽口を言い残し、そのままカールは部屋を出ていった。

扉が閉まる音のあと、妙な沈黙が部屋に広がる。原因は、おれを無言でじっと見てくるレイヴァンだ。

ただでさえ整いすぎた美形なのに、無表情だとさらに人間離れした美しさが強調されて、ちょっと怖い。なんで見てくるのかわからず、居心地が悪くなって視線から逃げるように部屋を見渡した。

ここはカールの部屋らしい。

部屋の中央に、今おれたちが座っている、成人男性が三人寝ても余裕のある大きなベッドが設置されていて、その横には引き出しの付いた台がある。上にはスタンドライトと、しおりの挟まった分厚い本が置かれていた。寝る前に読むのだろうか。表紙からして難しそうで、おれは読める気がしない。

シンプルで綺麗な部屋はカールのイメージに合っている。けど、同時に意外だとも思った。お偉いさんの部屋って、もっとごちゃごちゃしていると思っていたからだ。

さすがに置いてあるものは高級品っぽいけど、どれも嫌な主張はまったくなく、むしろ清潔感を際立たせていて上品に感じた。

物珍しくて部屋中を観察していると、いきなり横から手が伸びてきてベッドに押し倒された。高級ベッドはふわふわで痛くなかったが、突然のことにビックリして固まる。

犯人はもちろん、謎の視線を送ってきていたレイヴァンだ。

両腕の間に囲われる体勢で真上からのぞき込まれると、改めて体格の差を感じた。

スラリとしているのに腕も肩もおれよりしっかりしてるし、身長も十センチ以上高いんじゃないだろうか。覆いかぶさられると圧迫感がある。

そして何度も言うが、顔面のレベルが段違いだ。けして女性的ではないのに、ここまで美形だと男とわかっていてもドギマギしてしまう。

だから、じっと見下ろすのはやめてほしい。

どうすればいいのかわからず見つめ返した。なんでもいいから言ってくれ。それか早くどいてくれ。

このままだと埒《らち》が明かない。おれは意を決して声をかけた。

「あの、レイヴァン様？」

「……気に入らない」

不機嫌に呟かれた言葉にビクッとする。

ベッドについていた右手が顔に伸びてきて、思わず目を閉じた。親指で目尻を撫でられる。

「綺麗な紫だったのに……」

紫？　おれの目は茶色だ。

いや待てよ。そういえば気絶する前に、カールが目の色がどうとか言ってたような気がする。

思い出しかけたとき、瞼《まぶた》に影が差した。薄く目を開けると、レイヴァンの顔がすぐ近くにあって、あと少しで唇がついてしまいそうな距離に息を呑む。

さすがにこのままキスされるのはごめんだ。

「ちょっ、レイヴァン様……ッ」

「マシロ君！　大丈夫で……」

突然開け放たれた扉から現れたのは、心配顔のフィリップ先生だった。

いきなり聞こえた第三者の声に、さすがのレイヴァンも動きを止める。おれも反射で扉に顔を向けていて、ドアノブを握ったまま目を見開いて立ち尽くすフィリップと目が合う。

しばらくお互いの思考がストップし、沈黙したあと、やがておれとフィリップは同時に叫んだ。

近くで叫ばれたレイヴァンの身体が、おれの上でビクゥッと跳ねる。

赤くなったり青くなったり忙しいフィリップの後ろから、口元を手で覆い笑いを堪《こら》えるカールが顔を出した。扉の前で動けなくなっているフィリップの肩を叩き、中へ入るように促す。

「早く入ってくれないと。後ろがつかえてるよ」

顔色悪くふらふらと入ってきたフィリップに続いて、カールも部屋へ入ってきた。

「……マシロ君、その……身体は大丈夫かい？」

ベッドから一定の距離をあけて立ち止まったフィリップが、死にそうな声で問いかけてくる。自国の王子とおれのキスシーン（未遂）は、かなりのダメージがあったらしい。もちろん、見られたおれも大ダメージを受けていた。

だってフィリップには、おれの姿は本来の平凡男に見えている。なおさら、いたたまれなかった。

「はい……あの、おかげさまで……」

「そ、そう……。それは、よかった……」

お互い口元を引きつらせながらも、なんとか会話する。ありえないくらい気まずい。

おれたちにできることは一つ。全力でなかったことにするだけだ。

おれは努めてレイヴァンを見ないようにしながら、覆いかぶさったままの身体をゆっくり押して起き上がる。レイヴァンもさすがに見られながらする気はないようで、素直に上からどいてくれた。

なるべく自然な動きで服を正す。あ、おれシャツ一枚だった。

「なんでフィリップ医師がここにいるんだ」

不機嫌を隠しもせず、レイヴァンが扉に寄りかかって立っているカールを睨む。

この地獄のような空間を作った犯人は、あの青いやつらしい。

「偶然、廊下で会いましてね。マシロ君の様子をあれこれと聞いてくるので連れてきました。体調は医師の管轄《かんかつ》ですから当然でしょう？」

間違ったことは言ってない。でも、確実に空気は凍ったよ。それでまだ気まずいよ。

いやでも、あのままだったら確実にキスされてただろうし、結果オーライか？　そもそもレイヴァンがあんなことをしはじめなきゃよかったんだ。そうだ、全部レイヴァンが悪い。

遠くを見つめるおれのそばにいつの間にか来ていたカールが、白と黒の布を渡してきた。

受け取ってはみたものの、ダメージを受けている脳がすぐに働かず、布を見たまま首を傾げる。

上からくすりと笑われた。

「服だよ。私はそのままでも構わないけど、君は嫌だろう？」

おお！　服！

「ありがとうございます！」

やっと下半身にも布をまとえる。嬉しくて顔を上げたとき、ふと思った。

「そういえば、おれの服って……」

「ああ、申し訳ないけど廃棄したよ。汚れが酷くてね」

ニヤッと口角を上げたカールを見て察する。あ、これ以上は聞かないほうがいい。

着替え終わったら隣の部屋に来るように告げられて、みんな先に部屋から出ていく。どうやら扉の向こうにも部屋があるらしい。朝食はそっちに用意してくれているそうだ。

部屋を出るときに、レイヴァンが早く着替えてほしいと拗ねた様子で言ってきたから、今着ているシャツはカールのものなんだろう。だったらここに置いたままでよさそうだ。

一人になり、さっそく受け取った服をベッドに広げる。

……このシャツ、やたらフリルが付いてるのはなんでだ？

一緒にもらった黒いズボンもやたら丈が短い。膝上はさすがにきついだろ。少なくとも成人男性が着る服じゃないと思うのはおれだけ？

それとも、王都では普通の格好なんだろうか。昨日村から着てきた服も街では浮いてたし、自分のセンスにあまり自信がない。

改めてベッドに置いた服を全体的に眺める。すごく可愛い。でも、絶対に似合わない。

え、どうする？　用意してもらった手前、変えてくださいなんて図々しくないだろうか。でも、それこそ美少年か子どもが着るような格好はしたくない。

とりあえず下着だけでも穿いておこう。

問題を後回しにし、丸出しの下半身を隠しておくことにした。

片足を上げて下着に通す。そのとき、めくれ上がったシャツの下から、ちらりと自分の股間が見えた。

あれ？　なんか違和感が……

いつもの見慣れたムスコじゃなかった気がして、シャツをお腹までまくってみる。

あらわになった光景に目玉が飛び出すほど驚き、おれは悲鳴を上げた。悲鳴は隣の部屋にまで聞こえたようで、みんなが慌てて戻ってくる。

それでも気が動転しているおれは、片足首に下着を引っかけたまま、最初に部屋へ入ってきたフィリップに半泣きでしがみついた。そのまま腰が抜けて、フィリップともどもずるずると床にへたり込む。あまりの取り乱しようにただ事ではないと察したのか、フィリップは真剣な面持ちで、まずは落ち着かせようと背中をさすってくれた。

「マシロ君、落ち着いて。何があったの？」

「け、けが……っ」

「怪我？　どこか痛いの？　見せて！」

医者の顔になったフィリップが、あちこち触って確認してくれるが何もない。それもそのはず、おれをおののかせているのは怪我ではないからだ。

早く誤解を解かないと、と思うのに、ショックと混乱で息が浅くなってうまく言葉にならない。フィリップが優しい声で根気強く励ましてくれる。背中を何度も擦られて、やっと少し落ち着いてきた。

フィリップの肩越しに、心配そうに眉尻を下げたレイヴァンと目が合う。

一度大きく深呼吸して、おれはさっき見たおぞましい光景をなんとか説明する。信じたくない気持ちが強くて声が震えた。

「けが、なくて……」

「怪我じゃないの？　よかった」

安堵するフィリップの胸元辺りを掴んだ。

いきなり掴まれたフィリップは驚いていたが、構わず前後に揺らす。だって全然よくなんかない。怪我だったほうがまだマシだったくらいである。

「よくないです！　全然よくない、だって、ないんですよ！　おれの、おれの……っ、股間の毛がないんですーーっ！」

振り絞って放った言葉が部屋に響いて、それからしーんと静まり返る。

マジで衝撃だった。大人の証である茶色の茂みが、まるでもとから存在していなかったかのように、綺麗さっぱりなくなっていたんだから。つるんとした裸のそこは、毛がないだけでなんとも情けない。

「魔力がなくなると、毛もなくなるんですか……っ、どうなんです先生……っ！」

しがみついて喚くおれを見て、フィリップは顔を引きつらせて絶句している。

とにかく落ち着けと言われるが無理な話だ。だって、寝て起きたらツルツルになってるんだぞ。

あれだけ茂るのに何年かかったと思ってる。

激しく取り乱すおれの肩を掴み、フィリップが必死になだめてくれた。なんなら一緒に悲しんでくれている。

そこに空気の読めないレイヴァンがさらっと自白した。

「なんだそんなことか。安心しろ、僕が魔法で消しておいた」

……はあ？　今、なんて？

一瞬、何を言われたのか理解できなかった。

おれとフィリップが同時にレイヴァンを凝視する。しかし犯人は謝るどころか、むしろ得意げに経緯を説明し出した。

「眠ったマシロを風呂に入れたとき、固まって痛そうだったから消したんだ。ちゃんと毛根から消したから二度と生えてこないし安心だろう。闇魔法の性質は『消す』ことだからな、僕の手にかかればこの程度造作もない。ついでに不必要な部分もすべてなくしておいたぞ」

目玉が飛び出た。この王子様は自分が何を言っているのか、わかっていないんだろうか。しかも気づいてなかったけど、どうやら全身の毛までいかれているらしい。信じたくない気持ちで恐る恐る脚を確認する。……たしかにすね毛一本見当たらない。

え、普通、人が気を失ってる間に毛根消す？

同じく脱毛されて綺麗になっている腕を擦り、絶望する。

「一生、おれはツルスベ肌……」

頭が真っ白になって倒れ込む寸前に、そばにいたフィリップが抱きとめてくれた。

魔力がなくなってから、すごい勢いで男の尊厳を削られていく。ああ、おれの毛根返してくれ。

「レイヴァン殿下、もとに戻してあげられないんですか？　さすがに可哀想です」

打ちひしがれるおれに代わって、フィリップがレイヴァンに抗議する。だが、レイヴァンからの返答におれ以上の怒りをあらわにした。

「無理だ。それに触り心地もいいし問題ない」

「なんてことだ……っ、あんまりです！」

フィリップが烈火のごとく怒っているのに対し、レイヴァンはなぜ怒られているのかわかっていない様子だった。容姿と魔力は完璧なのに、倫理観が壊滅的に欠けている。

「……じゃあレイヴァン様の毛も消してくださいよ」

おれが力なく訴えると、レイヴァンは心底不思議だという表情で答えた。

「僕の毛に不要な箇所などないが？」

おれの毛も全部必要だっつーの！

「ごめんねマシロ君、まさか殿下がこんな人だとは思わなくて……」

青じゃなく、もはや白に近い顔色でひたすら謝ってくるフィリップ。そんな彼におれは顔を横に振る。

「先生は悪くないよ。それに、これ以上レイヴァン様を責めたって、おれの毛根はもう戻ってこない」

「マシロ君……ッ」

フィリップが力強く抱きしめてくれた。おれも抱きしめ返す。

「強く生きようね……っ」

「はい、先生……っ」

おれのことをわかってくれるのは先生だけだよ。おれたちに絆が生まれた瞬間だった。しかし、ここでもレイヴァンのおとぼけが炸裂する。

「マシロ、抱きつくなら僕にしろ」

「あんたのせいでこうなってるんだよ！」

もうわざとじゃないのかと疑いたくなるレベルに、さすがにツッコむ。

収拾がつかなくなってきたころ、パンパンと手を打つ乾いた音が空気を変えた。今まで成り行きを見守っていたカールが鳴らしたものだった。

「はいはい、そこまで。殿下、次は事前に許可を取ってからするように。マシロ君も諦めたのなら早く着替えなさい。せっかくの朝食が冷めてしまうよ」

次に聞かれたとしても許可なんて出さないけど。

人の気も知らないでと、やさぐれた気分になるが、たしかにお腹は空いている。

毛根がなくなった衝撃が強すぎて、服にフリルが多いことくらいどうでもよくなり、みんながもう一度部屋を出るのを見送ったあと、大人しく着替えて部屋を出た。

郷に入れば郷に従えと、どこかで聞いたことがあるし、これがここの普通なのだと諦めよう。

扉をくぐると、真っ先に目に飛び込んできたのは大量の本が詰め込まれた棚。部屋もかなり広い。窓際に置かれた机には、これまた大量の書類が詰まれていた。明らかに仕事部屋だとわかる。

そこから少し外れたスペースに、ローテーブルを挟むように二人掛けのソファーが置いてあって、みんなそこに座って待っていた。

テーブルの上にはいろんな種類のサンドイッチや果物、さらにはスープが並べられていて、空っぽのお腹を誘惑する。

手前のソファーにカールと先生、奥の扉側にレイヴァンが座っていたので、空いているレイヴァンの隣に腰かけた。

向かいに座る先生が、おれの姿を見て動揺する。

「マシロ君、その格好は……。いや、なんでもない」

ゆっくりと視線を逸らされて、他人から見ても似合っていないのだと理解する。

やっぱり成人男性にフリルシャツと半ズボンは都会であってもアウトなんだ。自分のセンスが間違っていなかったことにホッとすると同時に、虚無になる。

フェロモンの影響を受けてる二人は、おれの格好に満足そうにしている。それを見て、フィリップは経緯を察したのだろう、憐《あわ》れみの籠《こも》った表情をおれに向けた。村に帰るとき、服の用意は絶対フィリップに頼もう。

とりあえず食事をしながら状況を整理することになった。お腹が空いたと言っていたおれのことを、レイヴァンが気遣ってくれたからだ。

なんでそこは気を遣えるのに、無断で毛根を消してもいいと思うのかは心底不思議だが、しょせん価値観の違いだろう。

レイヴァンに料理を勧められ、手前にあった野菜たっぷりのサンドイッチに手を伸ばすと、掴んだパンの柔らかさに驚いた。村で食べていた硬くてパサパサのパンとは明らかに違う。そんなに力を入れていないのに、指の痕がついてしまうくらいだ。

挟んである野菜もチーズも、色が綺麗で新鮮なのが一目でわかった。すごく美味しそう。

食べやすい大きさに切られているので、思いきって一気に口の中に入れる。ひと噛みした瞬間、口いっぱいに美味さが広がって目を瞠《みは》った。

レタスがシャキシャキでみずみずしく、トマトの酸味とチーズの塩味が噛むたびに口の中で混ざり合って、最高に美味しい。

ここに来てから、今この瞬間が一番幸せを感じていると思う。なくなってしまうのがもったいなくて噛みしめて食べた。最後の欠片《かけら》を飲み込んで、ふぅっと余韻に浸る。

味わうことに集中していて、三人の視線を集めていることに気がつかなかった。ハッと我に返り、田舎《いなか》者丸出しの反応をしてしまったことが恥ずかしくなって、顔に熱が集まっていくのを感じた。

「あ、その、これがすごく、美味しくて……っ」

おれが誤魔化そうとすればするほど、三人の視線が微笑ましいものに変わっていく。それに耐えきれず、視線を徐々に下げて膝を見る。全身から湯気が出るほど恥ずかしかった。

「これも食べるといい」

隣に座るレイヴァンが果物ののった皿をおれの前に置いた。これまた艶々《つやつや》したブドウにリンゴ、桃などがのせられている。

これはなんだろう、見たことのない黄色い果肉があった。この距離でもわかるほど濃く甘い匂いに誘われてじっと見ていると、横からフォークが差し出された。

恥ずかしさはまだ残っていたものの、興味には勝てずレイヴァンからフォークを受け取り、恐る恐る刺す。なんの抵抗もなく埋まった先端が、黄色い果肉の柔らかさをものがたっている。

口に入れた瞬間、雷に打たれたような衝撃が全身に走った。

濃密な甘さは桃に似てるけどちょっと違う。噛まなくても舌の上で潰れるほどの柔らかさは体験したことがなく鳥肌ものだ。

「うまっ、何これ甘い！　溶けた、ねぇ、溶けたよ！　うわ、すげぇ！」

興奮のままに隣に座るレイヴァンを仰ぎ見ると、彼はうっとりと満足そうに微笑み、頭を撫でてきた。

「ああ……可愛い。それはマンゴーだ。たくさん食べてくれ」

お言葉に甘えて、おれはマンゴーをもう一つ口に放り込んだ。今度はゆっくりと甘さを味わう。

はあ……、こんなに美味しいものが朝から食べられるなんて、さすが王宮、格が違う。

そのまま他の料理も堪能していく。恥ずかしいとか言ってられない。だって村に帰ったらもう二度と食べられないし、何より美味しいものは美味しい。

おれが遠慮なくバクバク食べている間、向かいのソファーでは、カールがおれについてわかったことをフィリップに共有していた。

まず日常的に他者から魔力を供給する必要があること、注がれた魔力を自分のものに変換できること、そして注がれた魔力の属性で瞳の色が変わること。

今の瞳の色は青。ということは、今のおれは水属性になっているらしい。

魔力の属性は生まれたときから決まっているから、土属性以外になるなんて思いもしなかった。それに変わったといっても、体調や感覚に違和感はないし、ただ瞳の色が変化しただけみたいだ。

カールたちはそこに大きく関心を示していた。カールは魔力の、フィリップは人体の観点からそれぞれ興味をそそられるらしい。フィリップは心配ないけど、そのうちカールが人体実験したいとか言い出したらどうしよう。想像しただけで身震いする。

――待てよ。注がれた魔力によって色が変わるってことは、どの属性の人から魔力を貰ったかばれちゃうってことだよな。それって、つまり……

「誰とセックスしたかバレちゃうってこと……？」

おれの呟きに、三人が一斉に噴き出した。

一度口から出てしまった疑問はどんどん膨らんでいき、おれをさらに動揺させる。

「今は瞳が青色だから、事情を知っている人が見たら、最近カール様に抱かれたんだなって気がついちゃうってこと？」

「マシロ君、いったん落ち着こうっ」

フィリップが冷や汗をだらだら流しながら、おれをなだめようとしてくれる。そうだ、この人は事情を知っている数少ない関係者の一人。つまりフィリップに会うたびに、誰に抱かれたのかバレてしまうということになる。

「……先生は今後、気軽におれと目を合わせられますか？」

「えっ⁉　で、できるよ――……」

あからさまに目が泳いでいた。

「ほらっ！　そういう反応になるじゃん……っ」

「いや、待ってごめん！　お願いだから落ち着いて……っ」

「なんでおればっかりこんな目に……ッ！」

一気に興奮して頭に血が上ったのか、眩暈《めまい》がしてふらっとソファーに脱力する。隣のレイヴァンが気づかわしげに頭やら肩やら撫でてくるが、今はそれどころじゃない。

しばらくぼんやりと天井を見つめていたものの、大きな声を出してちょっとスッキリしたようで、騒いだことを謝罪する。

「……ごめんなさい、取り乱して」

「あ、いや、大丈夫。無理もないよ……」

フィリップがおれのカップを寄せて、温かい紅茶を淹《い》れ直してくれた。優しい。

……まあ、よく考えたらこんな体質の人間なんて、この世におれしかいないだろうし。言わなきゃバレないだろう。

よくよく考えたら、どうせ男とセックスしないと死んでしまうんだ。その事実以上に恥ずかしいことなんてないし、なんならすでに処女も毛も失ってる。

「なんかちっぽけなことに思えてきました」

「……君はたくましいね」

泣かないでフィリップ先生。おれも泣いちゃう。

淹《い》れてもらったばかりの湯気の立つ紅茶をゆっくり啜《すす》ると、温かさが胸に染みた。

「いいじゃないか、エロくて」

「早く僕の色に染め直したい」

こいつらは口を開いても碌《ろく》なことを言わない。デリカシーをどこに置いてきたんだろう。息を吐くようにエロ親父のような発言をして、いままで嫌がられたことがないのか？　もしかしてイケメンは、何を言ってもロマンスがはじまってしまうとでも言うのだろうか。

結局は魔力と顔。顔がよければ、大抵のことをいい風に解釈される不思議。でもまあ、おれも美少女に言われたらロマンスを感じてしまうかもしれない。

とりあえず聞こえなかったことにして、サンドイッチを頬張った。

「それはそうとマシロ君、これに手を置いてくれるかい？」

カールが黒い円盤をテーブルの上に置いた。円盤の中心には手の形にくぼみがあって、その上に数字が出る文字盤が埋め込まれている。ごく一般的な魔力量測定器だった。

「今の君に、どのくらい魔力があるのか知りたくてね」

なるほど、たしかに気になる。

おれ自身の魔力はないから、今から出る数値はレイヴァンとカールに貰った魔力ということになる。

おれは測定器の上に手を乗せた。すると数値がどんどん上がっていき、もとあったおれの数値をあっという間に超え——

「二六〇三⁉　すごい増えてる！」

夢にまで見た平均値超え……っ！　もう諦めていた数値が表示されてテンションが上がる。

しかし、カールの表情は険しかった。

「喜んでいるところ悪いけど、これは君の命の数値だよ。これでいったい何時間もつのか検証しないと」

なるほど、そういう捉え方もあるのか。おれにとっては多いけど、命の数値って言われると心もとない気がする。

「君は魔力を消費するしかできないから、くれぐれも魔法を使ったり、無闇に減らしたりしないように気をつけてほしい」

もともと魔法は得意じゃないから使わないとは思うけど、覚えておこう。

そういえば、今のおれは水属性らしいし、魔法を使ったら水魔法が出るのかな？　ちょっと使ってみたい気もする。だけど、それで死んだら目も当てられない。

「わかりました」

カールの忠告に素直に頷くと、真剣だった青い目が少し優しくなった。

「あと心配なのは『発情』だね」

「発情……」

あの、とにかく熱くて、わけがわからなくなるやつか。

「おそらく生命活動に支障が出るほど数値が減ると、昨日みたいな発情状態になるんだと思う。できれば、その数値も知っておきたいな」

たしかにあれは色々とヤバかった。力は入らなくなるし、身体は熱くなるし、何よりエロいことしか考えられなくなる。本能がむき出しになったような感じだった。

そんなめちゃくちゃな状態なのに、ほとんどの記憶があるのがかなりきつい。今朝みたいに思い出して悶えるはめになる。できればもうなりたくない。

でもそうなると今後は素面《しらふ》の状態で誘わないといけないわけで、どちらにしても、おれにとって苦行には違いなかった。

「どの数値で発情するのかわからない以上、なるべく小まめに測定するしかないだろう」

カールの言うことはもっともだ。

いつ発情するのかと常に怯えながら生活するなんて、考えただけでもゾッとする。この感じだとカールが調べてくれるみたいだし、ありがたくお願いした。

そこでふと思った。おれはいつ家に帰れるんだろう。

いろいろ調べてもらうとして、一週間、いや一か月？

カールとフィリップが真剣に話し合いをしている中、控えめに手を挙げてみた。

「あの、おれはいつ帰れるんでしょうか？」

その場にいる全員がきょとんとした。そして、カールがさらっと答える。

「帰れないけど」

「えっ」

言われた言葉に固まる。

いや、実は薄々そんな気はしてた。でもはっきり帰れないと言われると、それはそれでショックだった。

申し訳なさそうにしているフィリップに比べ、カールはこともなげに説明する。

「死ぬとわかっていて帰せるわけがないだろう。もちろん原因はレイヴァン殿下にあるわけだから、生活は保障してもらえるよ。万が一ダメだったら、私が養ってあげよう」

「その心配は不要だ。マシロのことは、すべて僕が責任を持つ」

カールとレイヴァンは決定事項のように言う。やっぱりおれには選ぶ権利がないらしい。

……いや、仮にあったとしても、ここで保護してもらうことを選んだと思う。だって実際、おれにはこの体質のまま自力で生きていける自信がなかった。

魔力はないし、自分で作れもしない。貰ったものが底をついたら終わり。今後ずっと、他人に与えられて生きていくしかない。しかもその方法は性行為だけで、男に抱かれないと死ぬなんて……本当にふざけてるとしか思えない。

せめてもの救いは、レイヴァンとカールがフェロモンの影響でおれに協力的なことと、おれ自身が男とのセックスに嫌悪感が湧いていないことだ。

きっとカールの言う体質変化のせいだろうけど、どうせしないといけないなら、嫌じゃないほうがいいに決まってる。それこそ栄養補給みたいなものだと思って割り切るしかない。

ただ問題なのは、フェロモンは誰にでも効くわけじゃないってことだ。実際フィリップには効果がないし、条件付きというのも詳細がわからない以上、村に帰って誰にもフェロモンが効かなかったら終わる。

仮に効いたとしても、みんな子どもの頃から知ってる家族みたいなものだぞ。抱いてくれなんて頼めるわけがないし、何より村で男漁りしているのがバレてみろ、村中の女の子から嫌われてしまう。

それに、父さんと母さんにはなんて説明すればいいんだ。正直に全部説明するなんて絶対無理だし、何より魔力がなくなったことを知られたくない。

そうすると、やっぱりここでお世話になるしかないように思う。まだぴちぴちの十八歳、成人したてで人生これからだというのに、本当にツイてないとしか言えない。でも男に抱かれ続ける生活より、正直死ぬほうが怖かった。

深くて大きなため息が出る。おれはただ、女の子にモテたかっただけなのに。

おれが肩を落とすと、不安になっていると思ったのか、隣にいるレイヴァンが肩を抱いて引き寄せてきた。

「大丈夫、マシロは僕が絶対に守る」

守る、守る……かあ。

おれを思って言ってくれているのはわかる。でも、その言葉が、おれの心に小さな傷をつけた。

『守らなければいけないほど弱い存在』だと、言われているようだったからだ。

向かいに座るカールが、カップに口をつけながら優雅に脚を組んだ。

「君は暴走に巻き込まれた被害者なんだから、気負わず頼りなさい」

この人はどうせ研究したいだけだろう。でもそっちのほうが気は楽だ。お互いにメリットがあると思えば、ただの優しさよりも全然信用できる。

助けてくれると言っているんだから、今は素直に甘えることにしよう。ダメになったら、またそのときに考えたらいい。そう自分の中で決めてしまえば、スッとモヤが晴れていくようだった。重かった頭がようやく上がる。

平民で、田舎者《いなか》で、もともと魔力が平均以下で、金もなければ学もない。そんなおれが王宮で暮らせるなんて、むしろラッキーじゃないか。そう自分を納得させる。

当面のおれの目標は、生きることだ。

みんなの顔を見渡して、はっきりと口にする。その声に迷いはなかった。

「お世話になります」

レイヴァンは嬉しそうに、カールは満足そうに、フィリップは安心したようにそれぞれ表情を崩した。なんだかんだこの人たちは優しい。うん、きっと大丈夫。

「よかった、じゃあ色々と手配しないと。すみませんが、私はここで失礼します」

席を立ったフィリップにお礼を言うと、へにゃりと目尻を下げた。

「いいんだよ。むしろこんなことしか力になれなくてごめんね。片付いたらまた来るから、それまでゆっくりしてて」

フィリップはレイヴァンたちに一礼したあと、部屋を出ていった。

これからおれはここで暮らす。いつまでかわからないけど、今までの生活と変わってしまうのは間違いない。それでもおれは、ここで暮らすしかないんだ。

閉まった扉をしばらく見つめていると、横からサンドイッチののったお皿が差し出された。

「食事を再開しよう。マシロ、これも食べてくれ」

「では遠慮なく」

向かいから手が伸びてきて、レイヴァンの持つ皿からたまごサンドが持っていかれる。そのままカールが自分の口に入れた。すかさずレイヴァンが抗議するが、たまごサンド泥棒はもぐもぐと口を動かす。

「んー、これは美味しい。マシロ君もどうぞ」

カールがもう一つ摘もうと手を伸ばすが、すんでのところでレイヴァンがお皿を遠ざけた。

その体勢のまま、お互い見つめ合う。

「殿下、大人げないですよ」

「大人げないのはお前だ」

いがみ合う二人に笑いが込み上げてきた。いい大人が本当にくだらない。

片や王子、片や魔導士のトップ。見た目も地位も完璧なのに、まるで子どもみたいだ。身構えていた気持ちが緩んでいく。

くすくすと笑うおれを見て、二人の目尻が下がった。二人なりに気を遣ってくれたのかもしれない。

酷い目にあわされたりもしたけど、基本的におれを助けようとしてくれる。

レイヴァンの持つお皿からたまごサンドを取って口に入れる。よく噛むと、口いっぱいに美味しさが広がった。

「うん、美味しい！」

きっと大丈夫。なんとかなる。

おれたちは食事を再開して、雑談と今更ながら軽い自己紹介をした。

話を聞く中で一番驚いたのは、カールがレイヴァンの魔法の先生ってことだ。

たしかにカールのレイヴァンに対する態度は、自国の王子に接するものとしてかなり軽い。一方レイヴァンもカールには気を許している感じがしてたし、先生と生徒ならそれも納得だ。

おれの話は本当に自己紹介。小さな田舎《いなか》の村で両親と三人で暮らしていて、普段は畑仕事をしていること。王都に来たのは今回がはじめてなこと。

カールがブドウを摘みながら、何気なく言った言葉にぎくりとした。

「わざわざ成人の日に王都に来るなんて、何か大切な用事でもあったのかい？」

今や黒歴史になってしまった話題に触れられてドギマギする。

言えない。エリクサーを使って魔力を増やそうとしてました、なんて。それも女の子にチヤホヤされたかったからです、なんて、もっと言えない。

頭をフル回転させて、どうにか別の理由をひねり出す。

「……都会で噂のお菓子を、お祝いに食べようと思って」

彼女ができたら食べようと思っていたんだから、まあ嘘じゃないだろう。

「なるほど、僕が倒れていたときに甘い匂いがしていたが、近くに菓子屋があったのか」

「そう、隣に！」

自然に誤魔化せてホッとする。しかし、レイヴァンは申し訳なさそうに表情を曇らせた。

「僕のせいで、せっかくの成人の日を台無しにしてしまった。本当にすまない……」

おっと、そうなるか。別の方向に面倒くさくなっただけだった。というかレイヴァンはその辺り、とくに気にしていないと思っていたけど、そうでもなかったらしい。

「いや、別にレイヴァン様を責めてるわけじゃなくて……」

「……すまない」

本格的に落ち込み出したレイヴァン。

どうしよう。こんな空気になるなんて思わなかった。

どう軌道修正したらいいのかわからない。ぐるぐる考えていると、カールが話題の方向を変えてくれた。

「マシロ君は甘いものが好きなのかい？」

「え？　あ、はい！　好きです」

ナイスアシスト！　さすが経験豊富な大人の男は誤魔化すのがうまい。

ありがたく、そのまま話に乗らせてもらうことにした。

「見つけたお店のお菓子が、すごく美味しそうだったんです」

「じゃあ今度、そのお菓子を食べに行こうか」

「いいんですか？」

「もちろん、お祝いだからね。好きなだけ買ってあげるよ」

「やった！」

これは思わぬ副産物だ。あのショーウィンドウに並んでいた色とりどりのお菓子を食べられるらしい。しかもカールのおごりで。

デートで行きたいと思っていたけど、あのお菓子が食べられるならそれはそれで嬉しい。

「ありがとうございます！」

「どういたしまして」

満面の笑みでお礼を言うと、カールは微笑みながらカップを傾けた。その姿はまさにイケメン、大人の余裕を感じる。

感心してボケっと見ていると、一瞬カールがウインクした。

ぎゃっ、なんだ今の……っ。畳みかけるようなイケメンアピールか。いや違う、これは……！

おれはピンときた。このときばかりは自身の閃きを褒めてやりたい。

レイヴァンも誘えということですね、カール様！

隣の様子を窺《うかが》うと、誘ってほしそうなレイヴァンがこっちを見ている。ビンゴだ。

「レイヴァン様も行きましょうよ。カール様のおごりで！」

「殿下にはおごりませんよ」

そこはおごってやれよと思ったが、じゃあおれの分も自腹で、なんて言われたら困るのでスルーした。しかしそれでも、レイヴァンの表情がぱあ……っと明るくなる。

「マシロには僕がごちそうする」

さっきまでの暗い表情とは違い、ウキウキと嬉しそうにしているレイヴァンにほっと胸を撫でおろした。

とりあえず、じめじめモードは回避できたみたい。作戦は成功だ。

カールにこっそり頭を下げる。それに対して口の端を上げるだけで返したカールは、間違いなくモテる男だった。感服です。

一息ついたのもつかの間、突然部屋の扉がノックされた。誰か来たみたいだ。

「おや、フィリップ医師ですかね？　手続きが終わったにしては早すぎますが」

カールが席を離れて扉へ向かう。彼が扉を開けると、知らない男が立っていた。

男はキラキラと輝く金髪に橙色《だいだい》の瞳。華やかで甘さのある顔立ちは、雰囲気こそ正反対なのにどこかレイヴァンに似ていた。白を基調とした格式が高そうな服装に身を包んだ姿は自信にあふれている。

男はにこやかに話し出す。

「やあ、カール。レイがここにいるって聞いたんだ――」

バタン。

まだ男が話していたにもかかわらず、カールは容赦なく扉を閉めた。

閉められた扉は激しく叩かれ、ドアノブをカチャカチャと回す音がし、男が抗議しているのが聞こえる。

「カールぅ、開けてよー、閉めるなんて酷いよー」

扉を背中で押さえ、こちらに振り返ったカールの顔はあきらかに焦っている。

「まずいです。レイヴァン殿下、早くマシロ君を奥の部屋に、――くッ！」

ドンッとひときわ大きな音がしたと同時に、押さえていた扉が勢いよく開き、カールは身をひるがえして回避した。

レイヴァンはおれを庇うように抱き寄せて伏せる。ちょうどソファーの背もたれで隠れていて、男からは見えない。扉は壊れてはいないものの、ギイイ……と建て付けが悪くなっていそうな音を立て、足音がゆっくりと部屋に入ってきた。

「もう、なんで閉めるのさ」

明らかに歓迎されていない雰囲気なのだが、男は気にした様子もなく開いたままの扉を力業で閉め、拗ねた口調で文句をいっている。

おれたちはなぜか隠れているので、カールが男の対応をした。

「すみません、驚いてしまって。アレクセイ殿下こそ、どうして私の部屋に？　今日は学園にいらっしゃるはずでは」

アレクセイ殿下って、たしか第二王子じゃなかったか？　レイヴァンの双子の兄。

気になって身じろぐ、しかし、おれを腕に閉じ込めているレイヴァンが小さく首を横に振った。大人しくしておけ、ということらしい。

兄弟なのに、なんでこんなに警戒されてるんだろう。前に聞いた噂だと、たしか社交的で愛想がいいって言われてたはず。実は結構ヤバいヤツなんだろうか。

まあ、拒否されてるのに扉を半壊させてまで部屋に入ってくるのは、確かにヤバいヤツだけど。

ソファーに隠れたまま息を殺し、カールとアレクセイ王子の会話に聞き耳を立てる。

「レイが昨日、体調不良で会議に出なかったって聞いて、心配で様子を見に来たんだよ。また魔力が不安定になったんじゃないかって。部屋に行ってもいないし、医務室に寄ったら、カールの部屋にいるって聞いたからさ」

足音がこちらに向かってくる。すると、もう一つの足音が聞こえ、二つの音がピタッと止まった。たぶん奥に来ようとしたアレクセイに、カールが割って入ったんだろう。

「レイヴァン殿下は回復したので、もう部屋に戻られましたよ。きっとすれ違いになったんですね」

平然と嘘をつくカールの言葉を聞いて、おれはちらりとレイヴァンを見た。至近距離にある唇に人差し指を当て、静かにするように指示される。よっぽど会いたくないいんだな。

「元気になったのならよかった。あー、安心したらお腹が空いてきたな。おっと、こんなところに美味しそうなサンドイッチがあるじゃないか。少し貰うよ」

一歩踏み出すアレクセイを、またもカールが阻止する。

「ああ、あれは朝の残りですので美味しくないですよ。新しいものをお部屋に届けさせますので、どうぞお帰りください」

おお、ついにはっきり帰れって言ったぞ。どんだけ嫌われているんだアレクセイ。

ソファーとレイヴァンに挟まれているため、のぞくことができないのが残念だ。どちらも、のらりくらりと言葉の攻防戦を繰り広げていた。

「そうなのか、じゃあ仕方ない。サンドイッチは諦めるよ。その代わり」

「チッ、お待ちください殿下」

あれ？　待って、足音がだんだん近くなってる気がする。おれの背中にまわったレイヴァンの腕にも力が入り、よりいっそう抱き寄せられる。

レイヴァンの肩越しに見えていた天井に、にょきっと金髪のイケメンが生えて、バッチリ目が合った。

「ここにいる可愛い子を俺に紹介してくれないかな。レイ？」

ビックリしすぎて固まっているおれを隠すように抱き込み、レイヴァンが舌打ちした。

「気づいていたのか」

「当然。扉を閉められる前に部屋の中が見えたからね」

それはそうだ。おれがアレクセイを見ているんだから、相手からも見えていて不思議じゃない。

諦めたレイヴァンがおれの上からどき、苦虫を噛み潰したような表情でソファーに座った。おれも身体を起こして座り直す。

ニコニコと楽しそうに笑うアレクセイが、ソファーの背もたれに片腕を乗せて後ろから話しかけてきた。

「俺は第二王子のアレクセイ。レイヴァンの双子の兄さんね。君は？」

アレクセイは、ザ・王族って感じの容姿だった。光属性の証である金色の髪と橙《だいだい》色の瞳。着ている服は白がメインで金の装飾品がたくさんついている。全体的に豪華な印象を受けた。

一方レイヴァンの服は、どちらかといえばシンプルであまり装飾品もついてない。ところどころに金の刺繍は入っているものの、闇属性に合わせているのか全身真っ黒。重厚感のある身なりだ。

レイヴァンの髪や雰囲気に合ってるしカッコいいけど、王族のイメージとしてはやっぱり金や白を思い浮かべてしまう。

アレクセイは、レイヴァンとは何もかもが真逆な印象だった。

レイヴァンが陰のある神秘的な美形だとしたら、アレクセイは表に出る太陽のような美形。そして何より、決定的に違うところがある。

「はじめまして、マシロといいます」

「マシロちゃんね。はじめまして、君にはアレクって呼んでほしいな。名前もとっても可愛いね。マシロちゃんはレイとどういう関係なの？　もしかして友達？　それとも恋人かな？　ねえねえ、俺ともぜひ仲良くなろうよ」

すごく、チャラい。

矢継ぎ早に放たれる言葉に押されて顔が引きつる。なんとか愛想笑いで返していると、レイヴァンが座ったままアレクの肩を後ろに押した。

「マシロに話しかけるな……っ」

「いいじゃないか、こんな可愛い子を独り占めなんてズルいぞ。いや、これはカールもグルか。レイが他人と交流してくれてお兄ちゃん嬉しいけど、かわいこちゃんを囲っちゃうのはいただけないな」

「気持ちの悪い言い方をするな。それに、マシロは僕の大切な人だ。……できればお前には会わせたくなかった」

「またレイはそんなこと言うー、お兄ちゃん寂しいー」

アレクが唇を尖らせながらレイヴァンの頬をつついた。

レイヴァンの顔が見たことないくらい歪んでいる。本気で嫌そうだ。

「アレクセイ殿下も座ったらどうですか。サンドイッチ、食べていいですよ」

ちゃっかり向かいのソファーに座っているカールが、空いている隣のスペースを軽く叩いてアレクに促した。

すました顔のカールを、アレクがニヤニヤとからかうように笑いながら見る。

「あれ、もう押し問答はおしまい？」

「隠していたものが見つかってしまいましたからね」

「ふーん」

回り込んでアレクがカールの隣にどかっと腰かける。

二人並んでいるのを見て、アレクのガタイが結構いいことがわかった。肩や腰ががっしりしている。カールも背が高くて筋肉もわりとついていたけど、アレクのはちゃんと鍛えてる感じだ。

隣のレイヴァンとも見比べる。細くはないけど、レイヴァンはどちらかといえばすらりとした印象を受ける。身長はたぶん三人とも似たようなものだろう。

あれだ、レイヴァンとカールは魔導士っぽさが強くて、アレクは騎士って感じ。

まあおれと比べると、みんなデカいんだけどね。

考え事をしていたから、前からじっと見られていることに気づかなかった。

「ところでマシロちゃんって水属性なの？　茶髪だから、てっきり土属性かと思ったんだけど。髪染めてるのかな？」

「え、あ、あの、これは……」

指摘されて、いまさら意味もなく手で髪を隠した。瞳が青いから、アレクが疑問に思うのも当然だ。

どうしよう、事情を知らない人に会ったのははじめてだから、なんて説明したらいいのか思いつかない。

そもそもこれってどこまで話していいんだろう。魔力がなくなったことが前代未聞らしいから、少し話してあれこれ突っ込まれたら説明できる自信がない。

何より魔力を貰う方法があれなだけに、絶対にそこは知られたくなかった。どう返したものかと、考えれば考えるほど焦って何も浮かばない。

困っているおれを見かねて、レイヴァンが代わりに説明してくれた。

「マシロは僕の魔力暴走に巻き込まれて、その影響で体質が変わったんだ」

「えっ、それって大丈夫なの？　レイ、やっぱり暴走してたんだ。体調は？」

本気で心配するアレクに、レイヴァンはばつが悪そうに目を逸らす。

「今は大丈夫だ。マシロも僕も心配ない」

安心して表情を和らげたアレクは、今度はおれに申し訳なさそうな顔を向けた。

「そう、よかった。ごめんねマシロちゃん。弟が迷惑掛けたみたいで」

あれ、もしかしてこの展開は、またレイヴァンうじうじタイムの予感？

隣をちらりと窺《うかが》うと……あーほらほら、表情が曇ってきてる。

さっきはカールの機転で乗り切れたけど、さすがにまた機嫌取るのは面倒くさい。レイヴァンが完全に落ち込む前になんとかしないと。

「いえ、魔力暴走に巻き込まれたのは事実なんですけど、レイヴァン様には命を助けていただいたので、その……、あっ！　おれたちもう仲直りしたんで大丈夫です！」

「仲直り、したの？」

アレクが少し驚いた表情をした。レイヴァンも同じような表情でおれを見る。さすが双子、こういうときの顔はそっくりだ。

これはいけそうだと手応えを感じて、ここぞとばかりに捲し立てた。

「そうなんですっ。それにレイヴァン様も暴走したくてしたわけじゃないし、自分も倒れて苦しかったのにおれのこと助けてくれて、医者にまで診せてくれたんです」

「……それは加害者なんだから当然じゃない？」

加害者。ずいぶん強い言葉を出してきたわりに、アレクの表情は怒りではなく、どちらかと言えばレイヴァンを心配しているように見えた。そのちぐはぐさに引っかかりながらも、おれはさらに言葉を重ねる。

「でもわざとじゃないんですよ？　むしろそんな状態のレイヴァン様に、知らなかったとはいえ、のこのこ近づいたのはおれのほうだし。わざわざ人目につかない路地で耐えてたのに近づいたのもおれだし……って、なんか自分から火に飛び込んでったみたいですねー、あはは」

改めて思い返しても、おれのやることすべてが裏目に出ていて、ここまでくると笑えてくる。

王都に来なければ、さっさとアイテムショップでエリクサーを買っていたら、お菓子屋さんを見つけなければ、柄にもなく勇気なんて出さなければ……

たられればなんて、出そうと思えばたくさんあるし、キリがない。

でもおれは、異性を意識し出した頃から魔力が少ないことを気にしていたし、過去に戻ってやり直せたとしても、きっと同じ行動をすると思う。

そう。これは、おれ自身の選択が招いた結果だ。だから誰も悪くない。

「運がなかったんです。おれもレイヴァン様も」

それ以上でも、それ以下でもない。ただ、お互い運が悪かった。

どうにもならないことがこの世にあると、おれは知っている。足掻《あが》いても、努力しても、報われないものがあると、知っている。

きっとレイヴァンにとって、膨大で不安定な魔力がそれなんだろう。

あの暗い路地で、一人蹲《うずくま》って耐えている姿を見たあとで、彼を責める気になんてなるはずがなかった。自分ではどうにもならない現実がどれほど辛いものなのか、おれは身に染みて知っているから。

「偶然起こった事故なんて仕方がないのに、この人しつこいくらい謝ってくるんですよ。もう鬱陶《うっとう》しく……じゃない、困ってて。どう言ったら許してるって、わかってもらえると思います？」

三人の視線がおれに集まっているのを確認して、努めて明るく茶化した。もう、この話を終わらせたかったからだ。

「ふふっ、殿下と仲直りしたんじゃなかったのかい？」

あ、ヤバい。設定忘れてた。カールに言葉の矛盾を指摘されて焦る。

明らかに動揺し出したおれを見て、アレクも笑った。

「どうしようね。俺も同じだからわからないな」

「え、アレク様も？」

なんだ、あんたもか。レイヴァンの気にしすぎは昔からのようだ。

「そう。もう十年以上も前のことなのに、いまだに気にしてるんだよ。こっちはもう、なんともないっていうのに」

「え、さすがに長すぎ」

何をやらかしたら、そんなに長く落ち込めるの？　逆に怖いんだけど。

ちょっと引いた目でレイヴァンを見ると、気まずそうに顔を逸らされた。

「ほら、こんな感じだろう？　俺もせっかくなら兄弟仲良くしたいんだけど、マシロちゃんどうにかできない？」

どうにかって、そもそも聞いたのおれなんだけど。

じゃあレイヴァンがアレクに対してツンツンしてるのは、昔のことが気まずいからってこと？なんか、しっくりこない。だってアレクは仲良くしたいって言うけど、おれからしたらすでに結構仲良く見える。

そもそも二人のことなんてそんなに知らないし、会話してるんだから大丈夫だろ。

おれは正面に座るアレクに、にっこりと微笑んだ。

「時間が解決してくれますよ」

「あ、マシロちゃん面倒になったんでしょ」

ご明察。アレクは他人の考えを読むのがうまいのかもしれない。だったらなおさら時間が解決するだろう。やたらと気にしてしまうのは、もうレイヴァンの性格なんだろうし。

わりと適当に言ったけど、案外これが一番適切な方法なように思えた。

呆れていたアレクも納得したようだ。

「でも、そうだね。気長に待つとするよ。でもたぶんマシロちゃんとレイが仲直りしたときに、俺も一緒に仲直りできる気がする」

「……別に、仲が悪いわけでは」

ボソッと隣から聞こえた声に、兄弟のわだかまりが解けるのも意外と近いかもしれないと思った。

というか、王族でも兄弟喧嘩なんてするんだね。

「話は少し戻るんだけど、体質が変わったってことは、やっぱりマシロちゃんは元土属性で、それが水属性に変化したってこと？　でも、魔力暴走を起こしたレイは闇属性だよね。瞳が紫になるならわかるけど、なんで青なの？」

うっ、やっぱりそこ気になるよな。これからここで暮らすんだし、ずっとはぐらかし続けるのは無理だろう。ある程度は体質について知ってもらったほうが都合がいいかもしれない。

迷った結果、話すことにした。

「……属性が変わったというか、魔力が全部なくなったんです」

なるべく軽く伝わるように、さらっと言ってみる。

しかし『魔力が全部なくなった』という発言にインパクトがありすぎて無理だったようだ。アレクは口をあんぐり開けて驚いている。顔がいいと、そんな表情でもカッコいいんですね。

「魔力がないって、それ本当に平気なの？」

「今のところ大丈夫です。他の人から魔力を貰えるので。目の色は貰った魔力の属性で変わるんです」

なるべくぼかして説明するけど、なかなか難しい。

「貰うって、どうやって？」

そうなりますよね。アレクの疑問はもっともだった。

えー……と、これは絶対に誤魔化さないと。何せこの人はレイヴァンのお兄さんだ。さすがに弟さんとえっちなことをしました、なんて知られたら、今の友好的な態度がどう変わるかわからない。

部屋の扉を無理やり開けて入ってきたときも思ったけど、アレクって結構鍛えているのか強そうなんだよな。殴られたら、おれなんてひとたまりもないだろう。

かといって説明が適当すぎてもすぐにバレちゃうだろうし、どこまでだったらセーフなんだ。

キス？　ハグ？　手を繋ぐ？

王族的にはどこまでが一般人に触られて許容できる範囲なんだ？

いや待てよ。今おれは水属性として見られているんだから、レイヴァンとあれこれしたなんて言う必要ないんじゃないか。だって貰った相手はカールってことだし。よし、それでいこう。

となるとあとの問題は方法をなんて言うかで……ダメだ、振り出しに戻っただけだ。

あー、うー、言いながら冷や汗をかいているおれを見かねたのか、カールが代わりに答えてくれた。

「口移しですよ」

口移し、つまりキス。まあ……うん、そこが妥当ですよね。中出しセックスより断然ましだし、文句は言えまい。

それでもアレクは面食らった顔をした。

そりゃそうだ、本当の方法よりはましといっても、おれとカールがキスしたって言ったようなものなんだから。

しかしアレクは引くどころか、徐々に表情をキラキラと輝かせて身を乗り出し、テーブル越しにもかかわらずおれの手を両手で握ってきた。大きな手はおれの手をすっぽりと包み込み、アレクのもとに引き寄せられる。

引っ張られて前のめりになったことでバランスを崩し、上体がローテーブルの上に乗っかった。その衝撃で食器がいくつかカチャカチャと鳴るが、アレクの勢いは止まらない。

「わお！　キスで魔力を貰うなんて、まるでおとぎ話のお姫様みたいだね。可愛いマシロちゃんにぴったりだ！」

本当はもっとえげつないけどね。

突然のことに驚きが勝って動けずにいた。のぞき込んでくるアレクの表情は、まるで夢見る乙女のよう。頬を赤く染め、陶酔しているようだ。顔面は文句なしの男前だけど。

そういえば、さっきからアレクもおれのこと『可愛い』ってやたら言ってくる。もしかして謎のフェロモンが効いているんじゃないだろうな。

……嫌な予感に頬が引きつった。

おれの握られた手をレイヴァンが、アレクの上腕をカールがそれぞれ掴んで引き剥がそうと引っ張ってくれているのに、アレクの力が強すぎてびくともしない。

大の男を二人もくっつけたまま、アレクは構わずキラキラ王子様スマイルをおれに放っていた。

「じゃあ俺も、マシロちゃんを助ける王子様に立候補しちゃおうかな」

「えっ」

ぐっとアレクの顔が近づいてきて、おれの顔に影がかかる。

「アレク！」

レイヴァンが鋭くアレクの名前を呼んだのと、額に温かい感触がしたのは同時だった。

ちゅっと軽いリップ音がして離れていく。至近距離で橙《だいだい》の目が弧を描いた。

「ね、考えといてよ」

流れるような行為に認識が遅れたが、どうやら額にキスされたようだ。

なんだ今の。こいつ慣れてやがる。

いきなりキスされたわけだが、あまりに自然な所業に嫌悪感よりもテクニックへの関心が勝った。

「アレク！　お前……っ！」

怒ったレイヴァンがアレクの肩を思いきり押した。

これにはアレク自身も抵抗せずに、すんなりと後ろに倒れてソファーに座る。

押された勢いはあったものの、自ら倒れ込んだ感じもあり、痛がる様子はなかった。それどころか、へらへら笑うアレクに反省の色はなく、キスが手慣れていたことからも、もしかしたら常習犯なのかもしれない。

その態度が余計にレイヴァンを煽った。

「お前は昔から手が早いっ、だから会わせたくなかったんだ！」

怒鳴るレイヴァンに対し、アレクは肩を竦めつつも、余裕そうな表情で言い返す。

「これだけ可愛いのにアプローチしないなんて逆に失礼だよ。唇は避けたでしょ？」

「当たり前だバカ！」

当たり前らしいですよ、初対面でいきなり唇にキスしたカールさん。

アレクがソファーに倒れる前に離れて、自分の位置に避難し紅茶を飲んでいるカールをじっと見ると、にっこりと笑いかけられた。……こっちも慣れてるな。

コンコンッと、またノックが鳴った。この部屋にはよく人が来る。

双子王子たちが言い合いを続ける中、カールが扉を開けに行った。おれも飛び火しないようにそっと席を立ち、後ろをついていった。

今度こそ訪問者はフィリップだった。部屋の中で騒ぐ双子王子にぎょっとしつつ中へ入ってくる。

「何かあったんですか？」

「若者らしい恋のバトルだよ」

「え、恋……!?」

意味深なカールの言葉に驚いたフィリップだったが、ハッとしておれを見る。

「……フェロモン？」

「……おそらく」

フィリップがあちゃーっと片手を目の上に乗せて天を仰いだ。おれのせいじゃないもん。

「放っておけばそのうち収まる。それよりマシロ君の手続きは終わったのか？」

カールが報告するようフィリップを促す。フィリップは咳払いを一つして話し出した。

「はい、だいたいは。部屋はこのフロアの端にある空部屋を手配しました。今は清掃中なので、夜には整うそうですよ。もし何か異変が起きたときに、カール魔導士長が近くにいたほうが安心かと思いまして」

「賢明だね」

「あとはマシロ君のご両親に、王宮でお預かりする旨を説明するため使者を手配したのですが、どう伝えたものかと……。事実をそのままというのも、ちょっと……」

「たしかにね……」

二人がおれを見る。

「マシロ君はどうしたい？　誠実さには欠けるけど、君もできればご両親に知られたくないだろ」

二人の言う通り、ここで暮らす以上、家には当分帰れない。父さんと母さんに何も言わないままというわけにもいかないし、かといって、魔力がなくなって死にかけたなんて聞いたら、さすがの能天気な両親もすっ飛んできそうだ。

何より魔力の補給方法を知られたら、おれの精神が死ぬ。

そこまで考えて、ふと見送りのときに父さんが言っていたことを思い出した。

「あの……保護じゃなくて、王宮に住み込みで雇ってもらったことにできませんか？」

『王都に行って少し揉まれてこい』と父さんはいった。

王宮で働くことまで想定してはいなかっただろうけど、おれが『揉まれる』にはうってつけの環境だし、何より出世したと喜んでくれるかもしれない。

「王宮で働けることは、村では名誉ある大出世なので、たぶん大喜びで許可してくれると思います」

母さんのことは、父さんに丸投げで大丈夫だろう。

おれの提案にカールは大きく頷いた。

「なるほど、いいね。マシロ君のご両親に支払う賠償金もどうしようかと思っていたから、ちょうどいい。君からの仕送りということにすれば、働いている信憑性も増すだろう」

「賠償金なんて出るんですか⁉」

予想外の言葉に大きな声が出た。それに反応したのはフィリップだった。

「当たり前だよ！　君がレイヴァン殿下を責めないでいてくれることにはとても感謝しているけど、魔力暴走に巻き込まれた一般人で被害者であることは変わらない。今も体質変化や後遺症で迷惑を掛けているし、ご両親に関しては、大事な息子さんを害されただけでなく、しばらく家に帰してあげられないんだから、賠償金くらい当然だよ」

予想外の熱量に少し押されるも、おれはなるほど、と頷いた。

あまりおれが理解していないことを悟ったフィリップが、おれの両肩に手を乗せて語りかけてくる。その表情は悲しげだった。

「私はねマシロ君、君があまりに平気そうで、それが逆に心配なんだ。突拍子もない出来事に巻き込まれて、まだ実感が湧いていないだけならまだいい、でも、……いや、ごめん。これ以上は無責任だね」

肩に置かれた手で、労《いたわ》るようにさすられた。

先生はきっと、おれが見て見ぬふりをしている不安に気がついているんだろう。少し上にあるフィリップの顔を見上げ、その表情があまりに切なくて、じっと見てしまう。

すると突然、頭に重みが掛かって下を向かされた。フィリップの顔が見えなくなる。

「当然マシロ君にも支払われるからね。分割か、それとも一括で貰っておくかい？」

頭の重みはカールの手だったようだ。

そんなことよりも聞き捨てならないことを言われ、頭に手を乗せたまま、ぐるんと後ろにいるカールを振り向いて詰め寄る。

「養ってもらうのに、お金まで貰っていいんですか!?」

「いいんだよ。それとこれとは別だからね」

「わーっ、すごい！　ありがとうございます！」

おれにとって突然湧いたお金。驚きと嬉しさで飛び跳ねながら目の前のカールに抱きつく。カールもおれの背中に腕を回して抱きしめた。

「足りなかったら言うんだよ」

「あなたが払うわけじゃないでしょ」

背後からフィリップの冷静なツッコミが入った。

「ではそのように手配します。ご両親には正式な書面とともに使者が説明に行くけど、マシロ君からも別で手紙を書いてもらえないかな？」

フィリップの提案にハッとする。そうか、手紙か。普段書くことなんてないから思いつかなかった。

父さんと母さんに手紙を書くなんて、それこそ小さいときに誕生日のプレゼントとして書いた以来じゃないか？　まだ書ける文字も少なくて、近所のおばさんに手伝ってもらいながら書いたっけな。

今回も書ける内容は少ないけど、せめて元気でいることは伝わるように書こう。いつ帰れるかわからないし、なるべく安心するように。

「わかりました」

おれの返事に、フィリップは優しく微笑んだ。

「なるべく早いほうがいいとは思うけど、マシロ君の気持ちが整ってからでいいからね。それと今回の件を陛下にご報告したら、陛下直々にマシロ君に謝罪したいとおっしゃっていて、準備が整い次第、謁見の間に来てほしいとのことだよ」

「陛下……て、国王陛下!?　えっ、そんないいです！　心の準備が……っ」

突然王様に会うなんて、しかも謝罪したいとか恐れ多すぎる。準備が整い次第ってことは、今日、このあとすぐにってことだよな。いくらなんでも急すぎないか。

あからさまに動揺し出したおれを、フィリップが同情の眼差しで見る。

「今回の件はレイヴァン殿下が原因で起こったことだから、報告しないわけにはいかなくてね。大丈夫、陛下はとても気さくなお方だから、取って食われたりしないよ」

気さくなお方だったとしても、あなたの息子と寝ましたなんてバレたら、おれはきっとタダでは済まない。

「マシロちゃん王宮に住むの？」

兄弟喧嘩が済んだのか、双子王子も寄ってきてこちらの会話に合流する。

「父上に会うって聞こえたけど、そんなに怯えなくても大丈夫だよ。怒られるのはレイのほうなんだから。マシロちゃんは、そのまま父上からの謝罪を受け取ったらいいよ」

「その通りだ。マシロは何も心配することなどない」

あんたたちにとっては『お父さん』だろうけど、おれにとっては『国王陛下』だ。緊張するなというほうが難しい。

「でも……」

言い淀むおれの頭を、アレクが少し乱暴にかき混ぜる。

「王族が自国の民に、わざとじゃなくても危害を加えたなんて、本来なら刑罰ものなんだよ？　でも今回は、被害にあったマシロちゃんがレイに罰を与えることを望んでない。だったら国王陛下の謝罪くらい受けてもらわないと示しがつかないでしょ？　王族は身内びいきするんだって責められちゃうよ」

アレクの説明に青ざめる。そんなに大ごとだなんて思ってなかった。まさかおれへの謝罪一つで、王族全体の信用問題にまで発展してしまうなんて。賠償金の話もあったし、おれたち一般人がお互い謝って許して終わりなのとわけが違うのだと気がついた。

王族は国の代表で象徴だ。

あまり興味のなかったおれの耳にも噂程度なら入るほどに、すべての国民に注目されている。みんなが気軽に接してくれるから忘れてた。この人たちは『王族』なんだ。

ほんの少しのほころびをつかれれば、簡単に国民の信用を失ってしまう。だからこそ『けじめ』をつけないといけない。きっとそういうことなんだろう。

レイヴァンのことを、いつまでもうじうじ気にしすぎだと少し呆れてたけど、簡単に許されたほうが困ることもあるのかもしれない。

今までの自分が、いかに浅い考えだったかわかって落ち込む。

「わかりました。おれ、国王陛下と会います」

「ありがとう、マシロちゃんはいい子だね」

自分でぐしゃぐしゃにした髪を整えるように、今度は優しく頭を撫でてきた。ただチャラいだけかと思ってたけど、アレクは案外いいお兄ちゃんなのかもしれない。

「では陛下にお伝えしてくるよ」

フィリップが報告するために先に部屋を出ていった。部屋の中は、またおれたち四人だけになる。

「じゃあ俺も準備してこようかな。どうせ出席しろって言われるだろうし。マシロちゃん、またあとでね」

そう言って、アレクも準備のために部屋を出ていき、謁見の間にはおれとレイヴァンとカールの三人で行くことになった。

王様に会うって決めたけど、やっぱり緊張する。ドクドク脈打つ心臓を押さえながら自然と視線を下げた先に、つるんと輝く膝小僧があった。今の自分の服装を思い出して血の気が一気に引く。

こんな格好で王様の前に出るなんてさすがに無理だ。

自身の身支度を整えている二人に、恐る恐る声を掛ける。

「おれ、別の服がいいんですけど……」

「別におかしくないよ」

「ああ、とても似合ってる」

不思議そうな表情の二人。いや言うと思ったよ。おれも一度、あんたらの目に映ってる魅力的なおれの姿を見てみたいもんだね。

だがここは引いてはいけない。なんとしても普通の服を、せめて長ズボンだけでも手に入れなくては、恥をかくだけでは済まないかもしれない。

ここは相手が王子だとか年上だとか関係ない、強気でいかないと、社会的に死ぬのはおれだ。

「二人はフェロモンでおかしくなってるからいいだろうけど、周りの人から見たらただの痛い勘違いヤローでしかないんですよ。国王陛下の前にこんな頭のおかしな服装で出ていったら、おれは間違いなく要注意人物になっちゃいます。それでもいいんですか。おれは嫌です」

きょとんと顔を見合わせる二人。その後、おれは無事にシンプルな白いシャツと黒い長ズボンを手に入れた。

権力に屈せず、時には自分の主張を通すことも大事だと学んだ瞬間だった。


着替えや準備が整ったあと、おれたちは謁見の間へ向かった。

途中すれ違う使用人や近衛兵《このえ》が、一様にレイヴァンを見て驚いた表情をし、そのあとおれの存在に気がついて怪訝《けげん》な表情に変わる。

一方メイドの人たちは、カールを見ては頬を赤く染め、レイヴァンを見た途端倒れていく。なんだこの地獄絵図。顔面って美しさが限界突破すると武器になるとは知らなかった。

それにしても、接点のない組み合わせだと自覚がある分、おれに探るような視線を向けられることは納得できる。でも、レイヴァンを見て驚いているのはなぜなんだろう。

当の本人はなんとも思っていないようで、おれに話しかけながら、時折肩や腰に触れてくる。手が早いって、あんたもアレクのこと言えないぞ。

あまり気分のいい視線じゃないけど、本人が気にしてないのに聞くのもおせっかいかなと思い、おれも無視することにした。でも、そうはいっても気がついてしまったものは正直気になる。我慢してソワソワしていたら、耳元でカールがこっそり教えてくれた。

「レイヴァン殿下は半年前まで引きこもってたから、みんな珍しいんだよ。学園に通うようになっても一部の者としか交流していないようだし、表に出る公務も免除されているからね」

なるほど、そういえば大衆向けの式典に姿を見せないって有名だったな。噂では人見知りで人前に出てこないって話だったけど、たぶん魔力の暴走を心配して控えていたんだろう。

王宮内ですら気軽に出歩けないなんて、難儀な生活だ。

半年前に出てきたのも、王族の義務で仕方なく学園に行くようになったからだし。外に出るたびに、いつ暴走するのかと気を張っていたのかと思うといたたまれない。

「でも人目を避けてたみたいなのに、今一緒に歩いててもいいんですか？」

カールにならって小声で返す。おれの疑問にカールは満足そうな笑みを浮かべた。

「いい着眼点だね」

「僕を無視してコソコソするな。着いたぞ」

話に気を取られているうちに、謁見の間に着いたらしい。

おれの肩を抱いたまま、レイヴァンが不機嫌そうに足を止めた。

目の前に現れたのは重厚で豪華な両開きの扉。見るからに重そうな扉の左右には、それぞれ甲冑を着た近衛《このえ》兵が立っている。

厳粛な佇まいで扉を守っている近衛《このえ》兵が、レイヴァンの姿を見て少し動揺した。きっとこの人たちも本物のレイヴァンを見たのがはじめてだったんだろう。どれだけレアなんだ。

いかにも大事な部屋だと感じさせる扉に、落ち着いてきていた緊張がぶり返す。

大丈夫、王様からの謝罪を聞くだけ。おれは怒られないって言われたし、王宮に住まわせてもらうんだから挨拶くらいできなくてどうする。

怖気づいて震え出した脚に気合いを入れるため、思いきり叩く。パンッといい音がした。

突然脚を叩き出したことに反応して、近衛兵《このえ》が瞬時に持っていた槍をおれに向ける。それをカールが片手を上げて制止し、レイヴァンが鋭い眼光で近衛兵《このえ》たちを睨みつけた。

当然おれは、まさかこんなことになると思わなくてビビって固まる。

レイヴァンが背中をさすってくれたおかげで、ほんの少し、身体のこわばりが解けていった。

「気分でも悪いのか？」

おれを気遣うレイヴァンを、槍を収めた近衛兵《このえ》が信じられないという目で見ていた。

「……大丈夫です。ちょっと気合い入れただけで」

「そうか。しかし、父上も母上も寛大な方たちだ。もっと気楽でいい」

「……すみません」

余計なことをしたばかりに、不審者だと思われてしまったことにすごく落ち込んだ。

そんなおれをレイヴァンが慰めるたびに近衛兵《このえ》たちが動揺して、着ている甲冑がカシャカシャ鳴った。その音にも、なんか申し訳ない気分になる。

一連の出来事を愉快そうに眺めていたカールが、面食らっている近衛兵《このえ》たちに扉を開けるように指示を出す。

「彼は大事な客人だ。扉を開けなさい。陛下たちが待ちくたびれてしまう」

慌てて近衛兵《このえ》たちは持ち場に戻り、扉に手を当てて押す。

ゆっくり左右に開いた扉の先に現れた空間のあまりのすごさに、さっきまでの落ち込んだ気持ちが一瞬で吹き飛ばされた。

何本もの太い柱で支えられた天井は見上げるほど高く、壁や柱のあちこちに細かな細工が施されていて迫力満点だ。左右の壁には大きなステンドグラスが何枚も嵌《は》められ、外から差し込む光で室内が鮮やかに輝き、空間の細部まで明るく照らしている。かなりの広さであることが一目でわかった。

おれたちの入ってきた扉から一直線に延びる赤い絨毯《じゅうたん》を中心に、左右に分かれて身分の高そうなおじさんたちがイスに座っている。その脇に護衛の騎士たちがずらりと並んでいた。

赤い絨毯《じゅうたん》の終着点には一メートルほど高い段があって、その上に大きなステンドグラスの光を浴びる豪華なイスが二つ。そして右側に金髪の男性が、左側に赤紫色の綺麗な髪の女性がそれぞれ座っていた。

この国の人間なら、誰でも知っている。

――王様と王妃様だ。

背後の扉が閉まった重い音でハッとする。

おれを挟むように左右に立つレイヴァンとカール。二人が前に進んだことで、慌てておれも赤い絨毯《じゅうたん》を歩き出した。

奥へと進むにつれて、こちらを向く視線が増えていく。疑うもの、探るもの、好奇心など様々だったが、その中に一つだけ、違う雰囲気の視線を感じた。どう違うのか説明できないし、誰からなのか確認する余裕も勇気もなかったおれは、ひたすら前だけを見て足を動かした。

玉座から十メートルほど離れた場所でレイヴァンとカールが止まり、それに合わせておれも止まる。

二人が片膝をついて頭を下げたあと、ワンテンポ遅れておれもそれにならった。

「おもてを上げよ」

落ち着いた声が広い空間に響く。その言葉で、おれたちは下げていた頭を上げた。

王様の顔がはっきりとわかるほどの距離にまで来たことで、離れたところからでも伝わってきていた貫禄をもろに感じ、唾を飲み込む。迫力がレイヴァンたちの比じゃない。

王族の証である金髪と橙色《だいだい》の瞳を輝かせた王様は、たしか五十代だったはず。アレクが年を取ったらこうなるのかと思うほどそっくりな容姿は、まだまだ活気を感じさせた。

隣に座っている王妃様もすごく綺麗だ。艶《つや》のある長い赤紫の髪を上品にまとめ、優しそうな赤い瞳をしている。

お二人のあまりに神々しいさまに見入ってしまう。間抜け面をさらすおれに、王様は優しく声を掛けた。

「話には聞いておったが、なんと愛らしい少年だ。魔力がなくなると、男でもここまで美しくなるものなのか」

威厳たっぷりの端整な顔とは似合わない言葉に、何を言われたのかわからなかった。

愛らしい？　美しい？　自分には恐れ多い称賛の数々に一瞬戸惑うが、すぐに合点がいく。

——あぁ！　フェロモンね！

王様にも効くんだと心底驚いた。効果の出る条件はまだわからないけど、レイヴァンやアレクも影響を受けてたし、父親である王様も条件に当てはまっていても不思議じゃない。案の定、左右にいるおじさんや騎士たちは、王様の発言に怪訝《けげん》な顔をしている。大丈夫、あなたたちが正常です。

王様に立ってもいいと許しを貰い、三人とも立ち上がる。

王様と王妃様に意識がいっていて気がつかなかったが、玉座の近くにアレクを見つけた。爽やかな笑顔でこちらに手を振っている。なんとものんきである。

その横には二人の男女が立っていた。一人は次期国王の第一王子、トワイス王太子殿下。そしてもう一人は……えぇっ！　ア、アイリーン様ぁーーっ⁉

あの腰まであるふんわり艶《つや》やかなピンクブラウンの髪！　大きくクリッとして愛らしくも、どこか知的なエメラルドグリーンの瞳！　そしてこの世の可愛らしさをすべて詰め込んだ美しい顔……っ！

天使だ。間違いない。まごうかたなき天使が立っている。

どうしよう、すごくドキドキして心臓が破裂しそうなのに目が離せない。なんでこんなところにアイリーン様が？　いや、王太子殿下の婚約者なんだからいて当たり前だろバカかおれは。

あまりに見すぎていたのか、ふとアイリーン様の顔がこちらを向き、目が合った気がした。弾かれたように下を向く。左からレイヴァンが心配そうに見ているが、それどころじゃなかった。

実物のアイリーン様可愛すぎるだろ……ッ。いかんいかん、今は王様の御前。憧れの女性に会えて浮かれてる場合じゃないぞ、マシロ。しっかりしろ。

熱くなった顔を少しでも冷ますため、おれは小さく首を横に振った。

「すまない、本題に入ろう。マシロと言ったか、話はフィリップ医師から聞いている。息子の魔力暴走に巻き込まれ魔力を失ったそうだな。謝って済むことではないと重々承知している。だが、どうか謝罪させてほしい」

王様がおれに頭を下げると、その場にいた人たちも全員一斉に頭を下げた。

両隣のレイヴァンとカールも同様にしている。

この場にいる誰よりも身分の低いおれが全員から謝罪されるなんて、気持ちがいいどころか、逆に恐怖を感じて萎縮してしまった。だって慣れてないんだ、しょうがないだろう。

どう返すのが正しいのかもわからず、とにかく必死に口を動かした。

「い、いえ……っ、レイヴァン様からも謝っていただきましたし、そもそもこれは事故なので怒っていません。どうか頭を上げてくださいっ」

「しかし、魔力がないことで弊害があると聞いた。それでも怒りはないのか？」

頭を下げたまま、王様がおれに問う。

「怒りというか、不安はあります。でも、おれ自身にはどうすることもできないですし、レイヴァン様たちが助けてくれるそうなので、今はそれで十分です」

そこまで必死に答えて、やっと王様が頭を上げてくれた。他の人たちもそれにならって、もとの姿勢に戻っていく。

こんなに大勢の人に頭を下げられた光景は、正直ちょっとトラウマものだ。心臓がまだバクバクしてる。若干顔色が悪いだろうおれを見て心情を察してくれたのか、顔を上げた王様が目元を少し和らげた。その表情が時々見せるレイヴァンやアレクのそれに似ていた。

「そなたは心が広いのだな。では我々も、今後不自由がないよう最大限の援助をすると約束しよう」

「ありがとうございます」

とりあえず納得してもらえたようで、ほっと胸を撫で下ろす。

おれの右隣に立つカールが、右手を小さく挙げた。

「陛下、私のほうからもよろしいでしょうか」

「カール魔導士長、発言を許可しよう」

「ありがとうございます。陛下もご存じかと存じますが、生き物にとっての魔力とは生命力と同義であり、それがない状態では生命活動を維持することが本来できません。ですが、マシロ君は自身で魔力を作り出すことができない代わりに、他者から魔力を貰うことができるとわかりました。しかしながら、他人に魔力を与える行為は自身の生命力を分け与えることであり、提供側にも大きな負担となります。よって今後は、魔力量の多い者が集まる王宮でマシロ君を保護したいと考えております」

「もちろん許可する。しかし与える側の負担を考慮すると、誰でもとはいかないだろう。基準などはあるのか？」

「正確な数値はまだ出せておりません。ですが判断基準として、彼に強い魅力を感じる者は適応量の魔力を保有していると推測できます」

「根拠はあるのか」

「あくまで推測の域を出ませんが、元来平均値の魔力量で容姿も特出しているわけではない彼を、私やレイヴァン殿下、アレクセイ殿下はとても魅力的に感じています。しかしフィリップ医師や従者、近衛《このえ》兵は特段そのように感じていないということです。両者の違いはおそらく、魔力量の多さではないかと」

すらすらと出てくるカールの説明に感心する。さすが、魔力の研究をしているだけあって詳しい。なるほど、たしかにそう考えるとフェロモンの効き方にも納得できる。

おれが他の人から魔力を貰う方法がセックスなわけだから、そもそもおれとそういう行為をしたいと思ってくれないと難しい。しかも一回の行為でどれだけの魔力を消費するのかわからないから、相手は魔力量が多くないと最悪魔力が尽きて死んでしまう。

どういう原理なのかはわからないけど、とりあえずフェロモンの効果が表れている人から魔力を貰えば、お互いにリスクが少ないみたいだ。

でも魔力を与える行為が危険だなんて、おれもはじめて聞いたんですけど……

レイヴァンは自分のせいだと責任を感じていたからわかるとして、カールはそのことを知っていたのに自分から魔力の提供を提案してくれたのか。興味本位だったとしてもありがたい。

助かる方法が中出しセックスなんて言われて深く考えないようにしていたけど、おれって他人の生命力を貰ってたのかと改めて理解して複雑な気持ちになる。なんかこんな魔物いたな。夜な夜な夢で男を誘惑して、精気を奪う……

ここまで考えて首を振った。やめよう、おれは魔物じゃない、人間だ。

王様はしばらく考えるように沈黙し、左右に並ぶ偉いおじさんたちをざっと眺めた。

「たしかに家臣たちは彼に対して関心が薄いようだな。私と……トワイス、お前はどうだ？」

第一王子がおれを見て答える。

「私にも、彼は魅力的に見えます」

え、そうなの？　やっぱり王族は魔力が多いんだな。

アイリーン様に嫌われたくないし、万が一があったら嫌だから、第一王子には近寄らないようにしよう。

「……ふむ、たしかに違いは魔力の量で間違いなさそうだ」

王様が頷いたのを確認して、カールがさらに進言する。

「当分の間、調査もかねて、私とレイヴァン殿下が彼の面倒を見ます」

「わかった。くれぐれも丁重にな」

「承知しました」

カールが右手を胸に当て、小さく頭を下げた。

それを確認したあと、王様は額に手を当て困ったように大きなため息を吐く。

「しかし、魔力暴走で国民に実害が出てしまうとは……。前回は家族間のことで、アレクも大事に至らなかったからと大目に見たが甘かった。早急に対策を立てねばなるまい」

隣に立つレイヴァンの表情が曇る。アレクの言ってた、レイヴァンがした十年前のやらかしってこれのことか……！　おれと同じじって言ってたけど、まんま一緒じゃないか。

壇上にいるアレクを見ると、レイヴァンのことを心配そうな表情で見つめていた。

……おれはたまたま運よくどうにかなったけど、フィリップが言うには目覚めなければ死んでいたみたいだし、次また誰かが巻き込まれないとも限らない。

そうなったとき、今度こそ取り返しのつかない結果になったとしたら……レイヴァンは二度と部屋から出てこないかもしれない。それは可哀想だ。

何か策はないのかと縋《すが》るようにカールを見上げる。すると心配ないと言うようにウインクが返ってきた。同時に、さっきまで暗い表情だったレイヴァンが、先ほどのカールと同じように右手を小さく挙げた。

「父上、その件について僕から報告があります」

「おお、申してみよ」

「はい。昨日マシロに僕の魔力を与えたのですが、それ以降、今まで常にあった魔力の歪みを感じなくなったのです」

魔力の歪み……？　またわからない言葉が出てきた。

だが、わからなかったのはおれだけだったようで、王様や王妃様、そばに控えている第一王子とアイリーン様、アレクまでもが驚きの表情を浮かべた。

家臣のおじさんたちや騎士たちも、みんなざわついている。

「なんだとっ、それは本当か！」

王様が嬉しさを隠すことなく、前のめりになる。

その様子に、少し緊張気味だったレイヴァンの表情も緩んだ。

「まだ一日しか経っていないため、引き続き観察する必要はありますが、間違いありません」

レイヴァンが言い切ると、この場にいるほとんどの人が歓喜の声を上げた。喜びの感情が空間全体を満たし、どれだけの人がレイヴァンのことを想っていたかが伝わってくる。それは、レイヴァン本人も驚くほどに大きなものだった。

「レイヴァン、本当に、間違いないのね……？」

王妃様が震える声でレイヴァンに確認する。

するとし、子どもが母親に褒めてもらおうとするかのように、レイヴァンが嬉しそうに微笑んだ。

「はい、母上」

その返事に感極まった王妃様が持っていた扇でさっと顔を隠す。表情こそ見えないけど、その姿は安堵と嬉しさが滲み出ていた。

おれも胸の奥がじんわりと温かくなるのを感じる。

「マシロ」

「え？　あっ、はい！」

気分よく親子の感動シーンを眺めていたから油断した。

突然王様に呼ばれて姿勢を正す。そんなおれに王様は優しく微笑んだ。

「そう硬くならなくてもよい。そなたには感謝しても尽くせない、我々の恩人だ。レイヴァンは幼い頃から魔力暴走に振り回され、自由に外へ出られなかった。私も妻も、それがずっと不憫でならなかったのだ。こんな形で希望が見つかったことは心苦しく感じている。しかし私も親だ。勝手を承知で頼みたい。息子を、レイヴァンを助けてやってくれ」

王様はさっきよりもより深く頭を下げた。それに続くように、またその場にいる全員からも深く頭を下げられる。レイヴァンのことを真剣に想う気持ちが伝わってきて胸を打たれ、考える間もなく了承の言葉が出ていた。

「おれなんかでお役に立てるなら、喜んでお受けします」

おれの返事を聞いて、王様とその場にいる全員がゆっくり顔を上げた。

隣にいるレイヴァンから視線を感じて振り向くと、今にも抱きついてきそうなほど喜んでいて顔が引きつる。嬉しそうでよかったなと思うがそれはそれ。ここでは抱きつくなよと念を込めて目で牽制するも無駄に終わり、レイヴァンは大勢の前だというのにおれを抱きしめた。

「マシロ、マシロ……っ」

「ちょ、わかったからっ、レイヴァン様離れて……っ」

恥ずかしくて退けたいのに、いろんな人が見ている手前、強く出られない。

そんなおれたちを止めるどころか、王様も王妃様も微笑ましそうに見ていた。

「レイヴァンはマシロによく懐いているな」

「ええ、本当に。マシロさん、これからもレイヴァンをよろしくお願いしますわ」

懐いているというか、フェロモン効果で好感度が爆上がりしているだけというか……

でも王様たちからすると、ずっと自主的に引きこもっていた息子が同年代の男とじゃれている姿は、親としては嬉しいのかもしれない。

レイヴァンの報告を聞いて心底安堵するお二人を思い出し、レイヴァンからの抱擁を強く拒否できないでいた。しかしまあ恥ずかしい。

「父上、母上。俺もマシロちゃんと仲良しなんですよ」

いつの間に壇上から下りてきたのか、すぐ近くからアレクの声が聞こえ、おれの肩に手を回そうとした。が、レイヴァンが容赦なく叩き落とす。

「いったぁ……っ、酷い！　レイのケチ！」

「うるさい。マシロが減る」

そのままおれを挟んで言い合いをはじめてしまった双子の王子たち。こんなところでするなよ。

おれはまたはじまったと呆れ半分だったが、周りの反応は全然違った。

口喧嘩をする兄弟を穴が開くほど凝視している。まるで信じられない光景を見ているといった様子だ。それは玉座に座っているお二人も同様で、王妃様なんて目に涙を浮かべている。

「アレクセイとレイヴァンが喧嘩をしている姿が見られるなんて、何年振りかしら」

あの、ここに来る前も普通に喧嘩してましたよ……なんて言える雰囲気ではなく、家臣の人たちも親戚の子どもがじゃれているのを見守るおじさんと化している。

王様と王妃様も、すっかり息子の成長を眺める夫婦の顔になっていた。

「あらあら、息子たちはマシロさんが大好きなのね」

その言葉にぎくりとする。純粋な好意からじゃなく、謎のフェロモンでおかしくなっているからなんて言えない。見ろ、あの王妃様の曇りなき美しい目を。ただの仲良しだと信じている微笑みを！

しかも片方とは肉体関係がありますなんて、どんなことが起きても知られるわけにはいかない。知られたが最後、ここにいる親戚のおじさんと化した家臣の人たちに、ボコボコにされる未来が見える。

気まずくて王妃様を見れないおれとは違い、当の息子たちはなんとも思っていないらしい。

それどころか、なぜか誇らしげにレイヴァンがとんでもないことを言い出した。

「母上。僕とマシロは、生涯をともにする約束をしているので当然です」

「レイヴァン様!?」

あまりに堂々と言うレイヴァンを今すぐ殴って止めたいが、親の前で暴力はダメだと拳を握って堪《こら》える。だがしかし、お調子者のイケメンがもう一人いたことを忘れていた。

「えー、ズルい！　じゃあ俺もマシロちゃんとずっと一緒にいたいな」

すでに抱きついているレイヴァンごとアレクに抱きしめられて、声にならない悲鳴を上げる。あんたら、ここがどこだかわかってやってるの!?

「あ、じゃあ私も」

一歩下がった位置で傍観していたカールもなぜか参戦してきた。

「カール様まで湧いてこないでください……っ！」

みんなわざとなのかと思うほど、一斉にじゃれてくる。そんなおれたちを聖母様のごとき尊い微笑みで見守っている王妃様の存在が、ますますいたたまれない。

早くここから出たくて仕方がなかった。

そんな願いが届いたのか、王様が謁見の終了を告げる。

「楽しそうで何よりだ。もっと話していたかったが、公務も溜まっていてな。マシロ、今後も息子たちと仲良くしてやってくれ」

「ふふっ、では私も。マシロさん、今度ゆっくりお話を聞かせてくださいな」

そう言って王様たちは謁見の間を出ていった。家臣の人たちもぞろぞろと部屋をあとにする。アイリーン様が出ていかれるときに、こっちを見ていた気がしたが、たぶんおれの願望だろう。

騎士の人たちしかいなくなった部屋から、おれたちも退出する。アレクははじめとは違い、おれたちについてきた。

謁見の間から出て数歩いたところで緊張の糸が切れたのか、急に足の力が抜けて、おれは床にへたり込んでしまった。座り込む直前にアレクが腕を掴んでくれたおかげで、膝を打たずに済んだ。レイヴァンが心配してすぐ傍に膝をつき、肩を抱いて心配してくれたが、それに大丈夫とだけ伝える。

人生でこんなにも緊張したことはない。本当に、疲れた……

気が抜けた状態のおれを一瞥して、カールが王子たちに一礼する。

「では私もここで失礼させていただきます」

去っていこうとするカールを縋《すが》るように見上げていた。

「……カール様、行っちゃうんですか？」

ただでさえくたくたなのに、一人でこの双子王子たちを相手にできる自信がなかった。その気持ちがポロリと漏れ、引き留めるような情けない声になってしまう。

足を止め振り返ったカールに、ハッとして慌てて口を押さえた。やばい、いまの聞こえてしまったんだろうか。

言うつもりのなかった無意識の言葉だけに、羞恥心で顔が一気に熱くなる。そんなおれの顔をじっと見て、まだそんなに離れていなかった距離をカールがゆっくり戻ってきた。

そして目の前で立ち止まり、腰をかがめて上からのぞき込んでくる。

「寂しい？」

「いいえ、全然！」

必死に両手を振って誤魔化すが、いっそう嬉しそうにカールがニヤニヤした。

うう……、これは恥ずかしい。

するとレイヴァンに抱かれていた肩がぐっと引き寄せられて、身体が傾いてそのまま腕の中に抱き込まれた。胸元からいい匂いがする。

前方では、アレクがカールとおれたちの間に割って入っていた。

二人とも視線はカールに向いている。

「僕らがいるから大丈夫だ。早く行け」

「そうそう、俺たちに任せて。早く行け」

こういうときだけ息がぴったりな双子王子に感謝し、おれも肯定するようにぶんぶんと頭を上下に振った。もとはといえば、おれが呼び止めたんだけど。お願いです、早く行ってください。

上体を起こし、顎の下に指を当て、おれたちを観察するように目を細めたカールだったが、ふむと一つ頷いた。

「まあいいでしょう。そうだマシロ君、夜に私の部屋へ来てくれるかい。君の部屋に案内するよ」

「おれの部屋？　やった、行きます！」

自分の部屋を貰えると聞いてテンションが上がる。喜ぶおれを見てカールはにっこりと笑った。

「それと、殿下たちと一緒なら王宮内を歩き回って大丈夫だよ。いくら王宮内でも、私や殿下たちほどの膨大な魔力を保有している者は滅多にいない。さっきの謁見で、身分の高い者や騎士たちも君のことを把握しているだろうし、問題ないだろう」

「それって、城を探検していいってことですか？」

「殿下たちの言うことを聞いて、いい子にしてたらね。じゃあまた夜に。楽しみにしてるよ」

カールは軽く手を振って、今度こそ機嫌よく去っていった。

……おれの部屋に案内することを、どうしてカールが楽しみにしているんだろう？

そのとき、背後からカシャンと小さな金属音が聞こえて振り返る。そこには明らかに顔を引きつらせた近衛《このえ》兵二人が立っていて、おれの視線に気がつくなり気まずそうに顔を逸らした。

目玉が飛び出るほど驚いた。この人たちがいたことすっかり忘れてたよ……っ。

全部見られてた？　いや、別に特別やましいことはしてないんだけどさ。

この人たちが、おれたちのやり取りをどんな気持ちで見ていたのか、想像しただけで冷や汗が止まらない。穴があるなら今すぐ飛び込みたいくらい恥ずかしい。なのに、この双子王子ときたら容赦がなかった。

レイヴァンがおれの肩を抱き直し、アレクも膝が触れるほど近くに座って、二人してわざわざ顔を寄せてくる。

「マシロ、絶対に一人でカールの部屋に行くな。絶対に襲われる。僕もついていくから、夜は一緒に寝よう」

「そうだよマシロちゃん。カールはああ見えてケダモノなんだから、据え膳なんて逃がさないよ。その点、俺なら安心だけどね」

力説する双子王子の距離感がすでにおかしい。カールもお前らには言われたくないと思う。

背後でガタガタと動揺した音が聞こえた。

やめて！　これ以上おれと近衛《このえ》兵たちの精神を削らないで……っ！

ちょうどそのとき、おれの腹の虫が盛大に鳴いた。このやり取りとは別の意味で恥ずかしいが、ある意味いい仕事をしたとも言える。

案の定レイヴァンがこれに反応した。

「先に昼食にしようか」

おれは大げさなほど頷いた。これでここから移動すれば、これ以上の近衛《このえ》兵たちへの精神ダメージは防げる。

しかし、それにアレクが待ったをかけた。

「残念だけど、レイはマシロちゃんと昼食一緒に食べられませーん」

ふざけた口調のアレクに向けて、レイヴァンが「なぜだ」と鋭い視線を突き刺す。

「睨んだってダーメ。体調不良とはいえ、昨日の学園会議出てないだろ？　お前が担当の議題もあったんだから、今すぐ確認してこい」

レイヴァンも言われた内容に心当たりがあるようで、さっきまでの勢いがしぼんでいく。

「……明日やる」

「ダーメ、今すぐだって言ってるだろ。マシロちゃんのおかげで体調もいいんだし、生徒会運営がお前にとって卒業の条件なんだから、わがまま言うな」

アレクの畳みかける正論攻撃に、レイヴァンが言葉を詰まらせる。

「しかし、マシロが……」

「マシロちゃんは俺が責任もって一緒にいる。それとも、マシロちゃんに仕事を放棄する無責任な姿を見せる気か？」

「う、……わかった」

レイヴァンは渋々ながらも頷いた。そんなに生徒会運営っていうのは大変なのだろうか。家の手伝いや畑弄りしかしたことのないおれには、到底理解できない難しい仕事が山のようにあるんだろう。

だとしても、サボるのはよくない。

おれを心配しているようだから、せめて安心して仕事に行けるように励ましてみる。

「おれはアレク様の言うことをちゃんと聞くし大丈夫。レイヴァン様も、お仕事頑張ってきてください」

肩を抱くレイヴァンの手に自分の手を重ね、ポンポンと軽く叩いて労《ねぎら》ってあげた。すると真顔になったレイヴァンが、おれの名前を呼んだ。

「マシロ」

「え？」

自然な動きで目の前の顔が近づいてきたと思ったら、唇に温かい感触がして、ちゅっと少し吸われた。

「夜には帰る」

そう言い残し、颯爽と去っていくレイヴァンの後ろ姿を呆然と見送る。

唇を触ると、少し湿っていた。背後からは廊下に金属のぶつかる音が二つ響き渡る。

アレクは角を曲がって見えなくなったレイヴァンを目で追ったまま、気の抜けた声で聞いてきた。

「レイとは、恋人じゃないんだよね……？」

「違います」

はっきり、強めに言い切った。

「……とりあえずご飯食べようか」

「……はい」

おれたちは考えることをやめた。

そして後ろの近衛兵《このえ》に、心の中で何度も謝りながら、遅めの昼食に向かったのだった。

◇◆◇◆◇◆◇◆

アレクに案内されてやってきたのは、ガヤガヤと賑わう食堂だった。思い思いに食事をしているのはみんな男。しかも鍛えられた屈強な男ばかり。

ここは騎士棟にある食堂。何が食べたいか聞かれて、朝があっさりしたものだったのもあり、「肉！」と答えたおれを、いい場所があると連れてきてくれたのだ。

剣術が得意だというアレクは、暇を見つけては騎士に交じってここで訓練しているらしい。どうりでガタイがいいわけだ。

騎士、それは男なら一度は憧れる職業だと思う。とくにおれは頼りないと言われることが多かったし、鍛えても痩せるだけだったから、ことさら筋肉に憧れを持っている。ここにいる人たちはまさに、おれがなりたかった理想の姿そのものだった。身長もさることながら、腕の太さや身体の厚みが全然違う。

目を輝かせてキョロキョロと食堂を眺めていると、アレクが苦笑いを浮かべた。

「男ばかりでむさくるしいでしょ。でも、味は保証するよ」

食堂を埋め尽くすほどいる騎士たちの筋肉を作った、マッチョ飯！

「たくさん食べます！」

気合十分に鼻息を荒くするおれの前に、すっと左手が差し出された。

「はぐれちゃうといけないから」

ニコッと笑うアレク。手を繋げということらしい。一瞬、子ども扱いされたことにカチンときたが、食堂内を見て考えを改める。

屈強なマッチョがひしめく通路はどこも狭く、筋肉の壁ができていて歩きづらそうだ。

さすがにこの輝く金髪を見失うことはないだろうけど、距離が空いたら近くに行くのはほぼ不可能だろう。というか、自力でここから出られる気がしない。

おれはありがたくその手を取った。

雰囲気に圧倒されながらも、アレクに続いて中へ進む。

食堂内は美味しそうな匂いが充満していて、空っぽのお腹を刺激した。この人たちと同じものを食べたら、おれも大きくなれるかもしれない。そんな期待に心が躍る。魔力がなくなって、女性に相手にされる可能性が限りなく低くなったとしても、男らしくなりたい気持ちは変わらなかった。

アレクは迷いなく奥へ進んでいく。

途中、何人かの騎士がアレクに気づいて声を掛けてきた。

「アレクセイ殿下、いらしてたんですね」

「お久しぶりです殿下。また手合わせしてくださいよ」

「殿下に教えていただいた店、彼女に好評でした！　またいい店教えてください」

あっという間に囲まれたアレクは、手馴れた様子で男たちに返事をしていた。どの騎士も気さくで、親しげにアレクと話している。よく来ているのは本当なんだろう。

みんなアレクに夢中で、おれの存在に気づいていない。一応、身長は一六五センチあるけど、騎士たちが大きすぎて視界に入っていないようだった。

「あれ？　アレクセイ殿下じゃないですか」

人の波をかき分けて、今まで出てきたどのマッチョよりもダントツで筋肉モリモリの人が現れた。なんだあのはち切れんばかりの上腕二頭筋は……っ！

短く刈られた赤い髪に真っ赤な瞳。隊服の胸元をバッサリ開け、盛り上がった胸筋をこれでもかと見せつけてくるモリモリマッチョさんが、こっちに向かってくる。騎士たちが自ら道を開けている様子から、位の高い人だと想像できた。

アレクもそんな男に嬉しそうな顔を向ける。

「ダミアン副団長、遠征から帰ってたんだね」

合流すると、副団長と呼ばれた男がアレクと腕をクロスするように一度打ちつけて挨拶を交わした。

「二日ほど前に。実はさっきの謁見にいたんですよ」

「へぇ、気がつかなかった。じゃあグランツ団長も？」

「はい。今後の保護対象を確認しろと通達がありまして、自分と団長だけ。端のほうにいましたから気づかなくても仕方ないです。ねぇ、団長……って、あれ？　団長？」

副団長が振り向いて、来た方向をキョロキョロと見渡す。

「おかしいなぁ……、さっきまで一緒だったんですが。ん？　お前さんは保護対象の……」

戻ってきた視線が、アレクの後ろに埋もれていたおれを捉えた。

目の前に立たれるとよりデカさを感じる。

「あ、あの……、おれ……っ」

緊張しすぎてうまく言葉が出てこない。しかし、副団長はそんなことはお構いなしに話し続けてきた。

「レイヴァン殿下の魔力暴走に巻き込まれたんだって？　よく生きてたな！　いやぁ、大したものだ」

あははっと軽快な笑いとともに、ダミアン副団長がおれの肩をバシバシ叩く。手加減してくれているんだろうけど、一撃一撃の重さがすごい。心臓に響く。かなり豪快な性格のようだ。

「お？　なんだ、なんだ。このペラッペラな身体は。ちゃんと飯食ってるか？　男は身体が資本だぞ」

今度は上半身や腕の厚みを確かめるように触られる。この人の筋肉は本物だ。おれもこんな身体になりたい。ありったけの思いを込めて副団長を見上げた。

「お、おれもっ、たくさん食べたらムキムキマッチョになれますか！」

「お？　なんだ筋肉つけたいのか。そりゃいい！　ここの連中はみんなこの食堂の料理でデカくなるからな。俺もその一人だ」

「おぉ！」

なんて説得力のある言葉だ。

おれのやる気がぐんぐん育っていく中、見守っていたアレクが苦笑いを浮かべる。

「ダミアン副団長、マシロちゃんに適当なこと言わないでよ」

「適当じゃないですよ。食わなきゃデカくならないのは本当でしょう？」

「それはそうだけど……」

「あぁ、そうだ。おい、お前ら！」

脇の下に手が突っ込まれたと思ったら、そのまま軽々と持ち上げられた。

「うわっ」

人で埋め尽くされたところから、にょきっと身体半分飛び出る。掲げるように持ち上げられた身体は微動だにせず、安定感バッチリだった。さすが副団長、信用のできる筋肉。

しかし、その場にいるすべてのマッチョの視線を集めてしまったおれは硬直した。さすがは現役騎士の眼力、すごく怖いです。おれがびびっていてもお構いなしに、副団長は食堂中に聞こえるほどの大きな声を張り上げた。

「この坊主は王命の保護対象者だ。部外者じゃないからな、覚えておけよ。ちなみにあのレイヴァン殿下の魔力暴走から生き残った強運の持ち主だ。いないとは思うが、ナメた態度を取らないように。わかったな！」

あのレイヴァン殿下の……？　あんなに弱そうなのに……。とあちこちで囁かれる。

副団長がもう一度大声を出した。

「返事は！」

「「「はい‼」」」

この場にいる全員の野太い返事が食堂を震わせる。いや冗談抜きで震えていた。鍛えると肺活量もすごいのだろうか、音圧がヤバい。鼓膜がキーンとして脳が揺れた。目が回る。

ぐったりしているおれに気がついたアレクが、急いで副団長に降ろすように言い、そのままおれを副団長から受け取る。おれは背中を腕でしっかりと支えられながらアレクに寄りかかる。いまだに揺れている頭を、力なく胸に預けた。

「マシロちゃん大丈夫？」

「な、なんとか……」

自力で立てないでいるおれを、副団長が豪快に笑い飛ばした。

「なんだ坊主、あれくらいで情けないなあ。もっと鍛えろ！　二人とも飯はまだですよね。一緒に食べましょうよ。坊主、美味くてデカくなるもん食わしてやるからな！」

美味くて、デカくなる食べ物……！

その言葉にはじかれるように覚醒する。こんなことでぐったりしてる場合じゃない。アレクの胸に手をついて、まだ少しふらつく頭を気合いで起こした。

背中はまだアレクに支えられたままだったが、なんとか自力で立ち、副団長に熱意を伝える。

「よろしくお願いしますっ、おれ、副団長みたいなマッチョになりたいんです！」

「おぉ！　坊主はマッチョのよさがわかるのか！　最近の新人は、スマートに戦いたいとか抜かすヤツもいて物足りなかったが、なかなか見込みがあるな！」

嬉しそうに再びおれの肩をバシバシ叩き出した副団長とは反対に、アレクは嫌そうな表情をした。

「マシロちゃんはこのままで十分素敵だよ」

「いいやっ、魔力がない今、おれには筋肉しかない。マッチョこそが男らしさ！」

「そうだ坊主。マッチョこそが最強！」

「マッチョ最強！」

気合いを入れ合うおれと副団長に感化されたのか、周りにいた騎士たちも興奮した様子で次々と叫び出した。

「うおおぉ！　なんか俺も無性に筋肉つけたくなってきた！」

「俺も！」

「俺もだ！」

食堂内が熱気を帯び、あちこちで筋肉コールが巻き起こる。盛り上がりも最高潮に達し、みんなの気持ちが一つになっている。

副団長が天井に向けてその太い腕を突き上げた。

「みんなでマッチョになるぞーっ!!」

「「おおおぉぉぉーっ‼」」

熱すぎるその光景を、アレクだけが生温かい目で見つめていた。

「ここにマシロちゃん連れてきたの、失敗だったな……」

しばらくみんなで筋肉を称え合ったあと、それぞれ食事に戻っていった。さすが、騎士は切り替えが早い。

アレクと副団長の特権で席を確保し、おれたちは副団長に連れられて料理を取りに行く。

大きなカウンターの向こうでは、これまた屈強なコックたちが忙しそうに鍋を振り、料理を次々と作っていた。どれもボリュームがあって美味しそう。朝食のサンドイッチも美味しかったけど、こっちは男のスタミナ料理って感じで食欲をそそられる。

おれたちは三人でそれなりに長い列の後ろに並んだ。アレクも王子なのに並ぶんだと思っていたら、どうやら顔に出ていたようで、アレクが理由を教えてくれた。

なんでも子どものときからよく来ているのと、王子だからと手合わせで手加減されるのが嫌だから、騎士棟内ではなるべく対等に接してもらうように頼んでいるらしい。

それでみんなアレクに対して遠慮してる感じがないのか。それと、アレクのコミュニケーション能力が高いこともあるだろう。でも席は譲ってもらってたね。と言うと、あれは副団長に譲ってたんだよ、と責任をなすりつけていた。

順番になり、副団長が筋肉つけるなら肉だ！　と、牛肉のステーキをおれの分と合わせて注文してくれた。アレクはタンドリーチキンにしたようだ。

わりとすぐに出てきた料理を持って席に向かう。

一人前だというのに分厚いステーキはボリューム満点でずっしり重い。

おれは一枚でも落とさないように運ぶので精一杯だというのに、副団長の皿には四枚ものステーキがのっていて、なおかつ山盛りのどんぶりご飯も一緒にトレーにのせて軽々と運んでいる。その逞しい姿に、おれはさらに筋肉への憧れを強くした。

「そんなにダミアン副団長が気に入ったの？」

軽快に進んでいく副団長の背中に見惚《みと》れていると、隣から不機嫌な声が聞こえた。

見上げた先に、ジト目のアレクがいた。言い方が引っかかったけど、好意的に思っているのはたしかなので素直に頷く。

すると明らかにアレクの機嫌が悪くなった。怒っているというより拗ねている感じ。怖くはないけど、突然の変化に戸惑う。何か気に障ることをしたんだろうか。

「だってこんなに重いステーキが四枚ものってるのに、軽々持ってすごいじゃないですか」

自分の手元にある、ステーキがのったトレーを少し上げてみせる。それを見て少しむっとした表情になったアレクが自分のトレーを片手で持ち直し、おれのトレーをひょいと取り上げた。

さっきまであった重みが消えたことで少しふらつくおれを横目に、アレクが先に進んでしまう。

そして、得意げな笑みで振り返った。

「俺だってこれくらい余裕だよ」

おれがあっけにとられている間にも、ずんずんと歩いて行ってしまう。

なんなんだあれ。はっ！　これってもしかして、王子をパシリにしてると思われないか？

「アレク様、自分で持てます……っ」

慌ててアレクのあとを追うも席の近くまで来ていたようで、すでにトレーを置いてイスに腰かけているところだった。さっそく副団長に弄られる。

「なんだ坊主、殿下に持ってもらったのか。こりゃ先は長いなあ」

「う……」

横から取られたとはいえ、結構腕がギリギリだったのも事実で反論できなかった。

腑に落ちないところがあるものの、大人しくアレクの隣に座る。座ったとたん、目の前のステーキから立ち上るいい匂いが鼻孔をくすぐった。それだけで口の中が唾液でいっぱいになる。

食べる前から美味しいのがわかるステーキに、ゴクンと唾を飲み込んだ。

「まあいい、坊主は細いからまずは太らないとな。無理はよくないが、なるべく全部食え。タンパク質は筋肉の基本だ」

「はい！」

「少し太るのは俺も賛成。でも力仕事とかは遠慮せずに俺を頼ってね。これでも結構鍛えてるからさ」

そう言ってアレクはタンドリーチキンをナイフで切って頬張った。上品だけど口が大きいからか、ワイルドにも見える食べっぷりにおれもお腹が空く。

改めて自分のステーキに向き直った。

いた。

「いただきます！」

おれは手にナイフとフォークを装備し、今までに食べたことのない大きさのステーキに食らいついた。

……うぷっ、肉が口から出てきそう……

あのあと、勢いよく食べはじめた分厚いステーキはめちゃくちゃ美味しかった。美味しかったが、やっぱりめちゃくちゃ量が多かった。

すでに満腹なのに、まだ半分も残っている肉に恐怖を覚えたくらいだ。食べても食べても再生する魔法でもかかっているんじゃないかと疑うレベルで全然減らなかった。

でも残すのはどうしても嫌で、小さく刻みながらせっせと食べていたら、自分の料理を食べ終わったアレクが代わりに食べてくれた。本当にごめんなさい。

「まあ、坊主は背も小さいしな。頑張ったほうだろう」

副団長や騎士の人たちにも励まされ、なんとか食事を終えることができ、いつか必ずリベンジしてやると心に誓って、おれたちは食堂を出た。

出てすぐ辺りで、おれが静かに闘志を燃やしていると、副団長が腕を伸ばしながらアレクに話しかけている。

「腹も膨れましたし、食後の運動でもどうですか」

副団長が上から下に剣を振る動作をした。その誘いにアレクが乗っかる。

「いいね。久しぶりにダミアン副団長が相手してよ」

「いいですよ、今回も負けませんから。グランツ団長もいたらよかったのに、まったく、どこ行っちまったのか……」

「きっと急用ができたんだよ」

聞こえてきた内容にわくわくする。剣を振り下ろす動きをしていたから、運動って剣の打ち合いじゃないだろうか。それもアレクと副団長の。きっとすごいに決まってる。

「それ、見ててもいいですか？」

「おぉ、もちろんだ。しっかり見とけよ」

こうしておれたちは、副団長に連れられて場所を移動した。

移動した先は簡易的な闘技場だった。建物の中央をくり抜いたような吹き抜けになっていて、開いたスペースでは、もうすでに何組かの騎士が手合せをしていた。

剣を打ち合う音や掛け声が響いて、男のロマンが詰まったような空間に胸が躍る。

「坊主は危ないからここから見学な。動くんじゃないぞ」

「応援してね、マシロちゃん」

そう言い残して、アレクと副団長は端のほうに準備されている防具や模擬剣を取りに行った。

その場に一人残され、手持ち無沙汰になったおれは少し壁際に避けて周囲を観察する。

すでに打ち合いをしている人たちはみんな真剣で、実際の戦いを想定して練習しているのが伝わってきた。練習なのに気迫がすごい。

こうして目の前で本物の騎士が稽古していたり、王様や王妃様と直接話したり、アイリーン様にも会ったりと、想像もしたことがない出来事が流れるように起こって、しまいには今日からお城生活だ。

昨日まで、ただの村人だったのに。

「マシロちゃーん、ちゃんと見ててねー！」

準備ができたんだろう。手を振ってきたアレクに振り返す。

あの人だって、おれからフェロモンが出ていなければ、おれなんか視界にすら入らないはずだったのに、可愛いだなんて思い込まされて気の毒な人だ。

二人の手合わせを見ようと、稽古していた騎士たちも手を止めて集まってきた。

あっという間に見学に集まった屈強な身体で視界が塞がれ、慌てているおれに気づいた周りの人たちが前のほうに誘導してくれた。最前列まで出してくれたおかげで、全体がよく見える。

お礼を言うと、気にするなと肩を叩かれた。ここの人たちは基本みんな優しい。こんないきなり現れた冴えない田舎《いなか》男に、嫌な顔一つしないで親切にしてくれる。

今だってそうだ。いくら王様からの命令だとしても、得体の知れない一般人が騎士棟内をうろうろすること自体、目障りだと思われても仕方がないのに、誰一人嫌な顔すらしてこない。

謁見の間にいた家臣のおじさんたちも、おれを可愛いと言う王族たちに不思議そうな反応をしていただけで、おれが王宮で保護されることに全員反対しなかったし、レイヴァンの魔力が安定しそうだと報告されたときも、あの場にいたみんなが心から喜んでいた。みんな王族の人たちが好きなのだろう。

おれが彼らに受け入れてもらえてるのは、レイヴァンの魔力を安定させられるからだ。

別におれが特別になったわけじゃない。勘違いだけはしないように気をつけよう。

周りから野太い歓声が上がり、胸当てを付けたアレクと副団長が中央に出てくる。二人は一定の距離を取って向かい合い、模擬剣を構えた。

集中しているのだろう、空気がピリッと張り詰める。

「はじめ！」

鋭い号令と同時に激しい剣の打ち合いがはじまった。

素人のおれには、目で動きを追うのも難しいほど展開が早い。大振りでパワーがありそうな副団長と、その攻撃をひたすら避けているアレク。たまに隙をついてアレクが踏み込むが、副団長も大きな身体からは想像できない軽やかさでかわしている。

息を呑むやり取りに高揚し、無意識に拳を握っていた。

「うはー、やっぱりすげぇなアレクセイ殿下は」

「あのダミアン副団長の一撃をかわせるだけで桁違いだ」

「でもさすがに立て直すのに手間取ってるな。俺も副団長の剣を受けたことあるけど、一発で剣が弾き飛んだぜ」

一緒に見ている騎士たちが興奮気味に話している。その内容を聞くに、二人がいかにすごい戦いをしているのかがより伝わってきた。

絶え間なく響く金属音、周りの喝采、そのすべてに引き込まれていく。今までの生活では体感できない、まさに夢のような世界だった。

激しい攻防の中、アレクが副団長の脇腹めがけて剣を振った。それは予想外の動きだったようで、副団長がすんでのところで剣で払う。

そのとき、ガキンッ！　と高い音が鳴った。

二人が同時に焦った表情でおれのほうを見る。

「やべぇ……っ！」

「マシロちゃんっ!!」

二人の必死な声と、何かを弾き飛ばした音が同時に聞こえ、いつの間にか大きくたくましい背中がおれを庇うように立っていた。

何が起きたのか、いまだにわかっていないおれは、呆然とその背中を見つめる。後ろ姿だというのに、その身体はどの騎士よりも強そうだった。

「剣を折るほどの打ち合いは禁止しているはずだが」

目の前の男の声だろうか。冷静な話し方なのに、身体の底からすくんでしまうような低音で、この人が相当怒っているのがわかった。

剣を、折る……？

その言葉に視線を地面に向けると、ほんの少し離れた場所に折れた剣先が転がっているのが見えた。なんであんなところに落ちているんだと、疑問に思ったがすぐ理解する。

あれがおれに飛んできたんだ。そしてそれを、この人が剣で弾き落とした。

この人が助けてくれなかったら、おれは今頃……

ゾッと背筋が凍りつく。悲惨な姿の自分を想像してしまい、ガタガタと身体が震え出した。血の気が引き、足先まで一気に冷えていく感じがした。

立ち眩みがして、目の前の大きな背中に倒れてしまい、悪いと思いながらも必死にしがみついた。するど、今まで張り詰めていた周りの空気が急にザワつき出す。

それを気にしている余裕はもちろんなく、ガクガク震える足が踏ん張れなくなってきて、崩れ落ちないようにいっそう強く男に寄りかかり、腰に腕を回して抱きついていた。

触れている男の背中が熱く感じた。もしかしてビビり過ぎて、熱まで出てきたんだろうか。

この人も男にしがみつかれて嫌だろうに、払い除けることもなく支えてくれてありがたい。優しさに甘えて、そのまましばらくしがみついていると、徐々に身体の震えが治まってきた。男の身体が屈強で安心感があるからかもしれない。

そうしてじっと耐えていたら不意に上から影が差して、顔を上げるとアレクが心配そうにのぞき込んでいた。

「マシロちゃんごめんね。怪我はない？」

大丈夫だと答えようとしたが、喉の奥が震えてうまく声が出なかった。アレクが申し訳なさそうに眉尻を下げる。

声が出ないほどビビっている自分がすごく情けなくて、目の前の背中にぐりぐりと顔を押しつける。男の温度がさらに熱くなった気がした。周りのざわめきが大きくなる。

時折、うわっ、とか、マジか、とか聞こえ、その声がおれに向けられたものだと思うと恥ずかしくなり、余計に顔を上げられない。

いくら危ない目にあったからといって、助けてもらった挙句無傷のくせに、成人した男が怯えて自力で立つこともできないなんて、自分が情けなかった。恐怖と恥ずかしさのせめぎ合いで、ますます背中に顔を埋《うず》めた。

アレクが優しくおれの頭を撫でる。

「マシロちゃんにカッコいいところを見せたくて、調子に乗りすぎちゃった。怖い思いをさせてごめんね」

何度も撫でる優しい手と声に、少しだけ顔をアレクに向ける。

目が合うと、アレクが子どもに接するような優しい声で話しかけてきた。

「本当にごめんね。怪我はない？」

それに頷くだけで返事をする。

「すまねぇ坊主。加減を間違えた」

いつの間にか近くに来ていた副団長も謝ってきて、今度は大丈夫だと言葉で返せた。

ほっと表情を緩めたアレクがおれに手を伸ばし、指先が頬に触れる。

「まだ震えてるね。今日はもう部屋に戻ろう。こっちにおいで」

「……ごめん、もう少し待って」

落ち着いてきたものの、脚のふらつきが気になって自力で歩くのはまだ無理そうだった。

かといって、いつまでも目の前の人を支えにしているわけにもいかない。

おれは歩かないにしても、とりあえず自分で立とうと、ぎゅっと背中を掴む手に力を入れた。すると周りから野太い悲鳴が上がった。驚きで身体がビクッと跳ねる。

いったいさっきからみんな、何に反応しているんだろう。

アレクが、おれがしがみついている人のことを指さして苦笑いを浮かべる。

「マシロちゃんが頑張って立とうとしてるのはわかるんだけど、そろそろ放してあげてくれないかな？　グランツ団長が、なぜか死にそうだから」

ということは、この背中がグランツ団長？　死にそうって……もしかして、おれを庇ったせいで怪我でもしたのか⁉

今度は別の意味で青ざめる。自分のことしか頭になくて、その可能性をまったく考えていなかった。

火事場の馬鹿力とでもいうのか、気が動転してしまってさっきまで震えていた足にも力が入り、慌ててグランツの正面に回って身体を確認する。

胸や腹を見ても、バキバキの筋肉があるだけでパッと見た感じ血は見当たらない。

でも死にそうなほどの怪我なんて相当だ。見えないだけで、どこかにあるのかと、失礼を承知でペタペタ身体を触って確かめる。……おかしいな、とくになんともなさそう。

しかしこれだけ強靭な肉体だ。もしかしたら痛いのを我慢しているのかもしれない。自力で探すのは諦めて本人に聞いてみることにした。

見上げるほど高い位置にある顔は彫りが深く、茶色の瞳は切れ長で鋭い。まるで鷹を思わせるような勇ましい顔立ちだった。

焦げ茶色の髪は短く整えられ、オールバックにしているのも少し強面な雰囲気に合っていてカッコいい。まるでおれのなりたい理想をそのまま形にしましたって感じの人だった。

ほぼ筋肉なのではと思えるほどに鍛え上げられた肉体と、男前すぎる顔に見惚《みと》れてしまう。

グランツもおれのことを見ていて、お互いじっと見つめ合う。そうしていると渋く勇ましい顔が徐々に赤く染まっていき、次に大量の汗が噴き出しはじめた。

突然体調が悪そうになったグランツの様子に驚いて、慌てて確認する。

「あのっ、どこか痛いんですか？　おれ、助けてもらったのに気がつかなくて、我慢しないで教えてください！」

もともとそんなに開いていなかった距離を、さらにずいっと詰めて問いただす。するとグランツの顔がいっそう赤くなった。

「あっ、いえ……、大丈夫、です。心配ありませんから……」

さっきアレクたちを怒っていたときからは想像もできないくらい小さな声だった。明らかに挙動もおかしくて、目もしきりに泳いでいる。何かを誤魔化しているのがまるわかりだ。

「本当ですか？　おれでできることならなんでもします。遠慮しないで言ってください」

「なんでも……っ⁉　そんなこと、軽々しく言ってはなりません……っ」

慌てた様子で一歩下がったグランツを追いかけて、おれも一歩詰める。

「でも、助けてもらったお礼がしたくて」

「お、お礼……。はっ、いや、わ、私は、可憐なあなたが無事なだけで、それだけで十分で……っ」

「はい、ストップ！　二人とも、ちょっと落ち着こうか」

詰め寄りすぎてぴったりと重なった身体をアレクに引き剥がされる。

アレクに「そんなにくっついちゃダメ」と注意されて冷静になり、今までの数々の無礼を反省した。

後ろから腰に抱きついて縋《すが》り、背中に顔を何度も押しつけ、挙句正面から身体をベタベタ触るなんて、まるで痴漢じゃないか。

グランツの挙動がおかしかった原因はおれだったのだ。助けてもらっておいて、恩を仇で返すような真似をしていた自分をぶん殴りたい。

グランツは顔を赤くしたまま、まったくおれを見ない。ほら、めちゃくちゃ怒ってる。

おれは腰を九十度に折り曲げ、誠心誠意謝った。

「あのっ、いきなり身体を触ってすみませんでしたっ！　決してやましい気持ちはなくて、本当に申し訳ありませんでした！」

勢いよく頭を下げたおれに周囲が動揺したのがわかった。頭上からグランツの慌てた声が聞こえる。

「いえっ、やましいのは私のほうで……っ、とにかく、あなたは何も悪くありません」

「でも何度も抱きついて、いろんなところを触ってしまって……」

「大丈夫です。全部嬉しかったので問題ありません」

……ん？　なんか引っかかる言い方だけど、じゃあ本当に怒ってないのかな。

腰は曲げたまま、下からのぞき込むようにグランツの様子を窺《うかが》う。

目が合った瞬間にグランツは「うぐぅ……っ」とうめき声を上げてまた顔を逸らした。

その反応にちょっと傷つく。もしかして、おれの顔が直視できないほど生理的に無理ってこと？

さすがに不細工ではないと思うんだけど、王宮にいる美形たちと比べたら、まあ不細工と言われても反論できない。

上げた頭をもとに戻し、お伺いを立てた。

そろそろ直角に曲げた腰が限界だったからだ。

「すみません。見ないようにするので、頭を上げてもいいですか？」

「え？　あっ！　すみません、違うんです。あなたの上目遣いがあまりに扇情的で……ッ、無礼な態度をどうかお許しください」

必死に謝罪をするグランツの言葉にまた引っかかる。おれが、扇情的……？

とりあえず怒っていないようなので、ゆっくり腰を伸ばしながら身体を起こす。

まっすぐ立った状態で、なるべくしっかり顔を向けて上目遣いにならないようにグランツを見た。

頭二つほど高い位置にあるため、見上げてしまうのは仕方なかった。

グランツは頬を赤く染めはしたものの、今度は意識して逸らさないように耐えているのか、射殺さんばかりの鋭い眼光でおれを見つめている。これは普通に怖い。

「謁見の間で一目見たときから、あなたを見ると胸の鼓動が激しくなって痛いほどなのです。離れているときも、気づけばあなたのことを考えてしまう。こんなことは、はじめてなのです」

そういえば副団長があの場にいたって言ってたな。グランツも一緒だったって。

たしか赤い絨毯《じゅうたん》を進んでいるとき、大勢のおれを探る好奇の目とは違う、別の視線を感じた気がしていたんだった。

あのときは色々と余裕がなくて確かめることはしなかったけど、あれはグランツの視線だったのか。おれを見ると胸の鼓動が激しくなるって、すごく嫌な予感がした。

おれの懸念を肯定するかのように、グランツの目つきに甘さが加わる。

「あなたは王命の保護対象者であり、殿下たちと関係のある方。いくらあなたに惹かれようと、私の出る幕などないと思っていました。いっそ忘れてしまおうと。しかし、あなたはまた私の前に現れた。そばにさえ行かなければと、遠くから見ておりましたが、むさ苦しい部下たちの中に咲く一輪の花のようなあなたの姿に、いっそう惹かれるだけでした」

ずっと周りで傍観していた騎士たちが、上司にむさ苦しい部下と表現されたことで少しざわついた。しかし、今おれしか見ていないグランツは、そっとおれの右手を取り、そのまま恭《うやうや》しく片膝をついて熱い視線を送ってくる。

座っているのに、立っているおれと目線の高さが変わらないなんて、どれだけデカいんだ。

「先ほど背中で感じた震える小さな温もり、恐怖を必死に耐えながら私を心配してくださる優しさ、そして何よりあなたの存在そのものが、私のすべてを歓喜させる。これは理屈ではないのです。どうかこのグランツ・オベリオンを、あなたを護る騎士にしていただけないでしょうか」

そう言い、おれの手の甲に口づけをした。その振る舞いは、まさに騎士そのもの。

辺りが静まり返る。誰もがその光景に見入っていた。感動的な誓いのシーン。だがそれは、相手がおれじゃなかったらの話だ。

この人、完全にフェロモンにあてられている。どうりで可憐とか扇情的とか言ってくるわけだ。こんなに渋くてカッコいい男の中の男のようなイケオジ系騎士団長様でさえ、フェロモンにかかれば、こんな平凡チビに膝をついて手の甲にキスまでしてしまうなんて。改めてこのフェロモンの恐ろしさを目の当たりにした。威力がえぐすぎる。

どうしよう、どうにかしてこの呪いのようなフェロモンからグランツを解放してあげないと。命の恩人が、年下平凡男好きの変態だと思われてしまう。

おれの良心がゴリゴリと削られる音がした。一刻も早く正気に戻さないと、罪悪感が半端じゃない。

見上げる必要がなくなったグランツの目をしっかりと見て、おれは諭すように説明した。

「グランツ様、あなたはおれから出ている謎のフェロモンに操られているだけなんです。全部思い込みです」

「私の想いを信じてくださらないのか……？」

うっ、なんだその捨てられそうなドーベルマンみたいな目は……っ。顔に迫力がある分、ギャップでつい甘やかしたくなるが我慢だ。

「し、信じてないとかじゃなくて、これが事実なんです。だから目を覚ましてください」

とりあえず持たれた右手を取り戻そうと引っ張るが、びくともしない。嘘だろ、指先を少し挟まれてるだけだぞ。握力が強すぎる。

おれが必死に手を引き抜こうとしている間も、グランツの表情は憂いを帯びはじめ、ついに悲愴感まで漂いはじめる。

「私では、あなたを想うことすら許されないのですか……？」

「ちが……っ、あの、そういうことじゃなくてですねぇっ！」

ますます落ち込んでいくグランツ。

ちくしょう、どうすればこの人を邪悪なフェロモンから解放できるんだ。これじゃまるで、グランツがおれに振られたみたいでかなりマズい。

そもそもこの状況から、どう収拾つけろと言うんだよ。落としどころがまったく見当たらない。

周りで見ている騎士たちのなんとも言えないポカン顔が、いたたまれない雰囲気に拍車をかけている。

これがきっかけで、グランツが騎士たちから幻滅されたらどうしよう。勇ましくカッコいい団長がまさかの平凡男趣味！　だなんて噂が広まったら……。可哀想すぎる！　せめておれが本物の美少年だったならまだマシだったのに。

告白成功率ゼロパーセントのおれには、この状況をうまく切り抜ける術《すべ》が思いつかない。

そんな絶望的な雰囲気の中、一人の救世主が現れた。

「グランツ団長」

凛とした声が空気を割る。ずっと近くにいたアレクだった。

そうだアレクならおれの事情を知ってるし、何より王子だから説得力も桁違いだ。自国の王子からの言葉だったら、さすがのグランツも納得するだろう。

どうか団長の悲劇を終わらせてくれ！　そう、願いを込めてアレクを見つめた。そんなおれの視線に頼もしく微笑み、アレクの手が掴まれたままのおれの右手にそっと重なる。

「マシロちゃんは俺のお姫様になってもらう予定だからダメ」

えっ、えええーーーーっ!!

あまりの衝撃におれは声が出せず、心の中で叫んでいた。視界に入る騎士たちも、おれと同じ表情をしている。

嘘だろアレク、お前もか……っ！

「……それは、マシロ殿も同意していることでしょうか？」

グランツは厳しい表情をアレクに向ける。

「これからね。でも、決定事項だから」

なぜか自信満々のアレク。いつ決定したんだ、おれは頷いてないぞ。

「ではアレクセイ殿下の妄想ということでよろしいか」

「妄想じゃなくて、予言だよ。グランツ団長」

バチバチバチバチ……ッ‼　存在しない火花が二人の間で激しく弾けた。

おかしいぞ。さっきより状況が悪化している。

おれは空いている左手で頭を抱えた。どこだ、どこから間違えてたんだ。アレクもグランツも、今日知り合ったばかりだというのに……。恐るべしフェロモン。

外野のみんなは興味津々に野次馬していて楽しそうだ。おれもそっち側がよかった。

副団長は……なぜか涙を流して感激している。

「今まで浮いた話一つなかった団長に、ついに春がぁ……っ！」

副団長の発言に驚愕して、思わずグランツを凝視する。この容姿で一回も誰かと付き合ったことがないの⁉　嘘でしょ⁉

「グランツ様、彼女いないんですかっ⁉」

「かの……っ、当たり前です！　でなければ、あなたに誓いを立てたりしません！」

真っ青になって必死に否定するグランツの姿にさらに驚く。マジなんだ。

そりゃ良い仲の人がいて、おれにあんなことを言ってたとしたら屑以外ないんだけど、でもやっぱり信じられない。だってこんなにカッコいいんだよ？

渋くて男前で背も高い。おまけに誠実そうで力も強く、ピンチには颯爽と駆けつけて守ってくれる騎士団長様。当然魔力も多いだろうし、地位もお金も申し分ない。

それなのに、女性経験がまったくないなんて思わないだろ。これだけ完璧にもかかわらず、いったい何がダメだというんだ。王都の女性は理想が高すぎる。

片膝をついたままのグランツを上から下へ分析するように見る。

あえてケチをつけるとするなら、どこだろう。

「もしかして……デカすぎるのか？」

「デカ……っ!?」

「ちょっと、マシロちゃん!?」

二人は驚いているが、案外この仮説は的を射ているんじゃないだろうか？　女性からしたら背も高く強靭なマッチョは、カッコいいというより恐怖を感じるのかもしれない。この人、圧すごいし。

おれでさえ見上げないと目が合わない。女性だと首が痛くなりそうだ。

きっと男が憧れる理想と、女の人が求める理想は違うのだろう。

さっき青ざめていた顔を、今度は真っ赤にして慌てふためいている男前に親近感が湧く。

この人たぶん童貞だ。おれが女性にモテるために必要だと思っていたものをすべて持っているというのに、身体が大きいことがモテない原因になっているなんて目からウロコだ。改めて女性とお付き合いする厳しさを目の当たりにした気分だった。

今までの苦労を勝手に想像して同情する。おれは同志に精一杯慰めの言葉を送った。

「おれはデカくても大丈夫ですから。全然怖くないです！　むしろカッコいいです！」

「え……、あ……」

赤くなって目を見開いたまま固まるグランツ。その姿を見て確信する。この人も、今まで女性に振り回されてきたんだな。自分事のように切なくなってしまって、掴まれた右手に自ら左手も乗せ、グランツの手をそのまま両手で握り込む。

「おれはデカければ、デカいほどいいと思います」

おれの熱意が伝わったのか、グランツは真っ赤になって震えるほど喜んでくれた。

だってこれほどの筋肉が称えられないなんて間違ってる。背中ですら感じるあのたくましさだぞ。そうだ、せっかくだから生で見てみたい。

「あの、ちょっと見せてもらってもいいですか？」

ビシッと空気が固まった。しまった、冷静に考えてみろ。初対面で筋肉を見せてくれは馴れ馴れしいにもほどがある。気になりすぎてまたやってしまった。急いで誤解を解かなければ。

「ごめんなさいっ、服の上からでもわかるくらいすごかったから、つい……」

「…………………」

反応がない。これは相当引いている。自分の失態にすごく落ち込んだ。

「……マシロちゃん、そろそろ部屋に戻らない？」

アレクが引きつった笑みを浮かべている。心なしか顔色も悪い。アレクにも引かれてしまったようだ。それほどおれの発言は気持ち悪かったんだろう。

「……はい」

ああ、もう騎士棟には来られないな。

みんなおれのこと、筋肉大好きな変態男だと思っているに違いない。食堂でもマッチョマッチョと騒いだし、弁解の余地はなかった。

アレクに促され、意気消沈のまま背を向ける。痴漢で連行される犯人の気分だった。

でもこれで、グランツをフェロモンの呪縛から救えたと思えば、おれが変態と思われるくらい安い代償だったかもしれない。

するりと力なくグランツの手から離した右手を、もう一度強く掴まれて引き留められる。驚いたが、振り向くことはできなかった。

おれの背中にグランツが話しかける。

「待ってください！　あまりに急なことに驚いてしまって、まさかあなたから求められるとは夢にも思っていなくて……すごく嬉しいです。ただ、この場では……さすがに恥ずかしいので……、少し時間をいただけないでしょうか。準備も必要ですし、その、私の知識と……気持ちの……」

知識と気持ちの準備ってなんだろう。筋肉の正しい触り方とかあるんだろうか？

でもそんなことより、気持ち悪いと思われていたんじゃなくてほっとした。やっぱりどんな形でも、嫌われるのはしんどい。

安心から口の端が少し緩む。おれは少しだけ振り返り、もじもじしている男前に返事をした。

「ありがとうございます。おれ、楽しみにしてますね」

すると顔を真っ赤に染めたグランツがおれを見ている。心なしか、表情が嬉しそうだった。

「マシロ殿……っ」

「もう行くよっ、マシロちゃん早く！」

アレクに腕を引かれて、強制的に騎士棟をあとにする。

背後で大喝采や雄叫びが上がった。何かいいことでも起きたんだろうか。

気になったが、ずんずん進んでいくアレクについていくだけで精一杯で、確かめている余裕はなかった。何度も転びそうになるのは、アレクの歩くスピードが速いだけで、決して脚の長さが違うからではない。

「ほんと、ここに連れてくるんじゃなかった……っ」

アレクがボソッと吐いた言葉は、必死に足を動かすおれの耳には届かなかった。

◇◆◇◆◇◆◇◆

騎士棟を出て、まっすぐ連れてこられたのは豪華な造りの部屋だった。ここはアレクの部屋らしい。どうしてアレクの自室に連れてきたのかと聞くと、騎士棟で危ない目にあわせたお詫びにお菓子を振る舞ってくれるそうだ。

壁紙は清潔感のある白で統一されていて、柱や梁などに金があしらわれている。置いてある家具もほとんど白で、床には赤い絨毯《じゅうたん》が敷き詰められていた。

アレクの部屋は、王族であることをこれでもかと主張している印象を受けた。

おれは広い部屋の中央に設置してあったソファーに案内された。ソファーは大人三人ほど座れる大きさで、一度真ん中に座るも、なんとなく居心地が悪くて少し左へ座り直す。

アレクはローテーブルを挟んで向かいにある、同じ大きさのソファーの真ん中に座った。

座って少し話をしているうちに扉がノックされ、いつ頼んだのか、給仕の女性が大きなワゴンを持って入ってきた。手際よく広めのテーブルの上に運んできたものを並べていく。

給仕の人が部屋から出ていったあと、目の前のテーブルの上が、城下町で見かけたあのお菓子屋さんに置いてあったような、キラキラした色とりどりのお菓子で華やかになっていた。

「これっ、全部食べていいんですか？」

夢のような光景にうっとりする。視線はお菓子にくぎ付けだ。

「マシロちゃんへのお詫びだからね。好きなだけどうぞ」

その言葉にテンションが上がる。お詫びだなんて、全然気にしてなかったけど、お菓子はありがたくいただくことにした。

本当にたくさんの種類があって、どれから手をつけようかなかなか決められない。

そんなおれを見かねたのか、向かいのアレクがからかってきた。

「見てるだけじゃもったいないよ」

それもそうだ。とりあえず目の前に置かれた皿から、コロンとしたお菓子を一つ手に取る。あのお店で見た菓子に似ていた。

「いただきます」

ピンク色のそれをしばらく眺めてから口に入れた。

「んう――っ！」

噛んだ瞬間、口いっぱいに甘酸っぱさが広がり、自然と声が漏れる。

さくっと軽くて、でも柔らかい。クッキーとマシュマロの間のような不思議な食感だった。少し甘みが強い気もするけど、苺の酸っぱさがちょうどよく整えてくれている。

こんなに美味しいものがこの世にあったなんて……っ！

あまりに感動的な味をアレクにも伝えたかったが、口の中が幸せすぎて咀嚼《そしゃく》が止められない。仕方なく、口を閉じたまま出せる表現で美味しさを伝える。

それをアレクはニコニコと眺めていた。

「ふふっ、気に入った？　それはマカロンっていうんだよ。色によって味が違うんだ。こっちの黄色はレモンだね。ちなみに俺が好きなお菓子はこれかな」

蕩けそうな頬を押さえて口の中の幸せを飲み込み、アレクが指さした茶色く丸いお菓子に目を向ける。艶々《つやつや》と輝く茶色い表面は傷一つなく美しい。

はじめて見るお菓子の名前を尋ねると、チョコレートだと教えてくれた。

きっとこれも美味しいに違いない。さっそく一つ摘んで口に放り込んだ。瞬間、身体中に衝撃が走る。

口に入れた直後から鼻を抜ける香ばしい香りと、甘いのに苦い不思議な味がクセになる。何より口の中で溶けていく舌触りが、今まで体験したことのない感覚だった。

だんだんと体温で柔らかく溶けていき、中から濃いドロッとしたものが出てきて驚く。

「どうしたの？」

「んぅ……なんか出てきた」

美味しさより驚きが勝って変な顔になるおれを見て、アレクがおかしそうに笑った。

「それはボンボンだからね。チョコレートの中にリキュールが入ってるんだよ」

「りきゅーる？」

「お酒のこと」

お酒とな……っ！

それは成人した大人だけが呑める特別な飲み物。いつも適当な父さんが頑《かたく》なに呑ませてくれなくて、ずっと気になっていたものだった。お菓子にも使うなんて驚きだ。

「へえ、これが。おれお酒はじめてなんです」

「そうなんだ。まあでも、その中に入ってるのは風味だけで、アルコール度数はほとんどないけどね」

「度数？」

「知らないか、はじめてだもんね。……そうだ、マシロちゃんはもう成人してるから、試しに呑んでみようよ」

「いいんですか？」

思わぬ展開に前のめりになる。まさか珍しいお菓子だけじゃなくて、お酒まで呑ませてもらえるなんて。さすが王子様、太っ腹だ。

乗り気なおれに、アレクも気分よく答える。

「この国じゃ成人のお祝いに呑むものだし、まだ日は高いけど、呑んじゃおう」

アレクがテーブルの端に置いてあった小さなベルを鳴らす。するとすぐに、さっきの給仕の人が入ってきた。

アレクが指示をすると小さく頷き、テキパキといくつかのお菓子を残して回収し、すっきりしたテーブルの上に高級そうな瓶を三本置いた。あと水差しと、空のグラスをアレクとおれの前に置いていく。あっという間に、テーブルの上がお酒仕様に様変わりした。

「ありがとう。もう下がっていいよ」

「かしこまりました」

完璧なお辞儀をして給仕さんが出ていく。

扉が閉まりきったことを確認したアレクが、さっき鳴らしたベルをテーブルの下に置いた。理由を聞くと、もう呼ばないからだという。さっきまではベルで呼べるように、給仕の人は扉の前に立っていたそうだ。

部屋は完全におれとアレクの二人だけになる。

今朝レイヴァンと少しの間二人になったときは、ちょっと気まずかったのに、アレク相手だとそうでもなかった。

同じ王子様には変わりはないし、むしろアレクのほうが王族らしさ全開なのに不思議だ。ノリがいいからか、こっちも釣られて気安く接してしまう。

「さて、マシロちゃんははじめてだし、呑みやすいものからにしよう。あぁ、これがいい」

瓶を確認して、おれのグラスにアレク自ら注いでくれる。半分ほど注がれた液体はオレンジ色だった。

「さあ、どうぞ」

勧められるままにグラスを持つ。

はじめてのお酒に少し緊張しつつ鼻をグラスに近づけると、柑橘系の匂いがした。

グラスに口をつけ、慎重に傾ける。ほんの少し口に入ったお酒は、すごく濃厚なオレンジジュースの味だった。美味しいけど、呑んだことのない味を期待していた分、正直拍子抜けだった。

ただのジュースだと調子に乗って流し込み、ごくんっ、と呑み込む。

すると、喉が液体が通ったところからカーッと熱くなり、驚いて思わずむせる。心配したアレクがおれの隣に移動してきて、ゆっくり背中をさすってくれた。

「マシロちゃん大丈夫？　水飲む？」

「ごほっ、ごほっ……っは、はあ、だいじょう、ぶ……。それより、これすごいですね！　呑んだ瞬間にカーッて熱くなって、喉とお腹がぽかぽかします」

こぼさないように気をつけて、衝撃と興奮をお腹をさすりながら伝える。

「ふふっ、それがアルコールだよ。気に入ったようでよかった」

「不思議、味は美味しいオレンジジュースなのに」

まだ半分残っているグラスを持ち上げて眺めた。見た目もジュースにしか見えない。

「果実酒っていうんだよ。呑みやすいから初心者のマシロちゃんにちょうどいいでしょ？」

「はい、すごく呑みやすくて美味しいです。おれお酒好きかも」

残りも一気に呑み干した。身体の中もお酒が通ったところから熱くなって、お腹に収まるとぽかぽかする。これってなんか、何かに似てる。どこかで体験したことがあるような……

「おかわりするかい？」

「します！」

アレクが自分のグラスに注ぎながら聞いてくる。それはおれが呑んだのとはまた別の、赤い色をしていた。新しい種類が登場したことにテンションが上がって、さっきまで考えていたことがどこかへ飛んでいく。

グラスを差し出して、アレクのものと同じお酒を注いでもらった。これはブドウの匂いがする。どのお酒も美味しくて呑みやすい。アレクに注がれるまま、夢中になってどんどん呑み干していた。

そんなおれを嬉しそうに眺めながら、アレクもグラスを傾けた。


……あれからどれほど呑んだだろう。

テーブルの上に置いてある三本の瓶のうち一本は空になり、他の二本もそれぞれ半分以下になっていた。

最初の頃は呑むときにだけ感じていた熱も、三杯目くらいで身体全体が火照《ほて》ってきて、常に身体を内側から熱くした。頭もふわふわ夢心地になり、うまく舌が回らない。身体もあまり力が入らなくなっていて、座っているのもしんどくなってきたおれは、隣にいるアレクに寄りかかっていた。

「ねえちょっと、アレク聞いてるぅ？」

「……聞いてる聞いてる」

おれと同じペースで呑んでいたアレクは、ソファーの背もたれに腕を回してだいぶくつろいだ座り方をしている。笑ってはいるものの、少しげんなりした相槌をされて文句をつけた。

「なんだぁ、その態度はぁーっ」

「いやー……、なんか思ってた展開と違うなって……」

こっちを見ないアレクが面白くなくて、両足を乱暴に揺らした。

「そうですか、どうせおれは期待に応えられない、つまんない男ですよー」

ぐいっとグラスを一気に呷る。桃味が口いっぱいに広がって喉を流れた。温かい。ふわふわする。締まりが緩くなった口元から、呑み損ねた雫が垂れ、それを自然な仕草でアレクに親指で拭われる。

戻っていく指を目で追いかけると、おれをじっと見ながらアレクが雫をぺろりと舐めた。

「マシロちゃんはつまんなくないよ。むしろ俺は興味しかないけどね。今だって、まさか絡み酒だったとは予想外だ」

「からみざけぇ？」

「あぁ……わかんなくて大丈夫だよ。て、ちょっとマシロちゃん、もう呑まないで！　いったんお水飲もう、ね！」

グラスが空になったから、瓶に手を伸ばすとアレクに取り上げられた。

「返して、おれの」

どうにかお酒を取り戻そうと手を伸ばすが、高い位置に遠ざけられて瓶に届かない。

「……まいったな」

困り顔のアレクが考え事をするように視線を逸らした隙をついて、手だけではダメだと身体ごと瓶に向かって飛び込んだ。

「え、ちょ……ッ」

思いきりアレクの上に乗り上げる勢いで行ったため、アレクもろともソファーへ倒れ込んでしまう。そのとき、アレクの持っていた瓶が絨毯《じゅうたん》に転がった。幸いコルクが閉まっていてこぼれなかったようだが、コロコロと床を転がり、さらにおれから遠ざかっていく。

アルコールで火照《ほて》った身体ではそこまで追いかける気力が湧かず、諦めてその場に寝そべった。

アレクの身体は温かく、適度に弾力があって気持ちいい。耳を胸に当てると、少し速いテンポでドクドクと音がした。

「マシロちゃん……ッ、大丈夫？」

「んぅ……、きもちいい……」

「はあー……、ほんと、ことごとく予想を裏切ってくれるなあ」

腰に腕が回され、アレクの上に乗った状態で抱きしめられた。

お互いの体温を堪能する。ふわふわとした思考と心地のよい体温に包まれて少しうとうとしていると、アレクが話しかけてきた。

「……マシロちゃんはさ、その、デカいのが好きなんだよね？」

一瞬なんのことかわからなかったが、筋肉のことかと思い至る。

頬に当たる盛り上がった胸筋の感触にうっとりしながら頷く。

「うん、好きぃ」

頭のほうから息を呑む気配がして、下にある身体が揺れた。

「なんで好きなの？」

少し熱の籠《こも》った声で聞かれる。

「なんでって……、やっぱり大きいほうがカッコいいし……、男らしいじゃん。あと、気持ちいい」

アレクの筋肉を触ってわかったけど、いい筋肉って適度な弾力があって思いのほか柔らかい。しかも温かくて、最高に気持ちがいい枕みたいだ。

ああ……、このまま寝られる……

「……へぇ、じゃあ俺のはどう？　合格？」

目を閉じて眠りに入ろうとしているおれの耳元で、低くやけに色っぽい声が囁いたと同時に、腰に硬くて熱いものがぐりっと押しつけられた。

驚きのあまり身体がビクッと揺れる。頭のすぐそばで笑う気配がし、今度はおれの腰を掴んでぐりぐりと擦りつけてきた。

どうしてアレクが股間を押しつけてくるのかわからなかった。

「何……？」

「ねぇ、どう？　大きい？」

荒い息が髪にかかる。アレクが興奮しているのがわかった。突然のことに頭がついていかない。

でも熱くパツパツに膨らんだコレのことを聞いているんだろう。

答えるまで続けそうな様子に、回らない頭で率直な感想を言う。

「おお、きい……」

アレクから満足そうな熱い息が吐き出される。

「触ったら、もっと大きくなるよ」

おれの手を掴んで、張り詰めたそこに誘導する。布越しでもわかる昂りに、レイヴァンたちとシたときの感覚が蘇る。おれの身体は、あの強烈な快感を覚えているようだった。

この熱で中を擦られたら……。酔った思考はあのときにトリップしたかのように、淫らなイメージばかりを思い浮かべる。あの焼けつくような、わけのわからなくなる快楽をもう一度味わいたい。

身体の奥から湧き立つ疼きが広がっていく。

おれが嫌がっていないのがわかったのか、アレクはベルトを緩め、ズボンを太腿《ふともも》の中央まで下ろした。そこからバキバキにそそり立つ昂りが飛び出てくる。

血管の浮いたそれは赤黒く、使い込まれている感じがした。

膨らんだ先端からは透明な先走りが滲んでいる。

「大きいの、触りたかったんでしょ？　好きなだけ触っていいよ」

どうしておれがペニスを触りたがっていると思ったのかわからないが、好奇心とその先にある快楽に理性が揺れ、言われるがままそっとアレクの熱に触れる。右手で直に触れたそれは、想像の何倍も硬く、熱かった。

他人の勃起した性器に触れている。通常では起こりえない状況にくらくらした。酔いも回り、無意識に呼吸が浅くなる。

「……ぅっ、もっと、しっかり握って……」

指示通りに竿を逆手でしっかりと握る。ギリギリ指が回るほど太いそれを、恐る恐る上下に扱いた。滲んでいただけの先走りがあふれて滑りをよくする。

気持ちがいいのか、アレクがおれの腰に回していた手を背中と後頭部に移動させてしがみついてきた。おれたちの身体がより密着し、アレクが感じているのがさっきよりも鮮明に伝わってくる。

「は……っ、ぁ……マシロ、ちゃん……気持ちいいよっ」

はっはっと荒く息を吐きながら、おれの手の動きに合わせてアレクも腰を振る。

おれの手でアレクを乱している。イケナイことをしている感覚に眩暈《めまい》がした。感じているのはアレクのほうなのに、鼓動がうるさいくらいに鳴っている。

完全に、この淫らな雰囲気に呑まれていた。

「もっと、強く……っ、はぁ、そう……上手」

頭を抱き込まれて、顔を鎖骨に押しつけられる。汗の匂いと体臭にくらくらした。

アレクのイクところが見たい。これが好奇心だけなのか、今のおれにはわからない。でも、そう思った。

もう片方の手でカリを包み、そのまま手のひらで軽く握ってみた。ぬちゃぬちゃといやらしい水音が響き、アレクの息も甘さが増す。

「あ、いい……っ、マシロちゃん、あっ、出すよ……ッ」

抱きしめる力が強くなり、アレクが二、三度激しく腰を上下させ、射精した。

先端から飛び出した残滓《ざんし》がお互いの服を汚したが、そんなことは気にならない。アレクが細かく、何度も腰を動かして射精の余韻に浸る姿から目が離せなかった。

耳元で熱い息遣いがする。たまに交じる喘ぎ声に背筋が粟立った。

息が整わないうちにアレクが顔を上げ、無言のまま唇が重なる。

たくましい腕に閉じ込められ、大きな舌で口内を舐《ねぶ》られて激しく貪られる。肉厚な舌に搦め捕られると、息をするだけで精一杯だった。でもその息苦しさがまた心地がいい。

じゅっと吸われて唇が離れていく。お互いの欲情しきった視線が交わりゾクゾクした。

「はあ……服、汚れちゃったね」

痺れた頭に、ほんのわずかに残っていた理性が浮上し警鐘を鳴らす。

「とりあえず服は脱ぐとして……、お風呂かな？」

アレクの手がシャツの隙間から侵入し、おれの腹から胸にかけてゆっくりと這い上がり、肌を晒していく。

扇情的な橙色《だいだい》の瞳から目が離せなかった。

「それとも、ベッドで続き……する？」

これは、ここで頷いたらおれはどうなるんだ。

アルコールと甘美な雰囲気に呑まれた脳みそが、なけなしの理性とせめぎ合ってグルグルと揺れる。

なんとか絞り出した声は震えていた。

「でも、これ以上は……」

「マシロちゃん」

ビクッと身体が跳ねる。アレクの声がやけにはっきりと耳に響いた。

押し黙ったおれを満足そうに見つめ、蜂蜜のようにドロドロに甘い笑みを向ける。

彼が発する言葉も、同じくらい甘さを含んでいた。

「俺たちは今、酔っているから、気持ちよくなりたいと思うのは当たり前なんだよ？」

「……酔ってる、から」

「そう、全部お酒のせい。だから、マシロちゃんの素直な気持ちが知りたいなぁ」

シャツに潜り込んでいたアレクの指が乳首に到達した。しかし、触れるか触れないかの絶妙な感じで止まり、すごくもどかしい。ほんの少し、あとちょっとのところで気配だけ感じる。

お預けされているようで、余計に意識してしまう。いっそ触れてほしいと思ってしまった。

いいんだろうか、流されても。でもこのままアレクとシてしまえば、言い訳なんてできなくなる。

――仕方なしにするセックスじゃなくなる。

おれが迷っていると見抜いたアレクは、追い込むように言葉を重ねた。

「マシロちゃんの手、すごく気持ちよかったから。お礼に、今度はマシロちゃんを気持ちよくしてあげる。もちろん、マシロちゃんが嫌だって言えばすぐにやめるよ。ね？　いいでしょ？」

アレクが吹き込む言葉が、思考に入り込む。

これはお礼で、おれを気持ちよくするだけ。おれが嫌なら、やめてくれる……

アレクがおれの顔中にキスをする。軽いリップ音が、何度も、何度も重なって、最後に唇を舐められた。

「……ベッド、いく」

——おれは欲求に負けた。

小さく絞り出すように言った言葉は震えていて聞き取りづらかったはずなのに、アレクは甘ったるく表情を歪めて笑った。

「いい子」

また引き寄せられてキスをする。敗北のキスは、とても甘美なものだった。

ソファーの上で、唇を重ねながら器用に上下が入れ替わり、服も脱がされる。

下半身も下着ごと脱がされたとき、アレクが驚いた声を出した。

「……マシロちゃん、下の毛ないの？」

そうだった。レイヴァンに強制脱毛されたことをすっかり忘れていた。

瞬時に蘇った羞恥心で慌てて手でそこを隠そうとしたが、アレクに阻止される。おれの両手を、片手で頭上にまとめられて、下半身をまじまじと見られた。その視線に耐えきれずに顔を背ける。

頬が熱い。

「レイヴァン様が、魔法で……」

言った瞬間、一瞬ピリッと空気が張り詰めた。背筋がぞわっとする。

驚いてアレクを見たが、さっきと変わらず甘い笑みを浮かべていた。

……なんだったんだ今の。

気のせいかと思うほど一瞬のことに戸惑うおれを置き去りにして、アレクがおれの性器をそっと手ですくった。他人の手の感触に腰が揺れるがそれも気にせず、まるで骨董品でも眺めるように持ち上げられ、裏側まで隅々を確認される。

「さすがレイ、綺麗になってる。そういえば腕も脚も、男なのにスベスベだとは思ってたけど、そこも魔法で?」

優しく触られる感触に息が漏れるのを我慢しながら、小さく頷いた。

アレクの声が少し暗くなる。

「……そうなんだ。でもそれって、レイがマシロちゃんの全身に触れないと無理だよね?」

「それは、魔力を貰うときに……」

「魔力は口移しじゃなかったっけ。ここは関係ないでしょ?　ね、どうして?」

まるで責めるようなアレクの口調に、言葉に詰まる。そういえば当事者以外の人にはそう説明していたんだった。

でも、何がそこまで気に障ったのかわからなかった。

「当ててあげようか」

ペニスに触れていた手を股の奥へと這わされ、隠れた割れ目の奥に触れられる。

魔力を失った弊害か、そこは刺激に反応して勝手に濡れていた。

アレクの指先がつぷっと前置きなしに入ってきて、浅いところをぬぷぬぷと出たり入ったりし、その動きに合わせておれの息も上がる。

「……嫌がらないね」

ゆっくりと奥に向かって指を埋められた。

「あぁぁ……っ」

剣を振るアレクの指はゴツゴツと太く、指一本でもかなり圧迫感があった。

さすがにいきなり奥までは狭いのか、ぐっぐっと押し広げながらゆっくり侵入してくる。

その間ずっと、アレクはおれを見ていた。

指がつけ根まで埋め込まれた頃にはぐったりし、みっちり嵌《は》められた腸壁が、息を吸うたびに中の指を締めつけ、甘い声が上がる。

「あ……、んっ、はぁ……」

「気持ちよさそう。マシロちゃんの中、ぎゅってして放してくれないね」

埋めた指をそのままに、指先だけが奥を突くようにクイクイ動かされる。

「ねぇ、マシロちゃん。もっと奥に欲しくない？」

「あんっ、はあ……もっと、おく……？」

「そう。レイのモノじゃ届かない、もっと奥の……深い場所」

肉壁を広げるように指をぐるりと回された。粘膜が大きく蠢《うごめ》く。

すでに中を埋められる喜びを知った身体は素直な反応を示し、さっき手で触れた猛《たけ》った熱を想像して、ごくんっと喉が鳴る。

これから与えられるだろう快楽を期待している。もう、逃げられなかった。

完全に堕ちたおれを、アレクは笑顔で歓迎した。

「ふふっ、素直で可愛い。大丈夫、最高に気持ちよくしてあげる。……もう俺のことしか考えられなくなるくらい」

激しい口づけと同時に、中の指が二本に増やされた。

「んう……ッ」

一本でもいっぱいだったのに、壁がさらにミチミチと押し広げられる感覚に震える。

刺激されると勝手に濡れる穴は、いつの間にかピストンされている指の動きに合わせて激しい水音をさせていた。

喘ぎ声は全部、アレクの口の中に呑み込まれる。上からも下からも与えられる刺激にわけがわからなくなり、されるがまま。思考がどんどん食われていく。

気がつけば中の指は三本になり、頭上でまとめられていた手は解放され、代わりにおれの勃ち上がったペニスを思いきり扱かれる。

口、尻、性器と同時に責められて全身が快楽に浸かり、痙攣《けいれん》する。

おれにできることは、アレクにしがみついて震えることだけだった。

擦られまくった粘膜がとろとろに溶けて、アレクの指に絡みつく。

不意に、指の腹がぽこんと膨れた部分をひっかいた。瞬間、雷に打たれたような衝撃が全身に走る。目の奥がチカチカと弾け、眼球が上を向く。息をしているのかもわからないくらいだった。

「うぅーーッ、んっんうーーッ‼」

感じ過ぎてもはや苦しかった。突き抜ける電流に尋常じゃないほど中も外も痙攣《けいれん》し、絶頂した。

おれがイッたことを確認し、アレクの口が離れていく。塞がれない代わりに、開きっぱなしの口の端を何度も舐められた。

絶頂したはずなのに、性器からはトロトロと力なく透明な体液が漏れるのみ。そのせいで、まったく快感がなくならなかった。

「ああ……あぁ、あ……ぁっ」

「ずっとイッてるね、可愛い。マシロちゃんのここ、射精してないんだよ。って、聞こえてないか」

アレクは静かに濡れる鈴口を親指で優しく撫で、お尻に埋められた指をすべて引き抜く。

見える位置に上げられた指はしっとりと濡れ、糸を引いていた。それを彼はうっとりと見つめる。

「はあ……最高」

アレクは自分の服を脱ぎ、おれと同じく全裸になった。

レイヴァンやカールとは全然違う、がっしりと厚みのある肩や胸。太くたくましい腕。鍛えているのがわかる身体。

強すぎた快感に意識を朦朧《もうろう》とさせ、仰向けに身体を投げ出すおれを、アレクが恍惚とした表情で見下ろしている。捕食者と餌。まさにそんな感じだった。

「ベッドでゆっくり挿れてあげたかったけど、我慢できそうにないや。見て、またこんなに硬くなったよ。マシロちゃんがえっちだからだね」

見せつけられたペニスは力強く天を向き、血管を浮かせていた。

熱く猛《たけ》ったそれを腹の上に乗せられる。先端が臍の辺りまであった。そのまま指で亀頭を腹にぐりぐりと押しつけられ、表面から腹の魔力核をペニスで押された。物欲しそうに核が疼くのを感じる。

ほうっと熱い吐息が出たのは二人同時だった。アレクも興奮しているようだ。

「俺の、ここまで入るんだ……、いいね」

膝裏を抱えられて股を開かれる。散々解《ほぐ》された蕾は期待に震え、今か今かと待ちわびている。

膨らんだ先端が入り口にあてられ、ヒダを押し伸ばしながら、ゆっくりと凶暴な肉棒がおれの中へと埋め込まれていった。

まるで形をわからせるかのように、わざとじんわり侵攻してくる。その間もアレクはおれを見続けた。

「はあ……あ、んぅ……あぁ……」

苦しさこそあれ、一度も引っかかることなく奥まで収まり、やがて止まった。おれの中はアレクでパンパンだ。

みっちり広がった粘膜は息をするだけで中のアレクを感じた。満足感がすごい。また男の性器を入れられているというのに、嫌悪感はまったく湧かなかった。

覆いかぶさるアレクの汗がおれの顔に落ちて口元を濡らした。無意識にそれを舐め取る。汗にも魔力が入っているからか、その甘さにうっとりした。

「ふふっ、えっちだね。休んでるところ悪いけど、まだ全部入ってないよ？」

「え……？」

「もうひと頑張りだねっ」

——どちゅん……っ‼

声にならない悲鳴が上がる。明らかに入ってはいけないところに先端がめり込んだ感覚がした。がくがくと大げさなくらい腰から下が激しく痙攣《けいれん》する。足先までぴんと力が入り震えた。

快感というより衝撃に近い。目を見開いて意味のない声を吐き出すおれを、アレクががっちりと腰を掴んで固定した。逃げられない快楽に喉が反る。

「あぁ……ッ！　お……っ？　あっ？」

「ああー……っ、マシロちゃんの中、うねりやばいッ、気持ちよすぎ……ッ。ははっ、マシロちゃんもやっと出せたんだね。えらい、えらい」

ちゅっちゅっと顔中にキスを落とされるが反応できない。

どうやら射精したようだった。しかし涙も涎《よだれ》も垂れ流して、息をするだけでもやっとのおれはそれどころではない。

「男相手ははじめてだったけど、すごいねっ。ん、ずっとこの中にいたいくらい……」

熱くうねる粘膜にご満悦なアレクが、おれの腰をぐっとさらに引き寄せ、あろうことかそのまま持ち上げた。

「うぐぅ……っ」

挿入されたまま身体を抱え上げられ、そのまま部屋の奥に見える大きなベッドに運ばれる。

宙に浮いた状態で、体重はほぼすべて接合部分にかかり、アレクの肉棒が限界まで奥を突き上げる。アレクが歩くたびに最奥を突かれて、喘ぎ声が抑えられない。

「ああ……っ！　あんっ、やあ……あぁっ！」

「はあ……っ可愛い、我慢できないっ、ねぇ、このまま一回出してもいい？」

「だめぇ……っ、おち、る……ぅっ」

「絶対に落とさない。だから、お願いマシロちゃん……っ」

「やぁ……だっ、や……あんっ！」

膝裏に腕を潜らせたまま背中を支えられ、お互いの上半身が隙間なくくっつくほど抱きしめられる。そのまま上下に思い切り揺すられた。

ガツンッガツンッと一撃が重く、振動が脳まで響く。

おれ自身はもう掴まるだけの力はなく、すべてアレクに身をゆだねている状態だった。それをいいことに、容赦なく下から突かれる。

「おっ、あっ、あぁっ！」

中を抉られるたび、腹から空気が押し出されるように声が出た。

アレクの息遣いがだんだんと荒さを増し、腰の振りも激しくなる。

「ごめ……っ出すよ……ッ！」

「はっ、ああ……っ、あぁ――っ!!」

グッと押し込められ、竿が膨張し、ぶるりとうねったと同時に中で弾けた。

熱い濁流が大量に核に叩きつけられる。おれも絶頂したように感じたが、膨らんだペニスはふるふると震えるだけで、先端からは何も出なかった。

注がれた精液を魔力に変えようと腹の中が蠕動《ぜんどう》し、熱の塊《かたまり》が内側からさらにおれを犯し続ける。

完全に脱力したおれの身体をしっかりと抱きかかえ、アレクがようやくベッドへ向かう。いまだおれの中に収められているそれは、射精したにもかかわらず、また芯を持ちはじめている。

性急な仕草で背中からベッドへ降ろされた。そのままベッドとアレクに挟まれるように閉じ込められ、膝の裏に腕を通されて脚を広げられた状態で再び固定される。

鼻が触れ合うほどに近い距離で見つめられ、焦点が合わない。はあはあとお互いの荒い息が顔にかかった。

「マシロちゃんの瞳、橙色《だいだい》になってる……。やっぱり口移しは嘘だったんだね」

瞼《まぶた》にキスされる。先ほどまで与えられていた快感で、まだうねる粘膜がアレクの肉棒に絡みついた。それに応えるように腰を軽く打ち込まれる。

中を突かれるたびに甘えるような鳴き声を出し、アレクを喜ばせた。

「中に出したら俺の色になるなんて、……エロすぎでしょ」

生理的な涙で潤んだ瞳をのぞき込み、アレクは自身の唇を舐めた。

「そういえばまた出なかったね。アルコールのせいかな？」

張り詰めたまま天を向いたおれの昂りを見て、アレクが呟く。

「こんなに震えて可愛い。そうだ。いいものがあるよ」

身体を起こし、アレクがベッド横に置いてある引き出しを開けた。中から小さな小瓶を取り出す。ちゃぷんと揺れた中には、ピンク色で半透明の液体が入っているようだ。

虚ろな目で瓶を眺めていると、アレクが蓋を開けて中身をおれの身体に垂らした。

液体だと思っていたそれはドロッとしており、ゼリーのよう。身体に当たる冷たい感触に鳥肌が立ったが、容赦なく最後の一滴までかけられる。

「これ、何……？」

「スライムだよ。大丈夫、一般向けに改良された安全なものだから。ちょっとイタズラ好きだけどね」

おれの体温で少し温まったスライムが、ひとりでに動き出してビックリする。

「ひ……っ」

安全なものと言われても気持ちが悪かった。スライムは自力で分裂し出し、なぜかおれの股間と乳首に集中して固まった。そのまま絡みついて蠢《うごめ》き出す。

「あっ、やだぁ……ッアレク、取ってよぉ……ッ」

ピンク色のスライムは、吸ったり潰したりしごいたりとやりたい放題だ。

得体の知れないものに犯されている感じが堪らなく気持ち悪かった。気持ちが悪いのに、アレクによって敏感に高められた身体が、ちゃんと快楽を拾ってしまうのも腹立たしい。

ニヤニヤ眺めているだけのアレクの助けは諦めて、自分で取ろうとスライムを掴むが、じゅぶじゅぶと滑るだけで全然取れない。それどころか、スライムを掴むために動かした自分の手で、乳首を刺激して喘いでしまう。

まるで、アレクにオナニーを見せつけているみたいになった。

「はー……、ヤバい、ハマりそう……」

相変わらず眺めているだけのアレクに、どうしていいかわからなくなって懇願する。

「ねえっ、アレク……っ、これ、やぁ、お願いアレクぅ……ッ」

「そんなに怖がらなくても大丈夫だよ」

脚を肩に担がれ、正常位で入れたままだった中を容赦なく突かれた。

「いまっ、だめだ……てぇ、ああんっ、あ、いっぱい、やだぁ……っ！」

「うん、うんっ、気持ちいいねマシロちゃん……っ、うぁ……っはっ、俺も、気持ちいいよ……っ」

乳首とペニスをスライムに扱かれながら、アレクの熱い肉棒で直腸を思いきり擦られると、目の奥がチカチカと何度も弾けた。敏感なところをいっぺんに刺激され、わけがわからなくなる。

開きっぱなしの口は、絶えず意味のない声を漏らした。

「そのスライムは、精液で固まるように……は、なってるからっ、マシロちゃんがちゃんと射精できたら、取れるからね。一緒に頑張ろう……ね！」

「あぁ……っ！」

もうアレクが言っている言葉を理解できるほどの余裕がなかった。

そんなに強くない刺激のくせにじくじくと気持ちのいい乳首と、まるでおれも誰かの中を突いているんじゃないかと錯覚させるペニスを包む生温かな感触。そして、力強く揺さぶるアレクの欲望。

頭のネジが数個、飛んでいく感じがした。

快楽漬けにされた脳みそが、さらなる快感を求めて喘ぐ。

「あっあっ！　きもちぃ……っ！　あんっ、もっとぉ……っ、もぉっろぉ……っ」

「もっと、どうしてほしいの？」

「もっとぉ……っ、おくまれぇ……お、くぅ……いっぱいっ、こしゅってぇ……」

「奥好き？」

「あっ、あっ、おくぅ、しゅきぃ……」

「マシロちゃんっ、可愛すぎる……っ」

「ああーーっ！」

今までの動きがお遊びだったかのような激しさでアレクが腰を振る。固定された体勢でひたすら肉壁を擦られ、腸壁をアレクの形に変えられていくようだった。

尻たぶに腰を打ちつけられるたびにパンッと乾いた音が響き、その勢いを耳でも感じる。

きゅうきゅうと勝手に肉壁が収縮を繰り返し、アレクを締めつけると、嬉しそうに深く挿入された。

何度かそうされているうちに、何かが腹の奥から押し寄せる感じがして、ガクガクと身体が震え出した。汗がブワッと噴き出す。体感したことのない感覚に恐怖を感じた。

「イク……っ、マシロちゃんも、一緒に……ッ」

「うぐっ……！」

歯を食いしばって耐える。身体が異常なほどに痙攣《けいれん》したが、アレクに押さえ込まれて、腹が膨れるほどの大量の精液が奥へと流し込まれた。最後の最後まで出し切るように、何度も細かく揺すられる。

おれもイッているはずなのに、痛いほど膨れたペニスからはまた何も出ていない。当然スライムも蠢《うごめ》いたままだった。内臓がひたすらうねるように動いていた。

出せない熱と出された熱が混ざり合い、身体中で渦を巻く。呑み込まれてしまいそうな熱に快楽とは違う震えが走り、火をつけられたようにカッと全身が熱くなった。

「はー、はー、気持ちよかったね、マシロちゃ——マシロちゃん？　どうしたの、マシロちゃん……っ！」

「ああ……、かはっ、あー……っ、あー……」

「マシロちゃんしっかりして……っ！　誰か！　至急カール魔導士長を呼べ……っ！」

頬を叩かれ揺さぶられるが、焦点が合わない。

耳も目も、まるですりガラスの向こうを見ているようにぼやけて曖昧だ。身体の中でマグマが暴れ回っているようで喉が渇く。このまま熱に呑まれて死んでしまいそうだった。

掠《かす》れた意識の中で、何度も何度もアレクがおれの名前を叫んでいた。

「……六八一七」

魔力量測定器が示した数値を忌々しく読み上げる。裸で苦しそうに息を吐くマシロ君の瞳が鈍く光る。その瞳が橙色《だいだい》になっていた。身体には明らかな情事の痕跡があり、何をされたのか一目瞭然だ。

緊急だと呼び出されて来てみれば、この馬鹿王子はとんでもないことをしでかしたものだ。

明らかに魔力過多。オーバーヒートしている。

マシロ君の本来の魔力量は平均ほどだと言っていた。だとすると、せいぜい二〇〇〇程度だろう。三倍以上だ。体質が変化していても、溜め込む魔力には限界があるということか。

「カール！　マシロちゃんは大丈夫なの……っ⁉」

お前のせいだろう。という言葉は呑み込んだ。取り乱す裸のアレクセイに、床に捨てられているシャツを投げつけながら説明してやる。

「制御できない量の魔力が体内で暴走しているんでしょう。すぐに出してあげないと」

「暴走って……どうして突然……ッ」

アレクセイがマシロ君に触れようとした。その手を払い除け、睨みつける。

「殿下がたくさん彼の中に出したからでしょう？　さぞ気持ちがよかったんでしょうね」

自分が原因だといわれて、アレクセイの顔色がさらに悪くなる。当然だろう、マシロ君の惨状を見るに、こいつには心当たりしかないはずだ。

「だって、そんな……っ、まさかこんなことになるなんて……」

「あなたの言い訳を聞いている時間はありません。早く体内の魔力を減らさなければ」

「ッ、……その通りだ。すまない。早くマシロちゃんを助けてやってくれ」

言われなくても助けるに決まっているだろう。

弟のレイヴァンといい、この兄といい、自分でしておいて都合のいいことだ。

ただレイヴァンの場合は自分の意思では防げない事象なのもあり、まだ考慮する余地もある。しかし、こいつは違う。己の欲を抑えられなかった結果がこれだ。酷いにもほどがある。……ああ、ダメだ。少し冷静になれ。私情を挟むときではない。

とりあえず大人しくなったアレクセイは放っておいて、浅い呼吸を繰り返すマシロ君に専念する。頬に手を添えてのぞき込むが、合わない視線に事の深刻さが窺《うかが》えた。

まるで、君をはじめて見た時のようだ。

「まったく、……君はいつも死にかけているね」

散々擦られたのだろう、赤く腫れている蕾に指を入れて探る。中はとてつもなく熱かった。この身体に収まりきれないほどの魔力が出口を失い、核の中で暴れ回っているのだろう。

指を引き抜いて確認するが、うっすらと残滓《ざんし》があるのみで、ほとんどが吸収されているようだった。

……もしかしたら、さらに体内の魔力が増え続けているかもしれない。だとすると、このままでは破裂する恐れがある。

今にも爆発しそうなほどに張り詰めたペニスに指を絡め、ゆっくりと上下に擦ってやると、彼の口から短い喘ぎが漏れた。様子を見ながら何度か繰り返す。

しかし一向に射精する気配がない。玉や裏筋、尿道口など敏感なところを刺激しても、時折苦しそうな声に交じって、気持ちよさそうに甘く鳴くがそれだけだ。

射精する兆しが見えず焦りが増す。一刻も早く出してやらなければいけないのに。

進まない状況に苛立って舌打ちする。すると、服を着たアレクセイがポツリと漏らした。

「……やっぱりアルコールのせいかな」

「どういうことですか？」

振り返ると、アレクセイが気まずそうに一方を指さす。

「その、マシロちゃんがお酒を呑んだことないって言うから、……あれ」

指された方向にはローテーブルがあり、その上に呑みやすいがアルコール度数のそこそこある果実酒の瓶が三本転がっていた。どれもあまり残っていないように見える。

あれを呑ませたのか。腹の中が怒りでぐつぐつと煮えたぎってくるのを感じたが、今はそれどころではないと抑え込む。

「……酔わせて襲うなんて、王子のすることではありませんね」

「ちょっと甘えてくれたらと思って、……いや、その通りだ。全部俺が悪い。それで、何度か出さないでイってたんだけど、たぶん酔ってたからだと思う」

「大して減らされないまま、大量の魔力を次々と流し込まれた、と。惨《むご》いことをする」

「……悪かった」

「私に謝っても仕方がないでしょ。説教はあとでたっぷりして差し上げます」

クソガキを黙らせて、苦しそうに汗だくになっているマシロ君の額を撫でる。

アレクセイの情報が正しければ、出すに出せない状態なのは間違いない。だったら出口までの道筋を誘導してやればいい。

ベッドで仰向けに横たわるマシロ君の足もとに座り、股を広げる。可哀想なほど張り詰めたペニスを慰めるように舐めてやると、ぴくんと先端が反応した。そのまま口へと導いてやる。……視界の端にあるピンク色のスライムについては、あとで馬鹿王子を詰めるとしよう。

「あ……はぁっ」

甘く可愛らしい喘ぎ声に、自身が反応してしまうが今は堪《こら》える。

口の中にすっぽりと収まった彼のモノを包むように吸い、舐《ねぶ》り、育てた。レイヴァンの愉快な魔法のおかげでツルツルになったそこは、ずいぶんと舐《ねぶ》りやすい。先端のほうも吸ってやる。ここが出口だと教えてやるように。

「はぁんっ、ぁ……はぁっ……んっ」

腰も少し揺れ出すが、まだ決定的な刺激には足りないのだろう。切なそうにくぱくぱと開閉するぽってりと熟れた蕾に、指を二本挿し入れた。すんなりと呑み込んでいくさまが、また腹立たしい。

「あぁっ、ぁ……、きもちぃ……」

譫言《うわごと》で漏れた言葉に煽られる。この柔らかく、私の指に吸いついて絡みつく肉壁を思いきり擦ったら、どれほど気持ちがいいだろう。

だが誘惑と同時に感じる、ありえないほどの熱さに危機感が湧いた。早く出してあげないと、本当にこの子は死んでしまうんじゃないか。そんな悪夢を想像してしまう。

焦るな。必ず助ける。

はじめて咥えた男性器も、不思議と抵抗がないのは人命救助だからか、それとも彼だからか。口の中で震える感触にすら愛おしさを感じる。

埋め込んだ指で前立腺を集中的に攻め立てた。激しくなる喘ぎとともに腰が細かく痙攣《けいれん》しはじめる。

早く出せ。早くっ。焦る気持ちを抑え、追い立てる。

玉がきゅっとせり上がるのが見えて顔を離し、出しやすいように竿を扱いてやると、決壊したダムのように勢いよく射精した。

指は前立腺を攻め続け、とことん出してやる。マシロ君の身体はガクガクと激しく上下に揺れながら、大量の精液を出す。それを見て安堵した。最悪の事態はこれでまぬがれただろう。

「あぁぁ……とまら、ない……っ、こわい……」

「大丈夫、大丈夫だよ。いい子だね」

勢いをなくしたあともダラダラと射精する自分のペニスの感覚に怖くなったのか、不安そうに泣いてしまった彼の目尻にキスをする。虚ろな橙色《だいだい》の瞳が私を見た。

「かーる、さま……？」

「そうだよ。辛いだろうけど、もう少し頑張れるかい？」

「かーるさま……こわい、ちゅーしてぇ……」

「……いいよ」

ちゅっと軽く唇同士を鳴らして優しくキスをする。舌も擦り合わせるだけの甘えたキスだ。慰めるように何度も啄む。

埋めたままの指で再び前立腺を押してやると、快感でキスどころではないのか、首元に顔を埋《うず》め、擦りつけながら善がった。

首に当たる熱い息も、近くで響く甘い声も、縋《すが》りついてくる心地よい体温も。すべてが私を誘惑してくるが、ただただ耐える。眩暈《めまい》がしそうだ。

完全に勃ち上がっている自分自身は見ないふりをした。

「マシロ君、気持ちいいね」

「きもちぃ……っあ、きもひぃ……かーるさまぁ……っ」

「そのまま上手にイってごらん」

ラストスパートをかけ、部屋中にいやらしい水音が響くほど激しく掻きまわす。

首にしがみつきながら、今出せるだけの射精をしたマシロ君はよほど疲れたのだろう。二度の射精と、体内を蝕《むしば》んでいた膨大な魔力の熱から解放されたこともあるのか、そのまま気絶するように眠ってしまった。

念のため、魔力量を計測する。

——四九二二。

……まだ多い気もするが、この様子だととりあえずは大丈夫だろう。

今後は五〇〇〇を最大値と考えるのがよさそうだ。

穏やかに寝息を立てる可愛い子に、安堵のキスを贈る。

「……お疲れさま」

元気になったら覚悟してね。マシロ君。

「よかったぁ……」

アレクセイが心の底から安堵したように、顔を覆って床に座り込む。

とりあえず気の抜けたやらかし王子の頭上から、水の塊《かたまり》を落としてみた。

◇◆◇◆◇◆◇◆

言い争うような声で目が覚めた。

背中にふわふわした感触がすることから、どうやらベッドで寝ているようだ。身体はさっぱりしていて、少し大きめの白いシャツと茶色のズボンを着ていた。

ボーッとする頭を軽く振って上体だけ起こすと、起きたおれに気がついたのか言い争いはいったん止まり、正面からレイヴァンに抱きしめられた。

「マシロ……ッ、よかった無事で！」

「無事……？」

何かあったっけ、と思考を巡らす。

アレクの部屋でお菓子をごちそうになって、流れでお酒を呑んで、……流れでえっちなことになって………あれ？

そのあとすごいことになった気がするけど、そこから記憶が曖昧だ。曖昧だけど、確実にアレクとセックスしたのは覚えてる。

しかもおれ、結構積極的だった気がする。お酒ってあんな状態になるの？　あれは父さんが頑《かたく》なに成人してからじゃないとダメだと言ったのも納得だ。子どもには危険すぎる。

あーー……、なんか思い出してきたぞ。

お酒を呑んだときに感じてた、カーッと熱くなってお腹がポカポカするやつ。あれ、はじめに抱かれて中出しされたときの感覚と一緒だったんだ。うわ、最悪だ。

一つ思い出すと、芋づる式に次々と記憶が掘り起こされていく。

自分の信じたくない痴態の数々も一緒に思い出し、頭を抱えた。

だって今回のはただ快楽に流されただけだ。何度か理性が顔を出していたのに、目先の好奇心で自ら叩き潰し、甘い言葉で誘惑されてアレクを受け入れた。気持ちよくなりたくて、アレクの誘いに乗ったんだ。自分の意思で。

己の貞操観念に絶望する。気持ちよければそれでいいのかマシロ。

「……マシロちゃん」

ビクッと大きく身体が跳ねた。今一番聞きたくない声がしたからだ。

おれに抱きついているレイヴァンの腕の力が強くなった。そういえば、なんでこの人ここにいるんだろう。それに、たぶんここアレクの部屋じゃない。部屋を移動したのか？　なんで？

みんなの部屋に比べると、こぢんまりとした素朴な雰囲気の部屋を見渡して、さらに混乱する。

状況整理が追いついていないが、とはいえ、自分の失態が気まずかったからと、アレクに嫌な反応をしてしまったことに対して弁解する。

「アレク様ちが……、って、どうしたのその顔⁉」

アレクの左頬が大きく腫れ上がっていた。驚きで、思わず敬語じゃなくなる。あまりに痛そうな姿にショックで声が震える。

誰だ美形殴ったの——じゃなくて、早く手当てしないと、痛そうで見ていられない。引っつくレイヴァンを押しのけてアレクに詰め寄る。

「誰にやられたの⁉　早く、冷やさないと……っ」

おれが腫れた頬に触れようとして手を上げると、アレクにやんわり止められた。嫌がっているというより、遠慮したという表現がしっくりきた。

いつもの快活な橙色《だいだい》の瞳を伏せ、気まずそうに斜め下を向いている。

「あ、いや……これはいいんだ。自業自得、だし……」

「自業自得って……あ」

さっき押しのけて、いまだそばにいるレイヴァンにちらっと目を向け、口元を押さえる。

——おれの瞳って今、橙色《だいだい》だよな。

ということは、おれとアレクがセックスしたのがバレたんだ。バレたというか、見せつけてるみたいな感じだけど。きっとそれが、レイヴァンの怒りを買ったに違いない。

すると、アレクのこの顔はレイヴァンの仕業だろう。二人は双子の兄弟だ。遠慮なく殴れるだろうし、よく喧嘩してたし。絶対こいつだ。

震え出したおれをどう解釈したのか、レイヴァンが悲しそうに眉根を寄せ、またおれを抱きしめた。この優しさが、まるで嵐の前の静けさに感じてならなかった。

だってレイヴァンは、おれとアレクが寝たことを知っている。次に殴られるのはおれだ。

「身体に違和感はない？」

なるべくレイヴァンを刺激しないように大人しく抱かれていると、聞き覚えのある気づかわしげな声が聞こえて顔を上げる。カールが腕を組んでこちらを見ていた。そこではじめて、カールもいたことに気がついた。なんでみんな集合してるのかと疑問が湧く。アレクがわざわざ呼んだんだろうか。それもよくわからない。

でもいつにない真剣な表情のカールに、ただ事じゃないのではと思い、とりあえず大丈夫とだけ伝えた。

おれの返事を聞いてカールは少しの間目を閉じて考え、静かに目を開ける。

「……そう、よかったね」

それだけ言うと、そのまま近くの壁に寄りかかった。

……なんなんだ、いったい。

カールが寄りかかった壁の色が、やはりアレクの部屋と違って首を傾げる。クリーム色だ。広さは、広すぎず狭すぎずのちょうどいい大きさで、棚や木でできた一人用の机と椅子。あとおれが今寝ているベッドがあるだけのシンプルな内装。

そこにレイヴァンとアレク、カールに……え⁉

「グランツ団長……⁉　なんでここに？」

しばらく会わないと思っていたのに、どうしてこんなところにいるんだろ。それにしてもすごい面子《メンツ》が揃っている。

第二王子に第三王子、魔導士長と騎士団長。と、おれ。異物感がすごい。

起きてからの情報量の多さについていけず、頭にはてなを浮かべた状態で、とりあえず一番謎の存在であるグランツを見上げる。しかし、グランツの頬が少しずつ赤く染まっていき、最終的には気まずそうに視線を外された。

壁に寄りかかったままのカールが仕方なさそうに説明してくれる。

「私がお呼びしたんだ。今後のマシロ君のためにもね」

「今後の、おれのため？」

「どこまで覚えているのかわからないけど、君はアレクセイ殿下と性行為をして、魔力の過剰摂取によるオーバーヒートを起こし、死にかけたんだよ」

「えっ」

バッとアレクを見ると、床に埋まりそうなほど土下座してた。王族のプライドとかなくなるくらいに反省しているようだ。

……でもたしかに、行為の最中何度かわけがわからなくなってたし、今もところどころ思い出せない部分がある。アレクよ、どれだけ激しくしたんだ。死にかけるってよっぽどだぞ。それに魔力の過剰摂取って何？　魔力の補充に上限があることも知らなかったんだけど。

おれの視線に耐えられなくなったアレクが、泣きそうになりながら、おれが死にかけていたときの状況を説明しだした。

「お酒を呑んでそういう行為をしたから、アルコールでマシロちゃん何回イっても射精できなくて、それがすごく可愛かったから調子に乗って、中に、何度も出しちゃって……それで……」

「おぉー……」

想像していたのよりも、数倍すごいことをされていたようでちょっと引いた。逆によく生きてたなおれ。

フェロモンって、ただおれを可愛いと思い込ませるだけだと思ってたけど、まさか人間の理性を崩壊させる効果まであるのか？　それなら、はじめてのときにレイヴァンとカールが積極的だったのも頷ける。

もしそうだとしたら、おれだけが発情するんじゃなくて、相手も欲情させるってことになる。だってあのときのアレクは明らかに様子がおかしかった。こう、ご馳走を目の前にした猛獣みたいにがっついてた。いくら可愛く見えているからって男相手にだぞ、そうとしか考えられない。

だとすると、アレクが殴られてるのは、おれを襲って殺しかけたと勘違いされたからだ。

おれがもっと自覚して、しっかりフェロモンや特殊体質と向き合わないと、次は逮捕者が出るかもしれない。これが魔力を得るための生存本能だったとしても、他人の人生を狂わせてしまう可能性があるなんて恐ろしかった。

——おれが、もっとちゃんとしないと。

呆れ顔のカールが、腹立たしげにアレクの補足をする。

「中に魔力を注がれすぎて、マシロ君の身体が魔力の量に耐えきれなかったんです。それで馬鹿王子——失敬、アレクセイ殿下が私に助けを求めてきたんですよ」

本当に散々怒られたんだろう。絶対わざと言い間違えたのに、アレクは反論せずにうなだれている。

「幸い今回は体内の魔力を減らすことでなんとかなりましたが、一時はどうなることかと。次はごめんですからね」

「……すみませんでした」

おれが好奇心に負けたばっかりに大事《おおごと》になって、いろんな人に迷惑を掛けてしまったんだと反省する。しかし、カールはおれの謝罪に不快感をあらわにした。そして、それはレイヴァンもだった。

「どうしてマシロ君が謝るんだい？」

「その通りだ。マシロは死にかけたんだぞ」

正直二人の反応は予想外で面食らう。だっておれにしたら、この二人もアレク同様フェロモンの被害者だからだ。

もしかして自覚がないのだろうか。

当事者のアレクなんか顔面蒼白でショックを受けたようにおれを見ていた。

「マシロちゃん……お願いだから謝らないで、全部俺が悪いんだ」

どうしてそんな反応をするのか本当にわからず、おれも自分の考えを伝える。

「でも、おれもアレクもあのとき酔ってたし、少し強引だとは思ったけど、おれも流されたわけだし、それにこれは、おれのフェロモンのせい……」

「違う……っ！　お酒を勧めたのは下心があったからだし、酔って正気じゃないのがわかっていて手を出したんだ……っ。マシロちゃんが嫌がったらやめるって約束してたのに、それでも君を抱いたのは俺だ！　だから、マシロちゃんが悪いことなんて、何一つないよっ」

アレクは必死に自分が悪いと主張し、ベッドに座るおれの足元まで来た。床に膝をついたまま、おれの足を両手で掴んでくる。その手はかすかに震えていた。

どうしてアレクが、そんなに自分を責めるのかわからなかった。たしかにアレクはやりすぎたけど、でもこれってやっぱり、おれのフェロモンが原因だと思う。なのにどうして、みんなアレクだけが悪いと思っているんだろう。

「だけど、おれも呑みたくてお酒呑んだし、ヤってるときも、あんまり覚えてないし……」

「マシロちゃんは覚えてなくても、ちゃんとやだって言ってたよっ。それでも俺がやめなかった……！　自分の欲を優先して、君のこと、大事にしてあげられなかった……ッ」

泣きながら懺悔するアレクが理解できなかった。

おれは怒っていないのに、どうして何度も謝ってくるんだ。

アレクがもう呑むなと止めたのに呑み続けて、勝手におれが酔っただけだ。迷った挙句にベッドへの誘いに乗ったのもおれだ。おれは女の子じゃない、男だぞ。いくら体格差があって勝てなくても、本気で嫌だったら殴って抵抗するくらいできる。

それに人間は、本能に逆らえないようにできているんだ。アレクたちはおれのフェロモンに惹かれて寄ってきただけの話じゃないか。

なのにアレクは、おれを大事にできなかったって泣いている。……別におれのことが好きなわけじゃないのに。

おれだって、死にたくないから男に抱かれる。

――ただ、それだけの関係じゃないか。

胸の奥のほうがちくりとしたが、おれは気づかなかったことにした。

なんとかこの空気を変えたくて、おれは場違いなほど、わざと明るい声を出してみる。

「もうっ、深刻に考えすぎだって。おれはちゃんと生きてるし、アレクに対して怒ってないって言ってるだろ？　それにみんなには、フェロモンでおれが美少女みたいに見えてるんだから仕方な、い……」

足元にいたアレクが、痛いほど強く、おれの腰にしがみついた。

「お願いマシロちゃん、もう……、それ以上は言わないで」

顔をお腹に埋《うず》め、くぐもった声で懇願される。もしかしたら、また泣いているのかもしれない。洟《はな》を啜《すす》る音が聞こえ、かすかに揺れている金髪を撫でようとした。それを、大きな手に掴まれて止められる。

「それ以上は、勘弁してあげてください」

いつの間にかそばにいたグランツだった。彼はアレクを憐《あわ》れむように見ていた視線を外して、掴んだままだったおれの手をそっとアレクの頭の上からずらす。そのままゆっくりと放した。

「……話を戻しましょう。今のマシロ殿は、身体に必要以上の魔力が溜まっている可能性があり、これ以上の魔力摂取は危険だと判断されました。そこで、周りの人間がフェロモンの影響を極力受けない環境にしばらくいてほしいと、カール殿から相談を受けたのです」

壁に預けていた背中を上げ、カールがゆっくりとこっちに歩いてくる。

「騎士は魔法の才に恵まれなかった者が目指すものだからね。騎士棟で保護してもらえば、フェロモン事故も起こらないだろう」

フェロモン事故……。その言葉に視線が下がる。

まだ顔を上げないアレクは、まさに事故にあったのだ。おれの魔力がなくなったときみたいに。今度はおれが加害者になってしまった。

これ以上、被害者を出したくない。お互いの安全のためにも、ちょっと距離を置いたほうがいいのかもしれない。会わなかったら、その分影響も薄くなるかもしれないし。

「わかりました。よろしくお願いします」

おれは騎士棟行きを受け入れた。

「決まりだね。……君を責めているわけじゃないよ。事故というのは、あくまで君にとっての、だからね」

カールがおれのそばまで来て、優しく頭を撫でてきた。よほどおれの表情が酷かったようだ。

「ちょっと待てカール、僕は聞いてないぞ。それに、騎士棟に行っている間にマシロの魔力が切れたらどうする。やはり僕も一緒に……」

ずっと話を聞いていたレイヴァンが口を挟んだ。どうやら一緒に騎士棟まで来たいらしい。しかし、カールはそれを許可しなかった。

「ダメに決まっているでしょう。これはマシロ君の安全のためなんですよ」

「アレクはわかるが、僕は安全だろう」

おれの頭を横から抱き込んで言い切るレイヴァンを、カールが胡散臭そうに見る。

「手を出さない自信があるんですか？」

「当たり前だ」

「マシロ君に可愛く、レイヴァン様一緒に寝てください。とお願いされても？」

「……当然だ」

「怖い夢を見たから抱きしめて。と上目遣いで懇願されても？」

「それはもう同意だろう」

「はい、失格です」

納得いかないと文句を言うレイヴァンと、それを巧みにかわすカール。

……この人たち、おれのこと何歳だと思っているんだろう。フェロモンにあてられると頭も残念になるのかな？　どうでもいいから、耳元で言い争いをしないでほしい。

そのうちカールが口で勝ち、不服そうに押し黙ったレイヴァンを前に鼻で笑う。そして、自信たっぷりにグランツの背中を叩いた。

「その点、グランツ殿は安全です。絶対に間違いなど起こりません」

大絶賛されている本人は複雑そうだった。

「根拠はなんだ、グランツ団長もマシロを口説《くど》いていたと聞いたぞ。信用できない」

なおも食い下がるレイヴァンは、どうしても騎士棟に同行したいらしい。

「疑り深いですね。では論より証拠。マシロ君、手を貸してくれるかい？」

「こうですか？　わっ」

差し出した右手を掴まれて、すぐそばに立っているグランツのお腹に手のひらを押しつけられた。そのままバキバキの腹筋を撫でさせられる。

グランツがおれを見下ろしていて、お互いに見つめ合った。するとグランツの顔がみるみる真っ赤に茹で上がっていき、目を見開いたままピクリとも動かなくなる。

「ちょっ、カール様やめてください……っ」

グランツが真っ赤な顔で耐える様子に、こっちまで変な感じになる。手を動かされるたびに、触れている腹筋の凹凸《おうとつ》がピクピクと動いているのが伝わり、さらに気まずかった。

「カール！　何をしているんだっ」

反対側からレイヴァンが手を伸ばし、おれの手をカールから奪おうと腕を掴んで引っ張ってくれる。だが、なかなかうまくいかない。

「まあこんなものでしょう」

散々腹筋を堪能させられたのちに、あっさり解放された。

レイヴァンがおれごと後ろに下がって避難する。腰に巻き付いていたアレクは、あんな騒動が頭上であったにもかかわらず微動だにしてない。突然はじまったカールの奇行に、離れるタイミングを逃したのだろう。

いったいどういう目的でカールがあんなことをしたのかわからないが、とにかく終わってよかった。

ぐったりしている暇はない。本意ではないものの、痴漢行為と同様のことをしてしまったグランツに謝らなければ。見上げた先の彼は、顔を両手で覆ってふるふると震えていた。耳まで真っ赤になっている。

「わーっ！　すみません……っ」

想像以上に恥ずかしがっていて、罪悪感が一気に湧いた。

本当はそばまで行きたかったのに、レイヴァンとアレクに巻き付かれていて動けない。

震えたまま動かないグランツを心配してのぞき込む。指と指のわずかな隙間からかすかに目が合うなり、何か叫んで後ろを向いてしまう。唯一聞き取れた「はわわっ」の低さに動揺した。

「ほら、こんな状態でマシロ君を襲うなんて不可能でしょう？」

「……たしかに」

手段こそ過激だったが、レイヴァンを納得させるには十分だったらしい。

こうして期間限定で、おれの騎士棟暮らしが決まった。

とりあえず三日間だけお世話になって、どれくらい魔力が減るのか確認したいらしい。四日目の昼頃、カールが迎えに来てくれるそうだ。

万が一何か困ったらこれを使ってほしいと、青い石が嵌《は》まったペンダントを貰った。これに魔力を通せば、カールの部屋へ転移できるらしい。めちゃくちゃ便利なアイテムだ。

なるべく外さないようにと念押しされ、ペンダントを首から下げた。

まとめる荷物なんてないおれは、そのままグランツと騎士棟に行くことになった。消耗品や服は向こうで用意してくれるとのことで、ありがたく手ぶらで向かう。

ちなみにこの部屋は、用意してくれていたおれの部屋だそうだ。たいして使うことなく移動になって申し訳なくなった。四日後には戻ってくるんだけど。

部屋を出るためにドアノブに手を掛けたところで、アレクに声を掛けた。

彼はまさに捨てられようとしている犬のような、情けない表情で立っている。今生の別れかのような雰囲気に息を吐く。この兄弟は意外とよく似ている。

「アレク」

名前を呼んだだけなのに、おれよりも一回り以上大きな身体を丸めて、泣きそうになる。

「いってきます」

「……ッ、うん、いってらっしゃい」

これが正解かわからないけど、ほんの少し笑ったアレクの表情を見てホッとし、おれも笑い返した。これで、とりあえずは大丈夫な気がする。おれはゆっくりと扉を閉めた。

「あなたは優しすぎる」

廊下でグランツと二人だけになった瞬間に言われる。

「そんなことないですよ」

これは謙遜でもなんでもなく、本心だった。

しかしグランツは、納得していない様子でおれを見る。

「行きましょ。今日からお世話になります」

少し気まずい空気を誤魔化すように、おれは廊下を歩き出した。後ろで何か言いかけた気配がしたものの、結局何も言わないまま、グランツはおれの横に並んだ。

さすがにテンポよくとはいかなかったが、目さえ合わさなければそれなりに会話してくれて、そう長く感じることなく騎士棟に到着した。

昨日の出来事もあって、正直こんなに早く騎士棟に来るのは気恥ずかしかったが仕方がない。そうなんだ、驚くことにあれから一日経っていたらしい。

アレクの部屋に行ったのが昼の十四時くらいだったから、相当寝ている。

すでに騎士たちにはおれが数日住むことは伝達済みとのことだった。

騎士棟の入り口の門を潜ると、副団長たちがお出迎えしてくれた。それも、こちらが少し引いてしまうくらい大歓迎されて、グランツと揃ってその場で固まる。

「グランツ様、これは……」

「すみません。私にもさっぱりで……」

入り口は色とりどりの花で飾られ、なぜかずらりと通路の両サイドに騎士たちが並んで立っていた。みんな青い隊服を着ている。

グランツによると、あれは特別任務のときにだけ着る、騎士団の礼服らしい。

頭上には大量の紙吹雪を撒かれ、野太い声援が浴びせられる。

みんな【団長の恋を応援し隊】と、達筆で大きく書かれたタスキやハチマキを身に着けていた。

その光景に呆然とするおれと、心なしか顔色が悪いグランツ。

立ち尽くすおれたちのそばに副団長が来て、満面の笑みで綺麗に作られた白い花冠をおれの頭に乗せた。

花の甘くいい匂いがおれを包む。……これをどのマッチョが作ったんだろう。

ところどころで、カラフルにデコレーションされたうちわが揺れている。そこにはこれまた男らしい、力強い文字でこう書かれていた。

『手振って！』

『こっちむいて！』

『ちゅーして！』

気が抜けそうな言葉の数々に、極力見ないようにした。

「……ダミアン、これはどういうことだ？」

明らかに困惑しているグランツに対し、上機嫌な副団長は、自分の頭にもついているハチマキを指さして意気揚々と説明する。

「書いてあるでしょ？【団長の恋を応援し隊】ですよ！　昨日の今日で、もう坊主が団長に会いに来るって聞いて急いで作ったんですよ。ちなみに俺が隊長です」

嬉しそうにタスキも見せる副団長を前に、グランツは頭を抱えた。

「ライバルがあの百戦錬磨で有名なアレクセイ殿下とあっては、正攻法じゃとても敵いません。だから俺たちが総出で、団長のいいところを坊主にアピールするしかないと！」

「……なんでそうなる」

この騎士団をまとめるの苦労してそうだな。善意百パーセントなのがまたキツイ。

「団長が壊滅的に恋愛が下手だから仕方がないでしょ」

副団長の言葉がグランツにクリティカルヒットした。さすが脳筋は直球だ。そして選ぶ言葉に容赦がない。

すでに大ダメージを受けているところに、副団長が追撃を放った。

「いくら団長の素材が完璧でも、目が合っただけで赤面したり、触られるたびに硬直したりしたら話になりません。初恋なんでしょう？　余裕かましてる場合じゃあないですよ！」

初恋なんだ。どうりで反応がいちいち初心《うぶ》だと思った。

それにしても、副団長の指摘が的確すぎてグランツが完全に押されている。周りの人たちも副団長の言葉に大きく頷く。

「団長は色恋に興味がないとばかり思ってましたが、まさか極度の恥ずかしがりだったなんて」

「しかもほぼ初対面での告白。計画性がないにもほどがあります」

「せっかく相手のほうから積極的にされても、それに怖気づいてしまうとは情けないです」

「とても見ていられないので、俺たちが全力でサポートします！」

矢継ぎ早に放たれる、騎士たちの悪意なき正論がグランツに突き刺さる。

曇りなき目。全員が本気で言っているんだなと確信できる純粋なオーラ。ゆえに残酷だ。すべての言葉がどんな鋭利な剣よりも深く、グランツの精神を抉っている。ほら見ろ、ついに両手で顔を覆ってしまった。耳まで真っ赤だ。可哀想に。

しかもおれとくっつけたいのに、全部聞こえちゃってるけど、そこはいいのか。

「……わかった。お前たちの気持ちだけは受け取っておく」

「気持ちだけなんて水臭い！　全力サポートだって言ってるじゃないですか。手はじめに坊主のベッドは団長の部屋に入れておきましたから。一緒の部屋で寝泊まりすれば、少しは耐性もつくでしょう？」

「……勘弁してくれ」

グランツが手も足も出ない。副団長、いや【団長の恋を応援し隊】の完全勝利だった。ということで、おれはグランツの部屋で寝るらしい。

フェロモンの影響はたしかに心配だけど、グランツに限っては、おれと目が合うだけで固まってしまうくらいだし、まあ大丈夫だろう。

そういえばこの人たち、普通におれとグランツをくっつけようとしてるけど、慕っている団長の相手が男でもいいんだろうか。近くにいた人に聞いてみると、少し複雑そうに頭を掻いた。

「そりゃできれば女がいいに決まってるけどさ。でもあんな顔見せられたら、叶えてやりたくなる」

「あんな顔？」

聞き返すおれに、男は笑った。

「あんたもそのうち見るさ。そもそも団長が選んだ相手にケチつけられるヤツなんてここにはいないし。そういうわけだから、あんたも遠慮せず団長の恋人になれよ！」

バンバンと二回おれの背中を叩いて、男は団長が囲まれている輪の中へと入っていった。

◇◆◇◆◇◆◇◆

騎士棟での生活は、とても快適で充実していた。

カールの言う通り、騎士の人たちはそんなに魔力量が多いというわけじゃないようで、グランツ以外にフェロモンの影響を受けている人はいなかった。

グランツほどの魔力量で騎士をしているほうが特殊らしい。なんで魔導士を目指さなかったのか聞くと、魔力コントロールが壊滅的に下手だったと恥ずかしそうに教えてくれた。この男前はいちいち可愛い反応をする。

部屋は副団長が言っていたように、グランツのところでお世話になった。

はじめは抵抗していたグランツだったが、部下たちに説得されたのと、もうベッドを用意してくれていると聞いたおれが、嫌でなければと言ったことで、最終的に折れたようだった。

グランツの部屋は無駄なものがほとんどなく、シンプルな机と棚、身体の大きなグランツが寝られるほどの大きなベッドがあるのみだった。これでも他の部屋よりは広いそうだが、比べる部屋がカールとアレクの部屋だったため、少し狭く感じた。でも、おれはこれくらいの広さが落ち着く。

もとから置いてあったベッドの横に、おれ用の簡易ベッドが置かれていた。簡易といってもセミダブルくらいの大きさで、寝返りを打っても落ちたりせず、とても寝やすかった。

それに部屋では、早朝と夜くらいしかグランツと顔を合わせることがなかった。なぜなら、グランツや騎士たちの一日はなかなかに忙しいからだ。

朝は六時からランニングや筋トレをこなし、八時に朝ご飯。食べ終わった人から各自仕事に向かう。主に王都の巡回や警備、門番をしているそうだ。

グランツは朝食までの流れは一緒で、そこから執務室で事務仕事をしている。

騎士といえど団長クラスは普段書類仕事がメインらしく、朝のトレーニング以外ほとんど机に向かっているとのこと。

退屈にならないのか聞くと、グランツは少し困った顔をしながら、本音は身体を動かしたいと言った。

でも、書類の大半が住民からの依頼や要望であまり深刻なものでないものが多く、それを読んでいると街の平和を実感できて安心するらしい。この人はなるべくして騎士になったんだと心から思った。

こんな感じで周りの人たちがせっせと忙しそうに動いている中、おれは当然暇だった。

名目的には保護なので騎士棟からは出られないが、基本自由。夜の九時までにグランツの部屋に帰れば何をしていてもいいらしい。

そこでおれは嬉々として騎士棟内を探索したり、騎士の稽古を見たり、合間にほんの少し鍛えてもらったりしながら楽しく騎士棟生活を満喫した。

初日にすごいインパクトを与えていた【団長の恋を応援し隊】の人たちはというと、みんなただの気のいい兄ちゃんになっていた。出会うとみんな笑顔で手を振ってくれる。

とくにおれが何気なく声を掛けた男、ロイドは騎士棟に来た次の日の昼前、おれとグランツが食堂に向かっている廊下で話しかけてきた。同じ土属性なのもあって親しみやすく、最初は緊張して不安だった騎士棟暮らしも、ロイドのおかげで気楽に過ごせたと言っていい。

ロイドは初対面のときに言っていたように、おれとグランツをくっつけたいようで、おれにあるお願いをしてきた。

それは、グランツをおれに慣れさせてほしいというものだった。

触ったりはもちろん、目を数秒合わせているだけで真っ赤になって固まってしまう状態を、なんとかしてほしいと懇願されたのだ。

具体的に何をするのかというと、一日に数回、グランツに頬を撫でさせるらしい。これはロイドが考えた方法だ。一番緊張するだろう部位を触れるようになれば、他のところも楽勝になるということだった。そんなアホな。

どう断ろうか迷っていると、グランツからも控えめにお願いされ、おれは渋々了承した。

団長であるグランツに対して、臆することなく接するロイドを不思議に思っていると、なんと二人は年の離れた幼馴染《おさななじみ》なのだそうだ。二人とも下級貴族の出身で、子どもの頃から親同士も仲が良く、グランツによく稽古をつけてもらっていたらしい。

下級貴族は基本的に上級貴族よりも魔力量が少ない者が多く、王宮勤めを希望する者の大半が騎士を目指す。しかし、グランツは下級貴族出身にもかかわらず魔力量が桁外れに多く、幼い頃から魔導士になれるのではと期待されていたそうだ。

しかしグランツには魔力はあっても、魔法の才はなかった。

一族の期待に応えられなかったことに責任を感じたグランツは、自分の意思で身体を鍛えて剣の訓練に努め、異例のスピードで騎士団長まで上り詰めた。その功績は下級貴族のみならず、騎士を目指す誰もがグランツに憧れを持つほどすごいことだという。ロイドが熱心に教えてくれた。

「団長はさ、俺たち下級貴族の誇りなんだ。だから、絶対に幸せになってもらわないと」

「ロイド……」

ロイドが語る自分の話を恥ずかしそうに聞いていたグランツだったが、最後の言葉に驚きと嬉しさが混じった表情になる。ロイドは少し照れ臭そうに笑った。

まるで兄弟のような二人のやり取りに、おれの顔までほころんだ。

「そういうわけでさ、三十四歳にして恋に目覚めた団長にチャンスを与えてくれよ。まあ、……ずっとバカ真面目に鍛錬だけしてたから、たぶん夜のほうは下手だと思うけど」

「えっ」

さっきまでいい雰囲気だったのに、わざわざ耳元で囁いてきた言葉の内容にギョッとする。驚いて顔を離すと、ロイドがニヤッと意地悪く笑った。

「ロイド！」

内緒話のような小さな声だったが、さすがにそばにいたグランツにも聞こえていたようだ。

しかし、ロイドのほうが一枚上手だった。

グランツが叱るようにロイドの名前を呼んだと同時に、ロイドはおれをグランツのほうに軽く突き飛ばす。よろけたおれをグランツが受け止めているその隙に、彼は廊下の曲がり角まで逃げてしまった。

「団長のことよろしくな！」

大声でそう言うと、ロイドはそのまま去っていった。残されたおれとグランツはあっけにとられたまま、ロイドの消えた先を見つめる。

「まったく仕方のないヤツだ。マシロ殿、怪我は……」

「大丈夫です。グランツ様が受け止めてくれて助かりました。……グランツ様？」

返事のないグランツを見上げると、真っ赤になって固まっていた。

……これは前途多難である。

翌日、朝の走り込みで、ロイドがグランツにこってり絞られていたのは言うまでもない。

気軽に受けたお願いだったけど、これが思った以上に大変だった。

お願いされた日の夜、部屋でグランツと二人。

目を合わせなければ会話できることがわかったため、それぞれ顔を背けて他愛のない話をする。

これもどうかと思うが、そうしないと固まってしまうため仕方がない。

だけどかなり違和感があるし気まずい。そして、こんな状態のグランツが当然おれの頬に触れる
はずもなく、ただ緊張感のある時間だけが過ぎていった。

お互いのベッドに座って話しているんだけど、たぶん本人なりに何度か挑戦しているんだと思う。

だってすごいチラチラ視線を感じるし、気になってついグランツのほうを見て、そのまま目が合う
と顔を真っ赤にして逸らされてしまう。

正直かなり鬱陶《うっとう》しい。しかしこれも、フェロモンの影響だから仕方がない。

だがこれは、そもそもグランツからお願いされたことだ。

言うなればおれは協力者。求められれば応える、そういう立場でいたい。

だって自分から触ってくれと言うのは、おれがグランツに触られたいみたいじゃないか。それはなんか違う。かといって、このままグランツに任せていたら埒《らち》が明かない。

現にあのまま時間だけがすぎ、気まずいまま寝る時間になってしまった。

お風呂も済ませて、おれはベッドに横たわり、グランツもまた自分のベッドに腰掛けて剣の手入れをしている。剣を磨きながら光線でも出す鋭さで、ベッドで寝たふりをするおれの右頬をじっと狙っているグランツにげんなりした。

賭けてもいい。グランツが触ってくる前に、おれの胃に穴が開く。

おれは一度大きく息を吐き、意を決して勢いよく上体を起こした。

完全に寝ていると思っていただろうグランツは、起きてきたおれに驚いて剣を落としそうになっている。

「マシロ殿っ、寝ていたのでは……ッ」

「あんな穴が開くほど見られて、寝られるわけないでしょ⁉」

「な……ッ」

グランツは自分の所業がバレていたことに、ショックを受けているようだ。

おれはそれに追撃するように寝ていたベッドを下り、そのままグランツのベッドへ上がり込んで目の前まで距離を詰める。

迫ってくるおれに慌てふためいていたグランツだが、手入れをしてた剣を素早く鞘に収めて遠くに投げていた。さすが騎士団長、動揺していても危険なものは遠ざけてくれる。

しかしそんな気遣いで止められる今のおれではない。こちとらあんな熱視線、今まで浴びたことないから免疫なんてないんだぞ。うまく処理なんてできるか。

あまりに焦れったい態度に、イライラした気持ちのままグランツに迫り、拳一つ分の距離まで顔を寄せて詰め寄った。

「グランツ様は、本気でおれに慣れる気があるんですか⁉」

「あ、あります！」

「じゃあなんで触ってこないんですか⁉」

「うっ、それは、緊張してしまって……」

視線を下げて逃げようとするグランツの顔を、両手で掴んで阻止する。

男前が泣きそうなほど真っ赤になっているが知ったことか。

「マシロ殿、もっと自分を大事に……」

「グランツ様」

少し上ずったバリトンボイスを遮る。

この期に及んで、まだそんなことを言ってくる煮え切らなさに腹が立ち、思いのほか静かな声が出た。おそらくこのときのおれは、緊張とストレスで少しハイになっていたんだと思う。

騎士団長であるグランツが、おれごときに完全に押されていた。

「決めてください。今触るか、二度と触らないか」

両手で挟んだグランツの顔を少しだけ上に向け、見開かれた茶色の瞳をじっと見下ろした。

グランツが息を呑み、喉ぼとけがクンッと上がって下がる。

そしてしばらく沈黙したあと、掠《かす》れた声で答えをだした。

「……今、触ります」

その言葉を聞いて、グランツの顔を解放する。おれは両手を広げ、見事な腹筋と背筋で上半身を四十五度だけ上げたままのグランツに告げた。

「はい、どうぞ」

グランツはうめき声とともに片手で心臓部分を押さえて、苦しそうに言葉を絞り出す。

「明日でも、いい、ですか……ッ」

おれは一気に力が抜け、盛大に後ろへ倒れた。

なんでだよ……っ！

急に倒れたおれを見て顔色を悪くしながら、必死に謝り続けるグランツをそれ以上責められず、天井を眺めながら「いいよー」とだけ返した。

……この人、おれよりヘタレかもしれない。


「それで？　結局どうしたんだよ」

「お互いのベッドに戻って寝た」

「うわー、想像以上に手ごわそうだな」

隣でロイドが行儀悪く頬杖をつき、つついていた肉を口に放り込んだ。

騎士棟に来てから三日目の昼。

おれとロイドは、隣に並んで早めの昼食を食べていた。

なぜロイドと昼食を食べているのかというと、一人探検しながら廊下を歩いていたところ、いきなり後ろから羽交い締めにされ、引きずられるように食堂まで拉致《らち》られたからだ。あまりに強引な手口に呆れて、おれはロイドに敬語を使うのをやめた。

朝からグランツにしごかれた八つ当たりらしい。

目の前に置かれた美味しそうな匂いにつられ、おれは綺麗に巻かれた卵をスプーンで割り、ケチャップたっぷりのオムライスをすくって口に入れた。

「じゃあ今朝は触ってきたのか？」

好奇心です！　とでかでか書いてあるような表情にうんざりしながらも、一応自分でお願いを聞いたのだからと報告する。

「ギリギリまで頑張って、指先まで」

ロイドの頬をツンッと指先でつついてみせた。

つつかれた頬を掻きながら、ロイドはカラカラと笑う。

「こりゃキスまで五年はかかるな。にしてもフェロモンだっけ？　団長にはマシロが美少年に見えているなんて不思議なこともあるもんだ」

大歓迎を受けたあのとき、みんな諸手を挙げてグランツを応援していたが、この人たちには当然おれは一般平凡男に見えているわけで、グランツの名誉のためにも、おれのフェロモンについて説明していた。魔力の貰い方については迷ったが、無難にキスだと伝えている。

ほとんどの人が半信半疑だったが、謁見に出席していた副団長の証言と、何よりグランツのぞっこん具合でみんな最終的に納得していた。

「俺には弱そうな男にしか見えないけどなぁ……でも、しっかり頼むぜ。団長の幸せはマシロにかかってるんだから」

ロイドが自分の皿から肉をひとかけらフォークで刺し、おれの口の前に差し出した。賄賂《わいろ》のようだ。

「……そんな大げさな。団長だって、そのうちおれが弱そうな男だって気がつくよ」

このフェロモンがずっとあるものとは限らないし。

おれは目の前の肉に齧《かじ》り付いた。脂がのっていて、とても美味しい。

「ずいぶん打ち解けたようですね」

真後ろから執務室に行ったはずのグランツの声が聞こえ、おれは驚いて振り返る。ロイドはそそくさと席を移動していった。グランツとおれを二人にしたいらしい。

「落ち着きのないヤツだな」

ロイドが去っていった方向を見ながら眉をひそめるグランツに、今空いた隣の席を勧めてみる。

しかし、用があって来ただけだからと断られた。代わりに一通の封筒を差し出される。

「招待状を預かってきました」

「招待状？　おれにですか？」

心当たりがなくて、受け取った封筒をまじまじと見る。グランツが苦笑いを浮かべた。

「王妃殿下からお茶会へ招待したいと」

「王妃殿下……、お茶会!?」

そういえば謁見が終わったときに話したいって言ってた気がするけど、こんなに早く呼ばれるなんて思わなかった。しかもお茶会……

お茶会って貴族がするあれだよな？　何をすればいいんだろうか。マナーとか全然わからない。しかも王妃様相手……いったい何を話したらいいんだ……？

不安で血の気が引くおれに、グランツがさらに絶望的なことを告げる。

「私がご一緒できればいいのですが、マシロ殿お一人で来るようにと」

「おれ、一人……」

「……申し訳ありません。王妃殿下直々の招待状ですから」

つまり、お断りもできない、と。

「わ……わかりました」

不安と緊張を感じながらも、おれはお茶会への招待状を受け取った。王家の紋章が押された封筒はただの紙のはずなのに、王妃様からと聞いただけで持っているのも緊張するくらい神々しい。

「では参りましょう」

「今からですか!?」

「……渡したらすぐに案内するように、とありましたので」

本当に申し訳なさそうにしているグランツの言葉に顔が引きつる。

それって招待というより、呼び出しに近いんじゃあ……

突然のお誘いに心の準備もできないまま、急遽王妃様とのお茶会へ参加が決まったのだった。

第四章

案内されたのは、色とりどりの花や木に囲まれた綺麗な中庭。

中央にテーブルとイスが設置され、すでに一人の女性が座っていた。

グランツとは中庭の入り口ですでに別れている。つまり、今は完全におれ一人。王妃様と一対一で何を話せと言うんだろうか。共通の話題といったら双子王子のことしかないけど、正直二人のこともあまり知らない。

緊張でぎこちない動きになりながらも、給仕の女の人に案内されるままテーブルへ近づいていく。

……あれ？　なんか髪の色が、違うような……。赤？　いやピンク？

王妃様はたしか赤紫だった。それに、王妃様ってあんなに小さかったか……？

顔が見えるところまで近づいたとき、心臓が止まりそうなほど驚いた。

地面についてしまいそうなほど長く艶《つや》やかなピンクブラウンの髪とエメラルドグリーンの瞳。ふんわりとした緑色ベースのドレスは、彼女の可愛らしい雰囲気にとても似合っている。

なんと王妃様ではなく、国で一、二を争う美少女でおれの永遠のアイドル、アイリーン様が優雅に紅茶を嗜んでおいでだった。

たしか王太子様の一つ下だったはずだから、おれよりも年上のはずなのにとても可憐だ。

ぽーっと突っ立ったまま見惚《みと》れていたが、ふと我に返る。

招待されたお茶会に、王妃様じゃなくてアイリーン様がいるということは、もしかしておれ、今からアイリーン様とお茶会するのか？　え、ますます無理なんだけど。

先にテーブルに着いた給仕さんが、アイリーン様の向かい側にあるイスを引いて待っている。ここに座れということだろう。

アイリーン様が飲んでいたカップを音もたてずに受け皿へ置き、おれのほうを向いて天使のように微笑んだ。

「どうぞ、おかけになって」

「へあ!?」

まさか声を掛けていただけるとは思わず、変な声を出してしまった。

恥ずかしさで沸騰する顔を俯《うつむ》かせ、足早にイスまで歩いていって座る。すると向かいからくすくすと笑われてさらに下を向いた。

笑い声可愛すぎ！　笑ってる顔見たいけど顔を上げられない……っ。

信じられない、こんなことって起こるものなのか。謁見のときに見られただけでも一生分の運を使ったと思ったくらい奇跡的な出来事だったのに、今は目の前で、しかもテーブル一個分しかあいていない距離にいるなんて……っ。この数日、魔力がなくなったり、ケツを掘られたり、抱き殺されそうになったりと酷い目にあったけど、天使とお茶が飲めるなら全部チャラにしてもいい！

「大丈夫ですか？　もしかして、お身体の具合がよろしくないのでしょうか……？」

自分の膝ばかり見ているおれを、アイリーン様が鈴を転がすような声で心配してくれた。

しまった！　自分のことばかり考えてアイリーン様に失礼な態度を取ってしまった。

弁解しようと慌てて顔を上げた先に、この世の邪悪をすべて浄化するかのごとく清らかなお顔でおれごとき小物を心配してくれる、まごうかたなき天使の姿があった。

声を出すことも忘れて見惚《みと》れてしまう。

凝視して固まるおれにアイリーン様がこてんと小首を傾けてから、少しして表情を和らげた。口元に手を添えてほわほわ笑う姿が国宝級に可愛い。

「ふふっ、そんなに見つめられては穴が開いてしまいますわ」

「す、すみません……っ」

ますます熱くなる顔と、どうしてもにやけてしまう口元を隠すようにまた真下を向いてしまう。

ダメだ、可愛さが限界突破して直視できない。緊張で汗ばんできた、喉も渇く。給仕さんがおれのカップに紅茶を淹《い》れてくれた。飲み干したいが、さすがに我慢する。

「ありがとう、下がっていいわ」

アイリーン様の指示で、給仕さんがお辞儀をして去っていく。

え、待って、本当に帰ってる。え、えーーっ!?　嘘だろ!?

ずっといるものだと思ってたから、帰っていく後ろ姿を呆然と見送る。

……完全にアイリーン様と二人きりになってしまった。おれはどうすればいいんだ、まともに会話する自信がない。いや、あの人がいてもできないんだろうけど、いや、ほんと、えーー……

夢のようなシチュエーションなのは間違いないが、あまりに唐突過ぎる展開に気持ちが荒れ狂っている。心臓がバクバクと暴れて痛い。

壊れたおもちゃのようにゆっくりと顔を正面に戻し、動揺をなんとか鎮めたくて目の前の紅茶を一口飲む。しかしお茶は淹《い》れたてで、まだ熱かったことに驚いて肩が少し跳ねた。

その様子を見ていたらしいアイリーン様がくすくすと笑い、澄んだ綺麗な声で話しかけてきた。

「驚かせてしまってごめんなさい。今日は王妃様からのお誘いだったはずですが、急用が入られて来られなくなってしまわれたの。とても残念そうにされていましたわ」

「いえっ、おれはいつも暇なので気にしないでください……っ」

「あら、ふふっ、お優しいのね。でもせっかくマシロ様とお話しできる機会でしたので、王妃様の代わりに私がこの時間をいただきましたの。お付き合いいただけますか？」

アイリーン様がわざわざおれと話したくてここに来たって？　なんのご褒美ですか神様。王妃様には大変申し訳ないが、本当にありがとうございます。ここにきて急に運気が上がってきたぞ。

おれは持っていた紅茶を一気に飲み干してテーブルに置いた。喉の潤いもバッチリです、なんでも話せますよ、アイリーン様……っ！

「はいっ、もちろんです！　おれなんかでよければぜひ！」

「まあ嬉しい！　実は私、あなたにとても興味がありますの。ぜひ色々とお話を聞かせてくださいな」

アイリーン様が、おれに興味を……っ!?　いったいどこに興味を持ったというのだろうか。

しかしこれはまたとないチャンスだマシロ。うまく気に入ってもらえれば、またどこかで会ったときに手を振り合うくらいの仲にはなれるかもしれない。

「遠慮なく、なんでも聞いてください！」

おれは快く頷いた。

――しかし、これをすぐに後悔することになる。

「ありがとうございます。では」

にっこり笑ったアイリーン様が足元を探って何かを持ち上げ、テーブルがドンッと揺れるほど大きなものを置いた。重量もそれなりにあるのだろう、置かれた瞬間に紅茶やお菓子が少し浮いたくらいだ。

おれは突然現れた、その巨大な本に目を丸くする。とてもあの細い腕で取り出したとは思えないほど大きなそれは、立派な背表紙のついた分厚い本で、アイリーン様は慣れた手つきで真ん中辺りを開き、ペンとインクもどこから出てきたのか本のそばに置いた。どうやらあの本――いやノート？　――に何かを書くようだ。

おかしい。のんきにお菓子を食べられる雰囲気ではなくなってきた。お茶会って、メモ取りながらするものなのか？　しかもあんなに大きなノートが必要なくらい、何を話すというんだろうか。

どうしよう、おれ紙もペンも持ってないぞ。借りたほうがいいのかな……

急に不安になってきてオロオロしていると、アイリーン様に名前を呼ばれた。

「マシロ様」

「はいっ！」

とても穏やかな声なのに背筋が伸びた。さっきまで感じていた緊張とは違う緊張が走る。

「女性はお好きですか？」

「はい！　大好きですっ！」

予想外の質問に驚いて大きな声で答えてしまった。恥ずかしい。

アイリーン様に引かれたら立ち直れない。だが、次の質問に別の意味で血の気が引いた。

「ふふっ、正直ですのね。では、男性はお好きですか？」

「えっ⁉」

ドキッとした。まさかレイヴァンたちとの関係がバレたりしてないよな……？

冷や汗をダラダラ流しながら、どう返すのが正解なのかと言葉を探して目が泳ぐ。その様子を見たアイリーン様が意外そうな表情をした。

「あら、お好きではないの？　魔力の供給方法が殿方との口づけと伺ったものですから、てっきりそうなのかと」

「い、いえ。それはそれと、言いますか……」

少なくともレイヴァンたちとキスしていると、アイリーン様に知られていたことに動揺を隠せない。誰だアイリーン様にそんなこと教えたヤツは……っ、アレクか⁉

「そうですの、残念ですわ。では、今までお付き合いされた方は？」

「い……いません」

残念とはいったい……。というか、なんでこんなこと聞かれるんだろう……

アイリーン様はおれの受け答えにどんな必要性を感じたのか、どんどんノートに文字を書いていく。

「では恋愛経験はありませんのね」

グサッと言葉が矢のように胸に刺さった。美少女に言われるといつもより心が抉られる。ダメージを受けて悶えるおれに気がついて、アイリーン様が片手を口に当てた。

「あら、ごめんなさい。でもとてもいい情報でしてよ。では最後に……」

やっと終わりか。心臓に悪い尋問の終わりが見えて安堵する。しかし、これが今までで一番の爆弾だった。

「魔力供給の、本当の方法を教えてくださる？」

にっこりと満面の笑みを浮かべるアイリーン様が、なぜか魔王に見えた。

本当の方法って、キスでしてるって情報を疑っているのか、なんで。それに本当の方法なんて言えるわけがない。ただでさえ憧れの女性で、よりによってレイヴァンたちの義理のお姉さんで次期王妃様だぞ。絶対に無理だ。

それに、この質問はどういう意図で聞かれているんだろう。あれか、可愛い義弟に手を出す愚かな平凡野郎を排除したいってこと？　え、もしかしておれ、アイリーン様にめちゃくちゃ警戒されてる？　でもそう考えると、今までの質問にも納得できる。おれが義弟たちにとって悪い虫なのか探っていたんだ。

ここ最近で一番の絶望がおれを襲う。なんとか誤魔化かして、少しでも無害であると納得してもらわないと、アイリーン様に軽蔑されてしまう……っ。

「それは、あの……口移しで……と」

これもレイヴァンたちとキスしてます、と自ら宣言したようなものだけど、背に腹は代えられない。セックスより遥かにましだ。

美少女とのきゃっきゃうふふの和気あいあいとしたお茶会を想像していたのに、どうしてこんなことになったんだろう。

これが最後の質問って言ってたし、理由をつけてさっさと帰ろう。やっぱりおれにはまだお茶会デビューは早すぎたんだ。貴族の人たちは、こんな心臓に悪い時間をよく過ごせるなと感心する。今度アレクにお茶会の極意を教えてもらう。あいつ絶対得意そうだし。

ぎこちなく愛想笑いを浮かべるおれをじっと観察し、アイリーン様は花が咲くようにふわっと微笑んだ。さっきの圧を感じる笑顔じゃなくて少し気が抜ける。しかし、それがいけなかった。

「あらあら、私の聞き間違いでしたのね。では……」

ペンを置いてアイリーン様が立ち上がる。そのままテーブルを回っておれの横まで移動し、片手をおれの腿《もも》の上にそっと置いた。

突然近くなった距離に全身が硬直する。目元に細い指が触れ、アイリーン様の顔がグッと目の前まで迫ってきた。

「最近は、アレクセイ殿下と口づけをされたということですね？」

「うッ、あの……っ」

近い近い近い……ッ！

吸い込まれそうなエメラルドグリーンに、透き通る白い肌、赤くぷっくりと膨らんだ小さな唇。細くて折れてしまいそうな柔らかい指、なんかいい匂い。

体温と心音が爆速で上がっていく。このまま破裂してしまいそうだ。

固まって動けないおれを見て、アイリーン様は怪しく、そして可憐に微笑む。

「緊張していらっしゃるの？　可愛らしいわ」

「か、かわ……っ」

あなたのほうが、比べるのもおこがましいくらい可愛いです――っ!!

目元に触れていた指が頬を滑り、緊張でカサカサの唇を軽く押す。

「では今、私と口づけを交わせば、この瞳は緑に染まるのかしら」

「え……!?」

え、ええええーーーーっ!!　いやいやいや……っ、えっ!?

腿《もも》に乗った手に体重が掛かる。長いピンクブラウンの髪がおれを囲い、暗く影を作った。エメラルドグリーンの瞳がゆっくりと細められ、徐々に迫ってくる。吐息が、唇に掛かり、そして……っ、
アイリーン様の動きが止まった。

「ふふっ、冗談ですわ。びっくりしました？」

突然すべての感覚が遠ざかり、視界が開ける。心臓は相変わらずうるさいままだが……よかった、

心臓が止まらなくて。まだそばに立っているアイリーン様を見上げると、無邪気な笑顔を返された。

「警戒心が強いようで隙だらけ。驚くばかりで押しに弱く、なすがまま。おまけに元気で素直でわかりやすい」

「え？」

「攻めに魔力を依存しないと生きていけず、しかも攻めにだけとびきり可愛く見えるフェロモンが出てるなんて最高の萌え設定。平凡に加えてノンケで童貞……！　完璧ですわ。むしろよくここまで盛り込みましたわね、あっぱれです」

しゃべりながらアイリーン様の表情が、恍惚としたものに変わっていく。可愛い。

……よくわからないけど、褒められてる気がしない。それに童貞ってなんでバレたんだ。

アイリーン様は胸元を押さえて満足そうにため息を吐いた。

「生ＢＬが拝める日が来るなんて、生きててよかった……っ」

生びーえる……？

聞き覚えのない言葉が次々と飛び出しポカンとしていると、グッとまた顔を近づけられて身体がのけぞった。この人、絶対わざとだろ……っ、本気でおれの心臓を止めにきてる。

「マシロ様」

「はい……っ！」

「マシロ様ももしかして、転生者だったりしますか？」

「……てんせいしゃ？」

「あ、そこは違うのね。オッケーオッケー。じゃあ何、天然の設定なの？　マジ？　こんなエロゲーにしかない設定が現実に起こったってこと？　ヤバいわ異世界。神様ありがとう……っ！」

飛び跳ねるようにおれから離れて握り拳を作り、喜びを噛みしめる美少女。言動や雰囲気がさっきから変だったけど、ついに口調まで変わってしまった。

この人は本当にアイリーン様なんだろうか。いや別に、おれが知っていることなんてたかが知れているんだけど、それにしても挙動が変だ。

ついに空に向かって万歳し出した。おれは恐る恐る話しかける。

「あの……、アイリーン、様……？」

「あら、おほほっ、ごめんなさい。私としたことが、想像を遥かに超える神設定に感動してつい。あー……、マジで破滅フラグ回避してよかったわ」

今度は自分のイスに戻ってテーブルに両肘をつき、組んだ両手に額をつけてぶつぶつと呟き出した。独り言のような呟きは、何を言っているのかまでは聞こえなかった。だが、たぶん聞こえても意味はわからないだろう。

別人と疑うほど雰囲気や口調が豹変したアイリーン様。あのふわふわ天使はどこかに消えてしまった。

目の前のアイリーン様――いや、アイリーンはすっかり美少女の仮面を粉砕し、興奮で目をギンギンに血走らせながら、本に文字を高速で書き殴っている。速すぎてペンが見えない。

あれから取り繕うのをやめたアイリーンに、根掘り葉掘り細かく、羞恥心とは？　と疑問を持つ暇さえ許されない猛攻で質問を浴びせられた。

その過程で、せっかく誤魔化した魔力供給の方法も矛盾を突かれ、本当の方法を白状させられた。そのときの彼女は気でも狂ったのかと恐怖するほどに大喜びし、涙を流して天を仰いでいた。本当に怖かった。

覚醒したアイリーンはさらに質問の密度を上げ、とても人には言えないような部分をはぐらかそうにも、こちらが面食らうくらいストレートな物言いを美少女の顔面で言うものだから完全に思考を破壊され、最終的に全部を話す羽目になっていた。そう、いままで起こったこと全部だ。

「いやぁ、まさかカールと双子王子が男もイケる口だったなんて大収穫だわ！　あ、マシロ君限定のね！　それにグランツ団長も出遅れているとはいえ、騎士団公認はかなり強力よね。んふふっ、私、受けの争奪戦って大好物なの！　本当マシロ君てば、ちょー逸材！」

「……よかったですね」

目をキラキラさせながらはしゃぐ姿は文句なしに可愛いのに、もう素直な目でアイリーンを見られない。魔王だ、天使の皮をかぶった魔王がここにいる。

精魂尽き果てるとは今の状態を言うんだな……。身体が灰になりそうだ。

イスに座るのもやっとなほど疲弊しているおれとは対照的に、水を得た魚のように生き生きとしている彼女は『腐女子』というものらしく、なんでも男同士の恋愛にロマンスを感じるそうだ。

こんな魔力主義の世界で男同士の恋愛なんて聞いたことがないのに、なんて偏った嗜好なんだと驚いた。今のおれも男に言い寄られているけど、それはフェロモンのせいだし、恋愛というより生存本能に近い。魔力がなくなる前は、男同士なんて想像すらしたことがないくらい、周りでも聞いたことがなかった。それくらい珍しい。

アイリーンはこの世界に男女の恋愛観しかないことに不満を持っているらしく、新しいレディの文化として男同士の恋愛を流行《はや》らそうと、自ら本まで出版しているそうだ。普通にすごいんだけどこの人。

メモを取っていたのも、本のネタにしたかったかららしい。お願いしたらやめてくれるかな……いや、この数時間で散々アイリーンという人間を見せつけられたおれにはわかる。無理だと。

「それで？　マシロ君はどうなの？」

「……どうとは？」

あまりに遠慮のないアイリーンの態度に、おれの遠慮もなくなった。ここまで赤裸々に語ってしまった以上、もう何も繕うことなんてない。おれにとってアイリーンは美少女枠から外れてしまったようだ。容姿はもちろん、とびきり可愛いに変わりはないけど。気持ちの問題だ。

アイリーンは焦れたようにテーブルを指で弾き、身振り手振りで主張する。

「もう！　こんなに素敵な殿方からアプローチされまくりのエッチしまくりなのよ？　この人いいなぁ、好きになっちゃうなぁ、とかないの！」

「好きって……ないですよ。みんなおれが死なないように、仕方なく相手してくれてるだけで、妙に執着してるのも、全部フェロモンでおれのこと魅力的だと思い込まされてるからだし」

みんながおれに優しいのも、可愛いとか言ってくるのも、男でも抱けちゃうのも、全部このフェロモンのせい。おれがいいとかそういうんじゃない。

だからおれも、わきまえておかないと。勘違いして調子に乗ってると、目も当てられなくなるのはこっちだ。いくら周りにちやほやされようと忘れてはいけない。おれはただの、運の悪い村人だ。

「もちろん感謝はしてますけど、それだけです」

それ以上でも、それ以下でもない。

レイヴァンとカールは、おれが死にかけていたからセックスしただけだし、アレクとはお互いに酔った勢いと、フェロモンの影響を受けて正気を失っていたから仕方がない。おれが男とそういう行為をしても抵抗を感じなくなったのは魔力を取り込むために邪魔になるからだろうし、いわば自衛的なものだろう。そこに特別な意味なんてない。

だってそもそもおれたちは、まだ出会って数日しか経ってない。お互い知らないことのほうが多いのに、好きになる要素なんてこれっぽっちもないじゃないか。だからこれは、若さゆえの性欲と好奇心、あとはフェロモンという呪い。ただ、それだけの関係だ。……そうじゃないと困る。

おれは自分でポットから紅茶を注いで、一気に飲み干した。

「えー？　でも謁見のとき、三人に取り合われてたじゃない。レイヴァンなんて『生涯をともにする約束をしている』とか王妃様の前で堂々と言ってたわよ。アレクだって、お酒の力を使ってでもマシロ君とイチャイチャしたかったんだろうし。まあやりすぎて他の攻めたちにボコボコにされちゃったみたいだけど、それはそれで他の攻めたちのポイント高いと思うけどなぁ。ほら、俺のマシロになんてことを！　みたいな」

「ボコボコまではしてないですって、頬は腫れてたけど。それにあれは、おれが死にかけるほどしたからアレクが怒られてただけで」

「だけってことないでしょ！　アレクもマシロ君の可愛さに歯止めが利かなかったんでしょうけど、だからって抱き潰すのはちょっとやり過ぎよ。……んふふっ、でも、若いって萌えるわぁ」

あんたもまだ若いだろと突っ込みたくなるのをぐっと堪える。頬を赤く染めてきゃぴきゃぴする姿は美少女そのものなのに、もったいない。

だいたい好きとか恋とか、実際におれたちの関係性の中にあったなら、それこそ泥沼すぎて手に負えないと思うんだけど。

おれはまだ十八歳。寿命なんてきっとまだまだ先だし、今はレイヴァンたちが協力的だけど、それもこの先ずっと協力的とは限らない。彼らにも恋人ができて、いずれ結婚もするだろう。とくにレイヴァンとアレクなんて王子だし、世継ぎとか、政略結婚とか、そういうのが必要なときが来るんじゃないだろうか。

カールもグランツも優秀だし、役職付きのエリートだ。カッコいいし、お金もあって、何より二人とも優しい。グランツなんて誠実の塊《かたまり》みたいな人だし、身長とか筋肉とか気にしない女性が現れればすぐにでもうまくいくだろう。カールはもしかしたら、すでにいるのかもしれない。すごく、……そういう行為に慣れてるようだったから。

だけどこの関係は、きっといつか終わる時がくる。

だってみんな勘違いしてるだけだ。おれは今も変わらず普通の男だし、特筆すべき才能もなければ、頭もよくない。もちろん可愛くもない。

「おれはフェロモンがなくなれば、どこにでもいるつまらないヤツですし」

王宮の人たちがおれによくしてくれるのも、おれがレイヴァンの魔力を安定させられるからだし、王族の客だからもてなしてくれているだけ。マシロだから親切にしてくれているわけじゃない。

いつか本当のおれにみんなが気づいたとき、それが終わりの合図だ。

村の女性たちと同じように、おれになんて……見向きもしなくなる。

「騙してるのに、恋愛なんて成り立たないですよ」

おれは今、みんなの優しさで生かされている。

「みんないつか夢から覚めて、後悔すると思います。無駄な時間を過ごしたなって」

「自己評価が低すぎない？　私はマシロ君と話すの面白いし好きよ。全然つまらなくなんてないわ」

頬杖をついたアイリーンが、令嬢らしさ皆無の格好でつまらなそうに文句を垂れる。

「それは話題が好みなだけでしょ？」

呆れた顔で反論すると、アイリーンは目を逸らした。

「それもあるけど……、こう、からかいがいがあるっていうか、反応が大きくて可愛い」

「はいはい」

「もう！　とにかくっ、絶対マシロ君は本気で好かれてるんだってば！　間違いないの。女の勘よ」

おれを指さしてアイリーンは自信満々だ。

女の勘と言われても、あの四人の誰かと恋愛して、恋人になるなんて想像がつかない。だって彼らがおれに向けている感情なんて、罪悪感と好奇心、あとは性欲と一時的な初恋フィーバーだ。おれに関しては生存本能だし。これでどう恋愛しろと言うんだろう。

クッキーを齧《かじ》って話半分に聞いているおれの態度を見て、アイリーンがにやりと笑った。

「そんなに疑うなら試してみれば？」

「……試す？」

「そうよ！　今まで流されっぱなしだったから、そんな冷めた考えになっちゃうの。ちょうど今一緒の部屋なんだし、今夜グランツ団長を誘惑するのよ！」

突拍子もない提案にクッキーを噴き出した。

「誘惑⁉　こ、今夜……っ⁉」

「思い立ったが吉日よ！　一番フェロモンの影響を受けてて、一番マシロ君のこと意識してるグランツ団長が、マシロ君から身体だけの関係を迫られて拒んだら、それはもうマシロ君を愛しているからに他ならないでしょ？」

「そんな無茶苦茶な……っ」

「だってマシロ君が言ったんじゃない。みんなとはフェロモンでの繋がりしかないって。なのにフェロモン全開な状態で行為を拒否されたら、マシロ君だって言い訳できないでしょ。それに、自分から誘えるようになっておいて損はないんじゃない？　練習よ、練習！」

「それは、そうかもしれないけど……」

アイリーンの言い分は、めちゃくちゃだけど多少理解できる部分もある。

でも、フェロモンの影響を拒むなんて無理だと思う。だってアレクが理性をなくすほどの威力だぞ？　グランツだって、ほぼ初対面なのに公開告白を部下たちの前でしてしまうほど、すでに影響を受けてる。

消極的なおれとは反対に、アイリーンは自信満々で楽しそうに計画を練りはじめた。なんか不穏な単語が出ていた気がするけど、怖くて聞き返せない。おれが今夜誘惑することは、もう決定事項のようだ。巻き込んでしまったグランツに心の中で謝罪した。

「これなら完璧ね。あとはお膳立てしといてあげるから、もう帰っていいわ。今夜九時にグランツ団長の部屋に行きなさい。腹括って、しっかり襲うのよ。後日ちゃんと結果報告してもらうからね。はい、解散！」

そう言い彼女は「準備があるから」と颯爽と去っていった。

嫌な予感しかしないけど、これ、やらないとまずいよね……。正直やりたくない。

でもアイリーンの言うことも正直一理ある。いつまでも相手任せで魔力を貰うわけにもいかないだろうし、自分から誘惑できて損はない。誘う方法も身につけておいたほうが、王宮を出ないといけないときに役立つだろう。

それに少しだけ、アイリーンに言われた『みんなとはフェロモンでの繋がりしかない』っていう言葉が心に引っかかっていた。自分で散々言ってたくせに、他人に言われると傷つくなんて身勝手な話だ。だけど、頭では理解していても、心が割り切れないのかもしれない。

正直練習よりも、そっちを何とかしたかった。

じゃないといつか、この小さな傷が破裂してしまいそうで怖かった。

グランツだったら最悪泣き叫んだりすればやめてくれるだろうし、気持ちの整理をする相手として一番適任かもしれない。失敗したら正直に話して謝ろう。もちろん恋愛うんぬんのところは省いて。

グランツも、これでおれに触れるようになるかもしれないし、一石二鳥ってことで。前向きにとらえることにした。

◇◆◇◆◇◆◇◆

時刻は夜九時。アイリーンが指定した時間だ。

おれは試験に挑む気持ちで、グランツの部屋の前に立っていた。

この中にグランツがいる。しかも、アイリーンに何かされた状態で。

おれのほうは準備なんてとくにしていない。とりあえずお風呂だけは入ってきたけど、それで大丈夫だろうか。全然自信がない。

ドアノブに手を掛ける。ここを開けたら、もう後戻りはできない。

緊張でバクバクと跳ねる心臓に少し気持ち悪くなりながらも、意を決しておれは扉を開けた。

スムーズに開いた扉の向こうは、いつもより薄暗くてよく見えない。雰囲気の違う様子に緊張感が増した。

「誰だ」

殺気を含んだグランツの声にビクッと身体が跳ねて、反動でそのまま部屋に入ってしまう。扉が音を立てて勢いよく閉まった。すると、なぜか後ろで鍵がかかる音が聞こえた。もちろんおれは鍵なんてかけてない。どういう仕組みなんだろう。

まだグランツと距離があるにもかかわらず空気が張り詰めていて、ピクリとでも動けばやられそうな緊迫感に戦々恐々とする。早く敵じゃないことをわかってもらわないと、誘惑する前にやられてしまいそうだ。

「あ……あの、おれ……」

絞り出した声はなんとも情けなかったが、グランツの耳にちゃんと届いたらしい。

「その声は、マシロ殿？」

戸惑いを含みつつも柔らかくなった声に、身体に入っていた力が抜ける。殺気も感じなくなった。

「はい、マシロです。そっちに行きますね」

奥へ進み、ベッドの辺りまで来た。あったはずの簡易ベッドがなぜかなくなっていて、グランツが使っている大きなベッドのみが置いてあった。その上に人影がぼんやりと見え、グランツを発見する。

彼は薄手のシャツと緩めなズボンという、いつも寝るときのラフな服装をしていた。夜の九時だし、早めに仕事が終わってお風呂に入ったのであれば別に不思議なことでもない。

しかし少しずつベッドに近づくにつれて、違和感に気づく。この部屋がすでに異様なのは置いといて、どうしてグランツはベッドから動かないんだろう。おれがそっちへ行くと言ったからって、同じ姿勢のままなのはさすがに変だった。

全体が見える距離まで来たとき、謎が解けた。それと同時に、グランツの姿に驚愕する。

両手は後ろで縛られ、黒い布で目隠しをされた状態でベッドに転がされていたからだ。まるで拉《ら》致《ち》監禁されているような姿に血の気が引く。

お膳立てってこういうこと!? たしかにおれごときがグランツに迫ったところで、払いのけられたら終わりだ。でもだからって、縛ることないだろ！

ドヤ顔ダブルピースで満足そうに笑うアイリーンの姿が浮かぶ。やりすぎだバカ！

慌ててそばに駆け寄ると、なんと足首も縛られていた。ひえっ。

「大丈夫ですか!?」

無残な姿で横たわるグランツに罪悪感でいっぱいだ。

しかし縛られている本人は困惑している様子ではあるけど、わりと平気そうだった。

「心配はいりません。縛られてはいますが、不思議と痛みや窮屈さは感じないので」

「そ、そうなんですか……」

苦痛じゃないならよかったけど、見た目がヤバすぎて安心できない。

「それより驚きました。仕事中突然アイリーン様の従者が来て、今すぐ部屋へ戻れと言われまして。

なぜか部屋まで一緒についてきて、中へ入ったとたん今のように縛られてしまったんです。理由を聞いても、必要なことだからとしか答えてくれませんでした。逆らうわけにもいかないので大人しくしていたのですが、まさかマシロ殿が来るとは思いませんでした」

グランツの説明を聞いているうちに、どんどん冷や汗が流れてきた。

ほとんどというか、本当に何も説明してないじゃないか、アイリーンっ！

それにしても、いくらアイリーンの従者だからって、グランツもよくわからないまま縛られないでほしい。意外とのんきな騎士団長に心配になる。

グランツは転がったまま部屋中を見渡すように顔を動かして、不思議そうに聞いてきた。

「部屋に防音の結界魔法が掛けられているようなんです。マシロ殿は、これから何が起こるのか知っていますか？」

「何、って……」

——おれがあなたを性的な意味で襲います。これはその準備です。

なんて、言えるわけない……っ。

薄暗い部屋、目隠しをされ、手足も縛られて身動きの取れない強靭な男前が、ベッドに横たわっている。絵面の犯罪臭が限界寸前だ。グランツがひたすら不憫で襲うどころじゃない。とにかく手足を縛っているバンドだけでも外してあげよう。

おれはなるべくゆっくりグランツのそばまでいき、手首に巻きつく黒いバンドを指でつついて合図した。

「これ外しますね」

「頼みます。何度かちぎれないか試したのですが、硬くて」

騎士団長の腕力でもちぎれないってすごいな。どんな素材でできてるんだこれ。

そう思いながらグランツの背後に回り、手の拘束バンドを外しにかかる。しかしなぜか繋ぎ目すらない。どうやってつけたんだろう。まるでそのまま巻き付いて収縮でもしたかのようだ。外させないぞ！　という強い意志を感じる。

「すみません、繋ぎ目が見当たらなくて。外し方がわかりません……」

役に立たない自分に落ち込んで、しょぼくれた声が出た。

「謝らないでください。きっと特殊なものなのでしょう」

自分が縛られているというのに、おれを気遣ってくれる優しい声にさらに落ち込む。あのとき、おれがもっと強くアイリーンを止めていれば、グランツはこんな目にあわずに済んだのに……

そのあと目隠しのほうも調べたけど、手足と同じで継ぎ目がなかった。腹が立つほど用意周到だ。

……どうしよう。アイリーンの『お膳立て』が想像以上に犯罪的で怖気づいてしまったけど、おれじゃあグランツを解放できそうにない。

誰か助けを呼ぶにしても、この状況を説明する必要がある。ありのままの経緯を説明したとして、きっとアイリーンはおれのためにしたと言うだろう。そうするとどうだ、おれは純粋な次期王妃様の優しさにつけ込んで、変態的なお願いをしたヤバい男ということにならないか？

それは絶対にまずい。投獄待ったなしだ。

ちらりと縛られたグランツを見る。

身長差だけでも頭二つ分くらい違うのに、さらに鍛えられた肉体。腕なんておれの太腿《ふともも》くらいある。加えて戦いのプロ。とてもじゃないが、おれなんかが主導で無理やりどうこうできる相手じゃない。それはレイヴァンたちも同じなんだけど。

おれが誰かを誘惑するなんて、こんな非常識な状況でもない限りできないだろう。

『腹括って、しっかり襲うのよ』

アイリーンの言葉が脳裏に浮かぶ。おれは、ごくんと唾を飲み込んだ。

そう、これはチャンスじゃないか。おれがこの先、魔力を貰う行為に罪悪感をもたないようにする、またとない機会だ。生き続けるために必要なことだと割り切らなくちゃいけない。何を言われても勘違いしないように、何が起きても傷つかないように、ブレない覚悟を持たなくちゃ。

――全部を、フェロモンのせいにしてでも。

ゆっくりグランツの正面に移り、そっと肩に触れる。

「マシロ殿……?」

ビクッと跳ねたたくましい身体。不安そうな声。

あえて返事はしないまま、体重を掛けて後ろに押した。だがびくともしない。さすが鍛えているだけある。仕方なく思いきってグランツの太腿《ふともも》の上を跨いで乗っかった。グランツはあからさまに狼狽《うろた》える。

「マシロ殿!?　いったい何を……っ」

騒ぐ薄い大きな唇に、人差し指で触れると黙った。それをいいことに、両手をグランツの胸元につけて寄りかかる。

目隠しをされていても気配で近さを感じるのだろう。おれが前に倒れると、グランツは後ろに倒れ、ついにはベッドに背中をつけた。完全におれが上に乗っかっている状態だ。

息を荒らげ、喘ぐように狼狽《うろた》える男前を見下ろす。手のひらから、グランツの速い鼓動を感じた。

ゆっくりと身体を倒して、お互いの息が掛かるほどの距離まで顔を寄せる。

グランツが息を呑んだ。ほんの少し顔を出した罪悪感を振り切る。

「……ごめんなさい」

「マシロど……んっ!?　ふ……ッ」

おれは、少しカサついた薄い唇に吸いついた。焦った息が顔にかかる。

後ろ手で縛られているうえに、体格差があるにしても成人男性が一人上に乗っかっている状態では、さすがの騎士団長も止めることが難しいみたいだ。跨っている身体が抵抗で揺れるものの、振り落とされるほどじゃない。

「んっ、ふぅ……ッ」

顔を何度か逸らされて唇が離れる。しかし、おれもすかさず追いかけて意地でくっつけた。そのたびにちゅっちゅっとお互いの唇から音が鳴る。

唇が外れるたびに、何度も落ち着けと声を掛けられるが無視する。とにかく必死だった。

短くも長い攻防を繰り返していると、突然グランツが獣のような低い唸り声を上げた。その声に気を取られた瞬間、上体が起き上がり、おれの身体がひっくり返る。驚いている間に形勢は逆転し、今度はおれがベッドに押し倒されていた。

「……ッ」

倒れた背中はベッドで痛みはない。だが、いかんせん重い。

グランツは両手両足が縛られているとは思えない身のこなしで、やすやすとおれをベッドに縫いつけてしまう。驚きで開いた口に、上から押しつけるようなキスをされた。

大きな口で何度も唇を食まれ、ぬるっとした肉厚な塊《かたまり》が口の中いっぱいに入ってきて舌を搦め捕られる。上から流し込まれる唾液に、自分のモノが合わさって、飲みきれない量の唾液が口の中にたまり、それをまた音を立てて掻き回された。

「んぅ……ッあ、ん、ん……ッ」

食い尽くされるような激しいキスにパニックになり、息苦しさで涙が滲む。じゅぶじゅぶと、キスで出るとはとても思えない水音が部屋中に響いた。

最初こそ引き剥がそうと抵抗したがまったく歯が立たず、なすがままに口内を舐め尽くされる。グランツの肩を押していた手は、いつの間にか縋《すが》るように彼の背中を掴んでいた。

「ふぅ……ぁ、んっ」

酸欠で頭がぼんやりしていた。たまに舌のつけ根や上顎などのいいところを舐められたときに、びくんっと身体を跳ねさせるだけしかできない。

もう舐められていないところがないくらい蹂躙された口内が解放されたのは、おれが力尽きてグランツの背中から手を離したときだった。一応顔が離れていくが、それでも息がかかるほどの距離で止まる。

指先一つ動かせないほどの疲労感。両手両足をだらんと放り出し、やっと吸えた酸素を肺に送り込みながら、焦点の合わない目で目隠しがされた顔を見る。高揚しているのか目元や首が真っ赤に染まり、荒い息とともに、開けられた口の端から興奮であふれた唾液が垂れてきて、おれの顔に落ちた。いつもと全然違うグランツをぼんやりと眺める。

おれの顔も涙と唾液でべちゃべちゃだった。

「どういうことか、説明してもらえるか」

敬語の取り払われた口調は明らかに怒っている。

……おれの挑戦は失敗だ。白状しよう。

目の前にある顔に両手で触れた。振り払われなかったことにホッとする。

おれはもうしないことを約束し、お互い起き上がってベッドに座った。グランツはベッドヘッドにもたれ掛かる。

息が整うのを待って、言葉を選びながら事の経緯を説明した。

わかりにくいところもあっただろうに、それでも急かすことなく、グランツは最後までおれの話を聞いてくれた。話し終えたと同時にため息を吐かれる。

「なるほど、つまり私はマシロ殿の実験体ということか」

「……本当に申し訳ございません」

まさかこれだけのハンデを貰ってても押し負けてしまうほど、自分がへなちょこだとは思わなかったんです。キス一つまともにできなかった結果に肩を落とした。

「事情はわかった。しかし無謀が過ぎる。もし私がこのまま強行していたらどうするつもりだったんだ」

「……おっしゃる通りです」

「はあ……。反省しているようだし、これ以上は言わないが、もっと考えて行動しなさい」

「……はい、気をつけます」

普通に怒られてしまった。人間追い詰められると碌《ろく》なことを考えない。

目隠しされているグランツには見えていないが、おれは深々と頭を下げた。

「巻き込んでしまってすみませんでした。お詫びに、おれにできることならなんでもします」

「なんでも……いやっ、先ほど言った通り、事情は理解した。アイリーン様も親切心が暴走した結果だろう」

それは違います。たぶん趣味です。

グランツが再び自力で拘束を解こうと腕や足に力を入れた。しかし、やはり外れる気配はない。

「しかし困ったな。ここまで外せないとなると、おそらくこれは条件付けの魔具だろう」

「条件付けの魔具？」

「主にスパイなどの尋問に使う魔具なんだが、拘束魔法が掛けられていて解放条件を満たすと自然と外れる仕組みなんだ」

「解放条件……？　じゃあ、やっぱり自力では外せないんですか？」

「カール殿ほど魔法に精通している者なら可能かもしれないが、あいにく私は魔力こそあるが、魔法はからっきしだからな。今回は解放条件を探すしかないだろう」

改めてグランツについている黒い拘束具のヤバさを知りドン引きする。なんてものを使うんだあの人は。

それにしても、解放条件か……。この拘束は、もともとおれがグランツを襲うために用意したものだし、そうなると目的の達成が解放条件なんじゃないか？

今回の目的は、おれがグランツを性的に襲うこと。襲うってどこまでのことを指すんだろう。キスはさっきした。となると……もしかして……

思いついた考えに冷や汗が止まらない。でもグランツを拘束して、目隠しまでする徹底ぶりだ。セックスするまで外れない可能性は十分にある。

だけど、さっき説教されたばかりだぞ。この流れでさすがに、セックスしたら外れるかもとは言いづらい。でもたぶん、いや絶対にそれだ。

嬉しそうに高笑いするアイリーンが目に浮かぶ。

「そうだ！　おれ、アイリーン様に外してもらえるように頼んできます！」

作戦は失敗しましたと素直に謝ろう。はじめての失敗だ、きっと許してくれるはず。

おれはすぐさまベッドから飛び下りて、扉に駆け寄りドアノブを回す。……が、なぜかびくともしない。

想定外の事態に焦って何度も試すのに動く気配はない。ガチャガチャ激しく鳴る音で気がついたグランツが、とくに焦った様子もなく声を掛けてきた。

「閉じ込められていたか。防音魔法には気がつけたんだが……。マシロ殿、別の手段を考えよう」

グランツの言葉にガックリとうなだれる。部屋に入ったとき、勝手に鍵がかかったのはこれか……

開かない扉と遊んでいても仕方がないので、渋々ベッドに戻る。退路まで塞がれているなんて、アイリーンは何がなんでもおれを逃がさないつもりらしい。

解放条件を模索しているであろうグランツを、ベッドの横から見下ろす。

……セックスって、どこまでを想定されているんだろうか。

いや、そもそも違ったらどうする。ヤるだけヤって外れませんでした、なんて目も当てられないぞ。でも、それしか心当たりがないのも事実だ。きっとおれたちがヤるまで、この部屋から出られないんだと思う。

ものすごい執念だ。ピンクブラウンの美少女を思い浮かべて身震いした。

「マシロ殿は心当たりはないか」

きた。これはもう、言ってみるしかない。

緊張で高まる鼓動をなるべく落ち着かせ、目を瞑る。さすがにグランツを見ながらは言えなかった。

「……セ、……スを」

「ん？　すまない、よく聞こえなかった」

小さすぎて聞こえなかったのだろう、グランツが聞き返してきて羞恥心が湧き上がる。だがおれは、思いきり肺に空気を入れ、やけくそ気味に叫んだ。

「セックスしないと外れないんですっ！」

おれの叫びが部屋中に響いて、時が止まったような沈黙が流れる。

顔が急速に熱くなっていくのがわかった。今なら顔面でお湯が沸かせそうだ。

少しして、固まっていたグランツがポツリと呟いた。

「……正気か？」

そうなりますよね！

これはいらない恥をかいただけだったかもしれない。だって普通の感覚だったら、到底信じられる内容じゃないいんだから。

「あの、やっぱり違うかも……」

恥ずかしさを飛び越えた気持ちが、今度は急加速でどん底まで落ち込んでいく。本当、何を大声で叫んでるんだおれは……。言った言葉は取り消せないから、とりあえず訂正だけしてみる。

しかし、しばらく考え込んでいたグランツからとんでもない言葉が返ってきた。

「……試してみよう」

「えっ？」

おれが言うのもなんですが、正気ですか？　もしかして極度のストレスで疲れてらっしゃる？

しかしグランツはどうやら本気のようだ。まるで見えているかのように、じっとおれに顔を向けてくるので、たじろいでしまう。

「あなたがそんなことを言い出すからには、何か心当たりがあるのだろう？　朝までこのままだと、団員たちが心配して部屋まで来てしまうかもしれない。そんなことになれば大事《おおごと》だ」

「たしかに……」

ノリのいい騎士たちのことだ、こんな面白そうなシチュエーションに出くわしたら、犯人捜しで大盛り上がり間違いなしだろう。それかおれとグランツがＳＭプレイをしていると噂になるかもしれない。そうなればおれもグランツも色々終わりだ。

一度テンションが上がったマッチョたちの暴走は、グランツでも止められないということは初日に経験済みだし、間違いなく大惨事になる。

「あまりにも私に都合がいい条件で疑ってしまったが、マシロ殿もはじめはそのつもりだったことを思い出した。……もしまだ嫌でなかったら、試してみてはくれないだろうか」

よほど苦渋の決断なんだろう。布越しでも寄せられた眉間の皺がくっきりと浮いている。

試す。試すって、セックスを、だよな……

自分で言っておいて面食らってしまう。さっきは追い詰められた勢いで押し倒してしまったけど、一度冷静になったこの状態で、果たしてあれ以上のことができるだろうか。

グランツが拘束されている以上、やはりおれが主動でしていかないといけないだろう。当然服を脱がせ、身体を触り、自分で準備をして挿れる。自分で準備して、挿れ——

視線が自然とグランツの股間にいった。もっこりと膨らんでいるそこは、かなりデカいことが一目でわかった。あれを、挿れる……？

「やはり、ダメだろうか……」

いつものハリのある堂々とした声と違い、しおれた声にドキッとした。そうだ、グランツも早く解放されたいに決まっている。

こんな状況になっているのは、おれのせいでもあるんだから、おれがしっかりしないと。

不安になってる場合じゃない。おれたちは今や、運命共同体。グランツと協力して、この部屋から早く脱出しなければ。ここから無事に出られたあかつきには、アイリーンに文句言ってやる。あんた、やりすぎだぞって。

おれは腹を括った。

「わかりました。おれ、頑張ります！」

こうして、おれとグランツの脱出作戦がはじまったのだった。

とはいえ何からしよう。とりあえず服を脱がせるか。そう思い、改めてグランツのそばに座る。

「失礼します」

「……ああ」

横から身を乗り出して、グランツのシャツのボタンを下から外していく。ただボタンを外すだけなのに、自分のじゃないってだけでかなり緊張してしまい、一つ外すにもかなりもたついてしまった。

お互いに無言。緊張していて、息遣いだけが耳に入る。とても気まずい。まだ二つしか外せていないのに、焦れば焦るほど指が震えてうまくできなかった。

グランツが心配そうに声を掛けてくる。

「やりづらそうだな」

「へっ⁉ あ、ごめんなさい……っ」

時間をかけすぎた。こんな序盤でつまずいてたら朝になってしまう。

思いきってグランツの太腿《ふともも》を跨いで上に乗っかった。正面からすれば少しはやりやすいだろうと思ったからだ。

「マシロ殿……っ」

大きな身体がお尻の下で動揺して揺れるが、おれはボタンを外すことに集中する。

一つ外すごとにあらわになる鍛えられた肉体。見事に割れた腹筋。そしてすべてを外し終えたとき、目の前にはパッンと張り出した見事な胸筋が鎮座していた。自然と感嘆の声が出る。男として、これほど完璧な身体があるだろうか。絶対に胸がピクピクできるやつだ。

はじめて会ったときに不躾にも触りたいとお願いした筋肉を、まさかこんな形で触ることになろうとは思わなかった。

あまりの肉体美に行為を忘れて見入ってしまう。すると、前から気まずそうな声がした。

「何かしてもらえないだろうか、さすがに恥ずかしい……」

目隠しされた強面の男前が、頰を赤く染めて恥ずかしそうに顔を逸らしている。

しまった、さすがに見すぎだ。

「すみません……っ」

焦ったおれはグランツのあらわになった鎖骨に触れた。すると、グランツの身体がびくんっと跳ね、予想外の反応に固まる。

グランツも自分の反応に驚いたようで、身体をもじもじさせながら気まずそうにしている。その反応がなぜか可愛く見えてドギマギした。しっかりしろ、相手はおれの何倍もデカいマッチョだぞ！

「すまないっ、突然触られると驚いてしまう。触る前に教えてくれないか？」

「あ、そ、そうですよねっ、すみません……っ」

……それにしても、なんて扇情的な光景だろうか。

目元を布で隠された彫りの深い精悍な顔を恥じらいでうっすら赤く染め、両手両足も黒いバンドで拘束されていて身動きを封じられている。

はだけたシャツは役割を果たしておらず、鍛え上げられた肉体を惜しみなく晒し、なんなら色気を助長するアクセントにまでなっている。筋肉の凹凸《おうとつ》がくっきりとわかるほどに張り詰め、少し焼けた肌は興奮で汗ばんでいた。

緊張と興奮で喉が鳴る。触れてはいけないものに触れるような、そんな背徳感があった。

「胸……、触りますね」

「……ああ」

約束通り宣言してから、そっと指の腹で膨らんだ胸筋に触れる。おれはその感触に目を見開いた。心地よい弾力がある柔らかさが癖になり、何度も触ってしまう。

ついには欲求に勝てずに両手でそれぞれの胸を大胆に揉んでみた。究極に完成された筋肉はいくらデカくても硬くなく、しかも揉めるのだとはじめて知った。これは大発見だ。

おれが揉むたびに、グランツの口からふっふっと食いしばった息が漏れる。声を我慢してる？

もしかして気持ちがいいのか？　そんな想像が膨らんで、手の動きを止められない。

「ふ……っ、なんだかっ、くすぐったいな……」

上背があるため、グランツの顔は彼の太腿《ふともも》の上に乗っているおれとほぼ同じ高さにある。

おれの手で悶える表情から目が離せなかった。

手のひら越しに感じる速い鼓動に、おれの鼓動も重なるように速くなる。グランツが感じているのが、おれにも伝わってきて妙に嬉しくなる。

みんな、こんな感じでおれに触れてたのかな？

おれの息もだんだん上がっていき、乾いた唇を無意識に舐める。

きゅっと親指と人差し指で乳首を摘むと、グランツの腰が揺れた。

「わっ」

その振動に思わず声を出してしまう。感じてるんだ。そう思ったら、無性にグランツにキスしたくて堪らなくなった。どうやらそれは、おれだけではなかったらしい。

「マシロ殿っ、胸はいいから……さっきみたいに、キスを、してくれないか？」

グランツの言葉に呼吸が荒くなる。眩暈《めまい》がするほど興奮していた。

名残惜しかったが、胸を揉んでいた手を肩に移動させて体重を少しグランツに掛ける。顔をゆっくりと近づけた。距離が縮まるたびに、熱い吐息をお互いに感じて唇が震える。

ちょん、と口の表面が軽く触れた。そのまま薄く大きな唇を遠慮がちに少し食む。それを合図にグランツが口を開け、おれが深く押しつけた。

顔を傾け、はふはふとお互いの唇を食べた。口に入る唾液が甘い。

不意に熱い舌が差し込まれた。体積のあるそれは、すぐにおれの口内をいっぱいにする。おれの舌をザラザラの表面で押し潰すように擦り、搦め捕っていく。

たどたどしいながらも、その動きにおれも精一杯応えた。

気がつけば、お互いに貪り合うようなキスに没頭していた。両腕をグランツの首の後ろに絡めて頭を抱き込み、夢中になって舌を絡める。

「はぁ……っ、あっ、ちゅぷ……っ、ふぅ、んはっ、じゅる……んっ」

唾液を掻き回す水音が徐々に大きくなり、脳を痺れさせる。まるで発情しているときみたいな感覚だった。

そのうち、お尻に熱くて大きいものが当たっているのに気がついた。押しつけられた突起で何度もお尻の割れ目を突き上げられる。これは、グランツの昂りだった。

はっきりと欲情されている証にやはり嫌悪感はない。むしろ腹の底から湧き立つような快感が、ジクジクと身体に広がって、布越しにねだられる熱に穴が開閉する。

嬉しい。そう思った。おれが求められていることへの多幸感。

これは心が感じているのか、身体が感じているのか、はっきりとはわからない。

でも、この人をもっと気持ちよくしたい。おれの中をいっぱいにしてほしい。そんな気持ちが自然と浮かぶ。

気づけば、自らグランツの熱に割れ目を擦りつけていた。

布があるから入らないだけで、ほとんどセックスと変わらない状況におれとグランツは揃って夢中になっていく。

「あっ、あ……ん、はあ……あっ」

「はー、はあ……ッマシロ殿……ッ……くッ」

下着の中は先走りですでにぐちょぐちょのようで、擦るたびに水音が聞こえた。

抱きついてぴったりと重なった胸が、上下の揺れに合わせて擦れるのが気持ちいい。しかし、そのすべての刺激が、絶頂を迎えるには少し足りなかった。

グランツが乱暴に口づけを外す。離れた口は閉じることなく酸素を必死に取り込んだ。荒い息遣いが部屋に響く。

グランツの口の端から漏れた唾液の筋をぼーっと見つめる。

「すまないっ、下を、寛《くつろ》げてもらっても、いいだろうか……っ」

余裕のない掠《かす》れた低い声におれも煽られて、お願いを聞いてあげるべく、グランツの上から降りた。ついでに自分のズボンと下着を脱ぐ。案の定、下着に糸を引くほど盛大に濡れていた。毛のない性器がフルフルと天を仰いで揺れているのがなんとも切ない。

脱いだ衣服を床に放り、今度はグランツの足元に座った。

張り詰めた昂りは高くテントを張り、立派に大きさを主張している。押さえつけられたそれは見るからに窮屈そうだ。

グランツの興奮した息遣いに合わせて、緩く上下する様子はとてもエロい。

ベルトに手を掛け、カチャカチャと金属音を立てながら外す。ズボンのフロントジッパーを下げると、むわっとグランツの匂いが濃くなった。

勃起したそれは大きすぎて下着に収まらないようで、丸い先端がゴムを押し上げて飛び出ていた。

あまりのデカさに息を呑む。

想像以上の大きさに驚いて、少し冷静さを取り戻した頭で想像してみた。これをおれの中に入れる……？　いや、無理だろ、お尻壊れるって。

おれは自分のお尻を守るため、とっさに思いついたことを言ってみた。

「たった今、思い出したんですけど、グランツ様が射精すれば拘束が取れるって言ってた気がします！」

「本当か？」

「はい、なので頑張って出しましょうね！」

お尻に性器を突っ込むだけがセックスじゃないし、最悪拘束が外れなくても、一回抜けば少しは小さくなるだろう。そっちのほうがまだ入る望みがある。

腰を浮かせてもらって先にズボンを膣の辺りまで下ろし、下着も同様にする。

下着をずらすと張り詰めた性器が勢いよく飛び出し、頬を叩かれた。硬いから結構痛い。

「いたっ」

「すまないっ、押さえつけられていたものだから、決してわざとでは……っ」

顔に当たった昂りは、布から解放されて生き生きしているように見える。そして、やっぱりデカい。おれの顔くらいあるんじゃないか？

大きさもすごいが太さはもっとすごい。バキバキに浮かんだ血管が、さらに迫力を出していた。身体を鍛えたらペニスも大きくなるのだろうか。あまりに見事な姿に、これが他人の性器だということを忘れてまじまじと見てしまう。果たしてこれは、人間についていてもいいものなんだろうか……。馬とかといい勝負しそうだ。

「マシロ殿……、ふっ、その、息がくすぐったいのだが……ッ」

悶えるグランツの声に我に返る。しまった、つい筋肉を見るように感心してしまった。マシロ落ち着け、これはペニスだ。

「……すみません」

気を取り直して頭を左右に振り、そびえ立つ神々しいまでに巨大なペニスに向き合う。おれはこれを、今から射精させなければいけないのだ。

「……触りますね」

恐る恐る片手で竿を握るとビクンと揺れた。……指が、回らないだと……っ！

直径何センチあるんだこの棒は。ますますお尻に入れるなんて、死ぬ覚悟がない限り無理だと悟る。額から汗が垂れた。なんでもデカければいいわけじゃないと考えを改めた。

先ほどまであった甘い雰囲気はどこかへ行ってしまい、今は未知との遭遇による好奇心のほうが強い。

……とりあえず扱いてみるか。

もう片方の手も加えて両手で握る。熱い。それに手のひら全体に、今にも爆発しそうな力強い脈動を感じる。頭上から官能的な吐息が聞こえた。

ゆっくり上下に動かしてみると、すでに鈴口から垂れた透明な液体のおかげで竿が濡れて、滑りがとてもいい。動きに合わせて、がっしりした厚みのある腰が気持ちよさそうに何度も小さく跳ねる。その光景にあてられ、控えめだったおれの動きが徐々に大胆なものへ変わっていった。

竿を根元から先端へかけて大きく扱くと、次第にグランツからあふれ出る先走りの量も増え、ぐちょぐちょと粘り気のある激しい水音を立てはじめる。

すでに大きかったそれが、擦るたびに目の前で膨張していく様子に、再びおれの身体が甘く疼く。生臭いはずの匂いも濃くなっているのに、なぜかそれすら酷くおれを興奮させた。

チラリと顔を上げると、耳まで真っ赤になったグランツが奥歯を食いしばり、押し殺すような息を吐いているのが見えた。なんと扇情的な光景だろうか。ゾクゾクと感じたことのないざわめきが背筋を駆け上っていく。

このままグランツが我慢できないほど強く動かしたらどうなるんだろう。パンパンに膨らんだ玉を転がしたら気持ちがいいかな。それとも、可哀想なほどに張り詰めた亀頭を咥えてみるのはどうだろう。舌で舐めたら、あっけなくイってしまうかもしれない。

「う……ッ、はぁ……ッ」

かすかに聞こえた低く男らしい喘ぎ声に、新たな扉をこじ開けられそうなほどの衝撃を受けた。

こんなにも強い人が、騎士団長にまでなる人が、おれみたいな普通の男にペニスを扱かれて、その上気持ちよさそうに喘いで腰を揺らしている。跳ねのけようと思えば簡単に吹っ飛ばせるほど圧倒的な体格差なのに、この人はおれからの快楽を受け入れているんだ。

ごくんと溜まった唾液を飲み込む。酷い優越感だった。

おれのモノが扱かれているわけじゃないのに、内腿《うちもも》がむずがゆく疼いた。

この人がもっと気持ちよくなる姿を見たい。まだ抑えている声も我慢できないくらい激しく喘がせて、盛大に腰を振らせて、そして。

——この人がイク瞬間が見たい。

迷うことなくペニスに顔を寄せ、膨れた亀頭に自然と舌を這わせていた。ビクッと大げさなほど跳ねた腰に嬉しくなって、動揺したグランツの声を無視して竿を味わう。抵抗感なんて全然なかった。むしろ舐めるたびにピクピクと反応する振動に愛おしさすら感じる。

「うぐっ、はあっ、あ……っマ、マシロ……殿……ッ」

唾液が甘く感じることは知っていたけど、まさか精液も美味しいとは思わなかった。

ねっとりとした甘さに舌が痺れる。魔力の味。もっと味わいたくなる、癖になる甘い味。

思いきって亀頭を咥え込んだ。さすがにデカすぎて口に入れるだけで精一杯になり、とてもじゃないが竿まで呑み込むことはできなかった。仕方なく膨らんだ先端を飴を舐めるように転がす。するともっと膨らんだ。まだデカくなるのか。口の中で膨張した熱にうっとりと目を細めた。

「マシ、ロ、殿……はぁっ、無理しなくていい……ッ」

絞り出すように吐かれた言葉は本心ではないだろう。だって、そう言いながらもグランツの腰はもっと奥まで入れたそうに揺れていた。もしもグランツの手が自由だったら、きっとおれの頭を押さえつけて、口の中を思いきり擦りたいに決まっている。しかし今は、縛られていて我慢するしかない。

ああ、可哀想で可愛い。ちゅぱちゅぱと音を立てながら口の中で亀頭を弄る。呑み込めない竿の部分は両手で擦った。こうして、おれから与えられる快楽だけを感じて震えるしかできないんだから。

他人が感じているさまが、こんなにも興奮を掻き立てるなんて知らなかった。

粘り気のある熱い液があふれる小さな穴に舌先をねじ込むと、今までにない大きな声が上がった。跳ね上がった腰で喉をぐっと突かれてむせる。苦しさに反射で口を離してしまった。

「だから……っ、無理はするなと言っただろう……ッ！」

咳き込むおれに半分怒ったような声が上から降ってくる。でも全然怖くない。心配しているだけだとわかっているからだ。

息も整わないうちに、おれはまた肉棒に舌を這わせた。

「だから……ッ」

「グランツ様……気持ひぃ……？」

舐めながら聞くと、グランツからグッと詰まるような声がした。おれは続けて聞く。

「おれの舌、ぁ……口の中、うぶ……んぅ、ん、きもひぃれす、かぁ……？」

「……気持ちいい」

やっと出た本音にゾクゾクする。高揚した気持ちのまま、おれも本音を漏らした。

「嬉しい……」

グランツが息を呑む気配と同時に、再び昂りを口内へ収めた。

夢中でペニスにしゃぶりつく。口の中で跳ねる肉棒が上顎を擦って気持ちいい。

じゅぶじゅぶと激しく音を立てるたび、頭の中に直接水音が響いてクラクラする。

やがてグランツの遠慮も徐々になくなり、緩くだが、腰を前後に振られる。自分の意思とは違う動きで、不意に喉奥に侵入される感覚が、苦しいのに気持ちよかった。

おれも咥えるのに慣れてきたようで、三分の一ほどを呑み込めるようになっていた。

しかしグランツの肉棒が大きいことには変わりなく、限界まで入った男根は隙間なく口内を占領し、舌を動かせる余裕なんかない。おれはただ、歯を立てないように気をつけて大きく喉を開いた。

徐々にグランツの腰の動きが強くなり、おれは口から外れないように腰にしがみついて口内を突かれる。唾液と先走りがあふれ、口の端に泡が溜まり、犯されていると錯覚しそうになった。いや、これはもう口でセックスしているようなものだろう。

主導権は完全にグランツに変わっていた。

「んう……っん、ん……ッ」

「はあっ、マシロ殿、はっ、見たい……っ、マシロ殿……ッ」

だんだんと速くなる律動に苦しさで涙が出た。グランツの限界が近いのか、竿はさらに膨らみ、玉もぶるぶると震えている。グランツが腰をピストンするたびに脳みそが揺れ、酸欠で思考がぼやける。しかし口内を犯す熱さだけははっきりと感じた。

「くっ、出る……ッ」

肉棒を深く喉奥に押し込められて、膨張した先端が喉を押し広げて弾けた。大量の精液が容赦なく食道に直接流し込まれ、そのまま胃に収まっていく。精液が通った場所が焼けつくように熱い。絡みつく甘さが体内に浸透し快感に変わる。衝撃が強すぎて喉と全身の痙攣《けいれん》が止まらなかった。目の奥もチカチカし、股間が熱い。おれの内腿《うちもも》が濡れている。どうやら射精したようだった。

すべての熱をおれの喉に出し切って満足したのか、少し柔らかくなったモノをずるりと抜き取られる。

口内にへばりついて残った精液を、味わうようにもぐもぐと口を動かし、ごくんと呑み込む。口を開けた瞬間、塞がれていた気道に大量の酸素が流れ込み、盛大に咳き込んだ。

ベッドに伏せて咳き込んでいると、大きく豆だらけな手に両頬をすくわれ上を向かされる。

「……飲んだのか？」

普段のグランツからは想像もできないほど、欲を孕んで濃くなった茶色の瞳と目が合った。目元を上気させ、息も荒く、汗が顎を伝って落ちる。

余裕のない表情を見て、首筋がゾクゾクと粟立った。

おれは小さく頷き、口の中が見えるように大きく開けてみせる。

口の端や舌の上にはまだ残滓《ざんし》が残っているが、ほとんどが腹の中に収まっていた。

ほぼ空っぽの口の中を見せると、グランツは動揺をみせる。

「……っ、その、まずかっただろう。すまない……」

謝っているくせに嬉しそうだ。だって視線は、ずっとおれの口から離れない。

「あなたの中に出したから、この通り拘束も解けた」

グランツをぼんやりと見上げながら、口の端についた残滓《ざんし》をゆっくりと舌で舐め取り、口の中に残ったものと混ぜ合わせてから、飲み込んだ。その挙動を瞬きもせずに見られている。

腹が、喉が、全身が熱い。もっと、欲しくて堪らない。

「……もう、ここから出られ……」

「グランツ様」

ビクッと巨体が揺れた。目を合わせたまま、頬に触れる手に顔を擦りつけて甘える。

そんな情熱的な目でおれを見ておいて、この男は本当にここでやめられるのだろうか。

ゴクンと鳴った喉の音が大きく響いた。ゆっくりと顔が下りてくる。あと少しで触れてしまうほどの距離で、グランツが最後のあがきを見せる。

「……止めてやれないぞ？」

おれはその言葉ごと口の中に招き入れた。

すぐに差し込まれた分厚い舌が口内のあらゆる箇所を舐《ねぶ》り、舌を搦め捕っていく。

深い口づけに気を取られている間に、ベッドへ押し倒された。

目をうっすらと開けた視線の先には、情熱を孕む茶色い瞳がまっすぐにおれを捉えている。

とても、いい気分だった。

「ふぅ……、んっはぁ、うむぅ……くちゅ……っ、んっ」

二人分の息遣いと水音が部屋中に響く。

喰い尽くされるほど情熱的なキスにだんだんと身体の力が抜けていき、途中からはされるがままに身をゆだねる。グランツの舌遣いは大胆なのに優しい、不思議なキスだった。

茶色の瞳。おれの本来の色。でも、この人のはとても鋭くて深い色味をしている。

同じ土属性の色でも、人によってこんなにも違うんだな。そんなことをぼんやりと思った。

おれの瞳は、これからいろんな色に変わるだろう。グランツの精液を飲んで確信した。おれは男とのセックスに、嫌悪どころか喜びと興奮を感じている。これは魔力のない体質に引っ張られているだけの感情かもしれない。でも、だからきっと、この先たとえフェロモンが出なくなっても、……魔力を貰って、生きていける。

――たとえそれが、彼ら以外の男からでも。

くちゅ……、糸を引きながら唇が離れていく。

欲情を宿した瞳が再びおれを貫いた。きっとこのまま、この人はおれを抱く。みんながおれの身体を求めたように、魔力の多い男を魅了する姿に擬態したおれを、欲しいと勘違いして。おれは身体を差し出して、代わりに魔力を貰う。

まるで、生気を奪う魔物のように。

「マシロ殿……ッ」

大きな腕で抱きしめられた。力強いが苦しくはない、まるで壊れやすい宝物を扱うような優しい抱擁。より密着したところから、お互いの熱さを感じる。

——淫魔、たしかそんな名前の魔物だったか。

相手の好みの姿になって、精を搾り取る。もともとモテたかったんだから、おれにはお似合いなのかもしれない。まあ相手は女の子じゃないけど。

とにかくモテたかった。魔力がおれより多いだけで、女の子にもてはやされる男が羨ましかった。付き合って、手を繋いでキスをして。でもそれはおれにとってきっと、女の子であれば誰でもよかったんだ。

今思えば最低だ。相手のことなんて全然考えてなかった。魔力や見てくれにばかりこだわって、おれは誰のことも好きじゃなかったのに、付き合ってほしいなんて告白して。そんなの、振られて当然じゃないか。

だから、このフェロモンに影響されておれを求めてくる彼らを、おれがどうこう言う資格なんてない。

よかったじゃないか。望んだ結果とは違うけど、男にモテモテになって。しかもみんな美形。地位もお金もあって、えっちもうまい。……おれの憧れた勝ち組だ。

あとはおれが、勘違いさえしなければいい。この温もりも、優しさも、すべて思い込みでできたもの。いつかこの人も夢から覚めて、現実に戻るまでの、期間限定の温もり。

背中に回した腕できつく抱き寄せる。荒くなった呼吸に合わせて身体が動き、お互いの体温に浸った。時折後ろ髪やうなじを撫でられるのも心地がいい。

今はただ、快楽に溺れるだけ。そうすることが、お互いのためなんだから。

抱擁を少し緩めて顔を見合わせ、ゆっくりと距離を縮めていく。

あとちょっとで、唇が重なりそうなときだった。

「……好きだ」

その言葉を聞いた瞬間、おれの中で、心に亀裂が入る音がした。力の限りグランツを突き飛ばす。

まさか引き剥がされると思っていなかったのだろう。ベッドに倒れ込んで、グランツは驚いた表情でおれを見ている。

そんな男前に向かって、おれは思い切り叫んでいた。

「馬鹿じゃねぇのっ！　騙されてるだけなのに、いい加減なこと言うな……っ！」

「どうしたんだいきなり……ッ、落ち着けっ」

「やめろっ、触るなーーッ！」

押さえ込まれそうになった腕を避けるように横向きに身体を丸める。

そして、胸の辺りをシャツごと握りしめた瞬間――青い光があふれ出し、おれたちを呑み込んだ。

視界が白く染まり、収まる。横たわる身体が触れている感触がベッドじゃない。目をゆっくり開けると、見覚えのある絨毯《じゅうたん》が映った。

「……ずいぶんお楽しみのようですね、二人とも」

聞こえてきた声は、ここにいるはずのないカールのものだった。

「カール殿⁉　なぜここに……っ」

素早く起き上がったグランツが自身の腕に引っかかっていたシャツを脱ぎ、おれの下半身にかけた。そのせいでグランツは全裸になる。

下半身がむき出しのおれと全裸のグランツ。お互いの身体には色んな汁がつき、何をしていたか誰の目にも明白だった。

「なぜって、ここは私の部屋ですが何か？」

怒気を含んだ声。ああ、この絨毯《じゅうたん》、カールの部屋で見たんだ。でもなんでいきなりカールの部屋にいるんだろう。さっきまでグランツの部屋にいたのに……

ジャラッと胸の辺りで金属音がした。シャツの下に何かある。これは、騎士棟に行く前にカールから貰った青い石のペンダント。グランツから逃げようと蹲《うずくま》ったときに握ったのはこれだったんだ。それで魔力が流れて、カールの部屋に転送されたのか。

「マシロ……ッ！」

叫ぶように呼ばれ声に反応するよりも先に、誰かに抱きしめられた。この匂い、覚えてる。レイヴァンの匂いだ。でもなんでレイヴァンまでカールの部屋にいるんだろう？

おれが状況を整理できないでいる中、レイヴァンが全裸で正座しているグランツに怒鳴った。

「グランツ、貴様……ッ、何が安全だ！　しっかり襲っているじゃないか……ッ！」

「申し訳ございません、レイヴァン殿下」

全裸のグランツが床に正座したまま頭を下げる。しかしレイヴァンの怒りは収まらない。

レイヴァンに抱きしめられたまま、頭上でグランツを罵倒する声を呆然と聞いていた。

「マシロちゃん大丈夫……？」

今度は全身を大きな白い布で包まれた。アレクが気づかわしげにおれをのぞき込み、シーツのような大きな布でおれの身体を隠してくれたようだ。何も言わず、ただアレクを見上げるおれの頭を優しく撫でてくれる。

なんでみんなカールの部屋に揃ってるんだろう。急な展開に思考がついていかない。相変わらず呆然と座り込むおれを、レイヴァンが強く引き寄せて叫んだ。かなり頭に血が上っているようだ。

しかし次のレイヴァンの言葉が、またおれの神経に触れる。

「マシロは僕のだぞ！」

聞こえた瞬間、カッと頭が沸騰した。

「おれはあんたのモノじゃないっ!!」

おれの怒鳴り声で静まり返る部屋。みんなの驚きが伝わってくる。

四人分の視線を浴びながら、力の限りレイヴァンの胸を押して引き剥がした。

離れたレイヴァンの両手が、所在なさそうに浮いている。

ダメだ、言うな、こんなことを言って何になる。いいじゃないか勝手に言わせておけ。おれはそんな立場にないだろ。ダメだ、言うな、やめておけ。

——それで丸く収まるんだから。

じりじりと、胸の奥が焦げていく。焼けた感情が、黒くなって表に出てくるようだった。ずっと気づかないふりをしていた、おれの痛み。不安、戸惑いや寂しさ。そして——虚しさ。

「……あんたが見てるおれは、おれじゃない」

仕方がないだろ、この人はフェロモンでそう思い込まされているんだから。

わかってる、適当に合わせておけ。そうすれば魔力を貰える。気持ちよくしてくれる。優しくしてくれて、美味しいものも食べられる。いい服も着れる。おれを、求めてくれる。それでいい。

たとえそれが、……フェロモンを通したおれでも。

アイリーン、おれは自己評価が低いんじゃない。

本当に、その程度の人間なだけなんだよ。

女の子に振り向いてもらえないのを魔力のせいにして、少し何かをしただけで努力した気になる。すぐ見切りをつけては、仕方がなかった理由を探して自分を納得させにかかる。

ズルくて逃げ癖のある、誰かに好かれたいだけの普通の男なんだ。

おれはレイヴァンの胸倉を掴んで引き寄せる。見開かれた紫色の瞳に映ったおれは、いったいどう見えているの？

「しっかり見ろよっ。本当のおれを見ろ……ッ！」

そして早く、こんな茶番から覚めちまえ。おれも、あんたも。

こんな気持ちになるなら、いっそ、あの路地で死んでおけばよかった。そうしたら、おれは自分のズルさにも、欲深さにも気づかずにすんだのに。

深い紫をのぞき込む。おれの全てをひっくり返した、この世に唯一の輝き。

「おれの髪は、ふわふわじゃなくて自然乾燥で跳ねまくってるだけだし、意志の強い瞳ってただのつり目じゃないか。身体はたんに筋肉がつきづらくて痩せてるだけだし。怒らないのは見捨てられるのが怖いからだ。問題から逃げて、難しいことは人任せ、反抗する能力がないから諦めていい子の振りをしているだけなんだよ。わかれよ！　あんたたちの言う『優しさ』は全部おれのため、ただの保身だ」

早く気づけ、現実を見ろ。どう考えたって、優しいのはあんたたちだ。

――フェロモンなんかに負けないで。嫌いになってもいいから、ちゃんとおれを見て。

「だから……だから……ッ」

綺麗な深い紫色の目が、そっと瞬いた。

みんながおれを求めるたびに、おれは、寂しいよ。

胸倉を掴んだままのおれの手に、レイヴァンの両手が重なった。包み込むように握られた手が、泣きたくなるほどに温かかった。

「マシロは可愛い」

レイヴァンの言葉に奥歯を食いしばる。

途方もない孤独がおれを蝕《むしば》んでいく。

「……ッ、だからっ！」

堪らずレイヴァンの手を振り払おうとしたが、逆に強く握られた
「何度見ても、いつ見ても、もちろん今だって、マシロは可愛い。とても魅力的で、優しい。僕の天使だ」

この世で一番魔力を持っている、一番魅力的な男が、魔力のないおれに蕩けるような笑みを向ける。どこまでもまっすぐで深い、この世界にたった一人だけの色を宿した、特別な瞳。

「……嘘だ」

お願いだから、これ以上勘違いさせないでくれ。

顔がくしゃくしゃに歪む。ほら、もっと可愛くなくなった。

「マシロは世界で一番可愛い」

「嘘だ……ッ」

涙で視界が歪む。フェロモンなんて、本当にいらなかった。邪魔なだけだ。

だって、どれだけ称賛されたって、どれだけ好意を持たれたって、全部嘘だ。まやかしだ。

どうせ嘘なら。求められる喜びを、これ以上おれに教えないで。

涙と鼻水でぐしゃぐしゃになった情けない顔を、レイヴァンの手が包み込む。

綺麗な手が汚れるのも気にせず、レイヴァンはおれだけをその瞳に映していた。

「嘘じゃない。あの路地で、はじめて目が合ったときから、僕にはマシロしか見えていないよ」

「路地で、はじめて……？」

それってもしかして、まだ魔力がなくなる前じゃあ……。でも、そんなことありえない。

「誰も気づかなかったのに、マシロだけが僕に気がついて、声を掛けてくれた。茶色い目を必死に見開いて、蹲《うずくま》る僕を見つけてくれたんだ」

「……そんなの、たまたま、声が聞こえたから」

「偶然でも、僕を見つけたのはマシロだ。それにマシロは覚えていないかもしれないけど、あのとき自分が死ぬかもしれない状況で、動けるようになった僕を見て笑ったんだ。『よかったね』って。あのときのマシロは、まさに天使そのものだった」

「え……」

あ、あのとき。声に出てたんだ。でも、じゃあレイヴァンが言ってることって、つまり。

頭の重さがすーっと引いていく。目の前にいるレイヴァンの顔が、はっきりと見えた。

あの日、路地で出会った美しい紫色の瞳を持つ青年が、嬉しそうに微笑んでいる。

「やっと僕を見たね、マシロ」

「……本当に？　はじめて路地であったときから、ずっと？」

泣きはらして真っ赤になっているだろう目と鼻に、レイヴァンが優しく口づけた。

「僕は好きな子にしかキスしないんだ」

目の奥がぎゅう……っと熱くなる。胸がすごく苦しい。そんな言い方ズルい。

「うぅ……ッ」

「ふふっ、その顔も可愛い。僕のマシロ。お願いだ、キスしたい」

ゆっくりとレイヴァンに引き寄せられる。もう抵抗はしなかった。

唇に触れる温もりを想像して、ゆっくりと瞼《まぶた》を下ろす。

「ちょっと待った！」

あと少しで重なるというところで、間に手を挟まれた。驚いて手の持ち主を見る。

レイヴァンも同様に驚いたあと、手の主に向かって怒った。

「アレク！　邪魔をするなっ」

「レイこそ、堂々と抜け駆けするなんてズルいじゃないか！」

アレクの手だったのか。というか、みんないるのをすっかり忘れていた。

ということは、さっきのやり取りも、その前の癇癪《かんしゃく》も全部見られてたってことだよね？

どうしよう、冷静になったらすごく恥ずかしくなってきた。なんだ本当のおれを見ろって。本当もくそもないだろ、全部おれだろ。何言ってるんだ。

いったいどこで拗《こじ》らせたんだろうか……。いや、でも、はじめから結構めちゃくちゃだったからな。無自覚でストレス溜まってたのかな。あはは……

動揺して震えるおれの肩を誰かに引き寄せられた。カールだ。

「そうですよ殿下。ちょっと先に出会ったからって、優位に立たれては困ります」

おずおずと太い指先がおれの髪に触れ、そのまま探りながら頭を撫でられる。この豆だらけの手はグランツだ。

そうだ、グランツには酷く当たってしまって、しかもまだ全裸だし、本当に申し訳ないことをした。謝っても謝りきれない。それなのに今だって、おれが嫌がってないか確認しながら撫でてくれてる。

まともに顔を見ることができず、そろっと上目遣いでグランツの様子を窺《うかが》う。

「あの、グランツ様……」

「私もはじめてあなたを見たときから、運命の人だと確信していました」

すごい慈しむような優しい笑顔を向けられる。カッコいい。全裸だけど。

その姿があまりにいたたまれなくて、おれはアレクに貰った白いシーツをグランツに渡した。

グランツは少し恥ずかしそうにシーツを腰に巻く。

それにしても、みんな急にどうしたんだろう。

「お前ら……っ、僕のマシロから離れろ！」

「ダーメ、レイはこっち！」

後ろからアレクに羽交い締めにされて暴れるレイヴァン。当然、普段騎士棟で鍛えているアレクに敵うはずもなく、ただもがいている。

カールに抱かれた肩にグッと力が込められて振り返る。近い距離で見つめられる表情はいつものからかい交じりのモノではない。

「君は思い違いをしているみたいだけど、フェロモンはあくまで、マシロ君に興味を持つきっかけにすぎないんだよ」

「……どういうこと？」

不安で聞き返すと、カールはいつもの調子に戻って笑った。

「鈍いねぇ。私も君が好き、ってことさ」

「んぅ……っ!?」

そのまま顔が近づいてきたと思ったらキスされた。唇が合わさっただけの軽いキスなのに、逆にドキドキする。離れていくときなんて唇を舐められた。さすが慣れている。

少し湿った唇を手で押さえて驚いていると、カールと反対側に引っ張られた。引き寄せられた先にあったのは弾力のあるたくましい温もり。

「マシロ殿」

「グランツ様……あの、おれ……っ」

この人には本当に酷いことをした。身勝手な感情で強い言葉を浴びせて、せっかく求めてくれたのに拒絶して。挙句、こんなところに全裸で連れてきてみんなに責められて……

本当に、心から申し訳ない気持ちでいっぱいだ。

罪悪感で顔が見られない代わりに、回された腕に手を添えてそっと握った。

「酷いことといっぱいして、ごめんなさい……」

おれの謝罪を聞いて、グランツは穏やかな表情で顔を横に振る。

「あなたのそばにいられるなら、そんなことは些細《ささい》なことだ。気にしなくていい」

「……ッ、あの……っ」

「マシロちゃん」

いつの間にかそばに来ていたアレクが正面から抱きついてきて、グランツから離される。カールと位置を交代したようだ。

目の前まで迫ったアレクの顔に面食らう。鼻先にちゅっと軽いキスをされた。

「俺も、マシロちゃんの王子様にしてほしい」

「……えっちが気持ちよかったから？」

「違うよ！　あ、いやっ、マシロちゃんとのえっちは最高に気持ちいいけど、それだけじゃなくてっ」

ぐいっと両手で顔を上げられた。少し困ったような橙《だいだい》色の瞳がおれを見つめる。今のおれと、同じ色の瞳。

「俺はフェロモンが出てるマシロちゃんしか知らないから、本当のマシロちゃんがどういう子なのかも知らないけど、でもっ、今のマシロちゃんが堪らなく好きなんだ！　大好き！」

「ちょ……ッ待って……っ！」

ド直球で投げられた告白に顔が熱くなる。それでもアレクは言い続けた。

「筋肉に憧れちゃうところも、お菓子が好きなところも、絡み酒になっちゃうところも、俺のこと許してくれたところも、他にもたくさん、マシロちゃんの全部が大好き。俺の全部をあげるから、マシロちゃんの全部を俺にちょうだい！」

「待て……ッ、全部はダメだ。僕のマシロだぞ」

カールの拘束を抜けてきたレイヴァンがアレクの肩を引いた。よほど頑張って抜け出したのか、そうとう疲れている。

「欲張りは嫌われますよ、アレクセイ殿下。ああ、まだ水攻めが足りませんか？」

カールの言葉に顔色を青くしたが、アレクは懲りずにまたおれにしがみついた。

「ちゃんと次は大事にするって……っ！」

「当たり前です。まったく、次があるといいですね」

水魔法を出そうとしていた手をひらひら振り、カールが良い笑顔をアレクに向けた。

アレクもおれにしがみついたまま乾いた笑みを浮かべている。

「ふっ、ふふふ……っ、あはは……っ！」

急に笑い出したおれを、みんなきょとんとした顔で一斉に見た。それにも笑いが込み上げてきて、いっそう声を出して笑う。

おれは、いったい何に怯えてたんだろう。一人でから回って、格好悪いったらない。

魔力がなくても、変なフェロモンが出てても、男に抱かれても、おれは、おれなのに。

そんな当たり前のこと、みんなに言われるまで気がつかなかった。

まるで違う人間になってしまったかのように勘違いして、おれ自身が一番おれのこと見てなかったんだ。あーあ、本当に父さんの言う通り。

おれは素直で物分かりがいいけど、視野が狭い。

とても晴れやかな気分だった。まるで、夢から覚めたよう。

おれはちゃんと、四人の顔を見て笑った。

「おれも、みんなのこと好きだなって思ってたよ」

「マシロ……っ！」

「マシロちゃん……っ！」

「ぐえ……ッ」

双子王子が同時に飛びついてきて、左右からぎゅうぎゅうと抱きしめられる。苦しいけど、どける気にはならなかった。ギャーギャー騒ぐおれたちを、カールもグランツも穏やかな表情で見ている。

ついさっきまで、魔力がなくなって不安しかなかったけど、今はなくなってよかったとすら思える。それくらい、今のおれは心が満たされていた。

「ん？　……あんっ！」

急にお腹の奥がムズムズし出したと思ったら、胸にちくりと刺激が走って甘い声が出た。

慌てて手で口を塞ぐが、もう出てしまった声は取り消せない。せっかくいい雰囲気だったのに、おれの喘ぎで一気に妖しい空気に変わった。誰だいま乳首摘んだヤツ……っ。

涙の滲んだ目でレイヴァンとアレクを睨む。アレクが目を逸らした。お前か……っ！

「おやおや、どこからか可愛らしい声が聞こえたけれど、気のせいかな？」

カールがまっすぐおれを見てニヤニヤと腕を組んでいる。

「マシロ殿……？」

グランツは心配そうにおれの頬を撫でた。

「んぅ……っ」

いつもなら大したことない刺激なのに、びくんっと大げさに肩が跳ねた。グランツが真っ赤になってわたわたと慌てている。その振動にも反応して声が出た。なんだ急に、これくらいで感じるなんて敏感すぎないか……っ？

吐く息がどんどん熱くなっていく。なんだか頭もぼーっとしてきた。

「マシロ、僕を見て」

言われた通りレイヴァンに顔を向ける。じっと瞳をのぞき込まれ、レイヴァンが眉間に皺を寄せた。

「……薄いな」

薄いって、まさかおれ、発情してる……？

言われてみれば、魔力がなくなりかけたときの感覚と似ている。身体が熱くなって、腹がムズムズして、エロいことしか考えられなくなる。

自覚したらどんどん息が上がってきた。堪らず、喘ぐように何度も胸を浮かせる。

カールがおれの状態をチェックしながら眉根を寄せた。

「今日が三日目……それに、ここに転送されてくる前に射精していたとしたら、魔力不足になっても不思議じゃないね」

「射精……、でもおれ……グランツ様の飲んだよ？」

三人が一斉にグランツを見た。グランツは赤面して固まる。

カールが額に手を当てながら、嫌そうに教えてくれた。

「核に直接注がないと、魔力は溜められないと言ったでしょう」

ああ、たしかにはじめて発情したときに言われたかも……

ごにょついているグランツを無視して、アレクがおれをガン見する。

「マシロちゃん、もしかして発情してるの？」

「はつ、じょう……ッ!?」

さらにダメージを受けるグランツを無視して、三人がおれをのぞき込んだ。おれはそれをぼーっと見つめ返す。

「マシロ君はどうしたい？　誰か選んでもらっていいよ」

誰かを選ぶ？　おれが……？

レイヴァン、アレク、カール、グランツ。この中から一人だけ……

そんなの選べない。だっておれは、みんなと仲良くしたい。

熱い身体をなんとか動かして全員を見渡す。アレクとカールの手を握り、グランツに寄りかかる。

そしてレイヴァンを見つめた。

「みんなは、だめ？」

おれの言葉に、その場にいる全員が喉を鳴らした。その瞳に熱を孕んでいる。

「仕方がない。今回だけだ」

「マシロちゃんって欲張りだね」

右手をレイヴァンに、左手はアレクにそれぞれ握られ、手首にキスされる。

そのまま誘導され、グランツを背もたれにするように絨毯《じゅうたん》に座らされた。右横にレイヴァン、左横にアレクがそれぞれ座る。カールはおれの穴を解《ほぐ》すために正面に座った。

「マシロ殿、もっと寄りかかっても大丈夫だ」

「足を広げるよ。うわ……すごく濡れてる。ベタベタだ。ここに来るまで何をしていたのかな。ねぇ、グランツ殿？」

「う……それは、いろいろと……」

「いろいろ……ね」

足もとにいるカールが、おれの股についたままの情事の跡を指摘する。聞かれたグランツは歯切れの悪い返事をするにとどまった。カールも特に怒っているわけではなさそうで、それ以上は追及せずにおれの穴へと指を這わせた。

「あ、はあ……っ」

すでに敏感になっているそこをヒダにそって撫でられると、気持ちよくて太腿《ふともも》に力が入る。

「おや？　思ったより解《ほぐ》れてない」

カールがグランツを見てニヤリと笑い、わざと穴を避けるようにまわりを執念に触りだした。その刺激は今のおれにはもどかしく、もぞもぞと身体が動いてしまう。

「マシロ、こっちにも集中しろ」

「そうだよ、マシロちゃん。俺のこと忘れないでね」

そう言われてすぐに右耳をレイヴァンに、左耳をアレクに同時に舐められ、じゅぶじゅぶと卑猥な水音が左右から聞こえる。音もそうだが、耳を舐められる感触に全身がぞわぞわし、嬌声を上げながら身体をくねらせた。

「やあぁ……っああん……っ！」

それだけでも十分刺激が強いのに、双子王子の手がそれぞれシャツの中に侵入し、二人で競い合うようにぷくりと尖った突起に触れた。とても小さなパーツだが、触れられるだけで驚くほど刺激的な快感が全身に流れる。

レイヴァンの繊細な指と、アレクのしっかりとした指がそれぞれ違う動きで乳首を弄る。レイヴァンは指の腹で撫でたり摘んだりが多く、アレクは胸自体も揉みしだくように刺激した。まったく違う快感を同時に与えられて声が止まらない。

「んちゅ、はぁ……たまんないなぁ。ねぇ、どっちの手が気持ちいい？」

「ん……はあ、そんなの僕に決まっている。なあマシロ、はぁ……可愛い」

「やんっはあ……ッ、そこで、あうっ、しゃべらな……い、でぇ……ッ」

おれが反応すればするほど、レイヴァンもアレクも楽しそうにおれの乳首を弄った。

「殿下たち、やりすぎないでくださいよ。射精の前に補充しないと死にますからね。わかってますか？」

カールが皺を一つ一つゆっくりと指の腹でなぞり穴の周りを解《ほぐ》したあと、グッと中に向かって穴を押す。すると、発情して疼いているお腹の奥から、どぷっと腸液があふれ、蕾から少し漏れた感触がした。

その様子にカールが嬉しそうに舌なめずりをし、指を二本一気に埋められた。

「あっああ……っだめぇ、ああ……ッん」

粘膜に異物が押し込められる感触に背中がビクビクと跳ねる。うなじに汗が滲み、そこを分厚い湿ったものが這った。それは味わうように何度もうなじを往復する、グランツの舌だった。

お腹に回されていたグランツの手がおれの昂りを握る。グランツの手は大きく、おれの竿がすべて手のひらに収まっていて、緩く上下に扱かれるたび全部の箇所に当たった。それに加えて、剣ダコがゴツゴツと裏筋を引っ掻いて気持ちがいい。腰が無意識に浮き上がり、勝手にガクガクと上下に動いた。

四人から同時に与えられる快楽に翻弄《ほんろう》されて、ただひたすら甘えた声で鳴いていた。

「はあ……っヤバい、乳首舐めたい……っ」

熱い息を漏らしたアレクが耳から離れ、おれのシャツを左右に思いきり引き裂いた。すごい握力だ。布切れにされたシャツを腕から抜かれ、裸の胸があらわになる。

火照《ほて》った身体が外気に触れて鳥肌が立っている。散々弄られていた乳首もツンッと硬く尖り、恥ずかしそうに震えていた。この場にいる全員の視線が、おれの乳首に注がれる。

一番近い位置で震える先端を見つめていたアレクが、熱に浮かされたような表情で唇を舐め、ゆっくりと顔を近づけていく。

「あっ、あっ……」

「マシロちゃんの乳首、可愛い……美味しそう……」

アレクが大きな口を開けて、おれの乳首に吸いついた。寒かった場所から暖かなところに迎え入れられる感覚に、反射で少し身を引く。しかしその動きは、背後にいるグランツに寄りかかるだけだった。突起を肉厚な舌に潰され、敏感な部分を表面のざりざりしたところで容赦なく刺激してくる。

「ふぅ……ッ、あ、ああ……ッ、アレクぅ……も、あっ⁉　やあぁ……っ！」

アレクに抗議したはずなのに、反対側の乳首をレイヴァンに指で思いきりつねられて胸がのけぞった。意図せず、アレクの口に胸を押しつける体勢になる。先端部分から、ピリピリとした快感が背骨を通って、腰まで響いた。

いつの間にか三本に増えていたお尻を広げているカールの指を、甘く腸壁が絡みつきながら締めつける。とぷっと愛液があふれた感覚がし、粘膜をさらに濡らした。

「おや、さらに中が柔らかくなって、よほど乳首が気持ちよかったみたいだね」

カールが弾力を確かめるように中で指を回した。押された壁が、カールの指に合わせて形を変え、もっと太いものを期待してうねる。

舌を突き出して喘ぐおれの顎を、レイヴァンが掴んで彼のほうに向けた。

涙で歪む視界に、機嫌の悪いレイヴァンの顔が映る。

「僕の名前も呼べ、マシロ」

「はあ……っ、れいば、しゃ……んぅっ」

言い終わる前に、言葉ごと呑み込むようにレイヴァンの唇がおれの口を塞いだ。舌が我が物顔で口内を暴れ回り、おれの舌を搦め捕る。

おれも口を開けレイヴァンを歓迎する。より深く重なる口づけは、息苦しささえも快感に変え、舌根が甘く痺れた。

レイヴァンとのキスに夢中になっていると、突然うなじに鋭い痛みが走った。瞬間、ゾクゾクと強い快感が全身を駆け回り、身体全体が大きく痙攣《けいれん》する。そして、お腹の奥がきゅうう……っと締まった。

解放へ上る衝動に耐えきれず、おれは激しく頭を振った。その拍子にレイヴァンの舌が抜け、口も解放される。

「うああ……ッあッ！　でるっ、――ッんああ!?」

今まさに玉から尿道を通って発射されるというタイミングで、うなじを噛んだままのグランツがおれのパンパンに膨らんだつけ根をぎゅっと握った。

出るはずだった欲望を強引にせき止められ、熱くたぎった濁流が出口を見失い、玉に返っていく。

脳天をぶち抜くような衝撃に、目の前がチカチカと弾けて白くなった。開きっぱなしの口からは、悲鳴に近い叫び声が出る。皮膚や筋肉だけでなく、あらゆる内臓も痙攣し、苦しさに涙があふれた。

ガクガクと激しく跳ねる身体は、お腹に回された背後にいるグランツの片腕で一本で押さえ込まれる。左右からは、レイヴァンとアレクが心配そうにしながらも興奮した目でおれを見ていた。

だいぶ身体の動きは収まってきたものの、強制的に止められた衝動がぐつぐつとおれの中を焦がし続けていた。皮膚は粟立ち、細かく震える身体は少しの刺激にも敏感になっている。

なのに、グランツが自身で噛んだおれのうなじを大きな舌で何度も舐めてくる。湿った感触がするたびに、全身が大げさに跳ね上がった。

少しでも熱を逃がそうと大きく息を吐くが、あまり意味はなかった。

顔は涙や汗、唾液でぐちゃぐちゃに濡れて、口はだらしなく開いたまま荒く熱い息を吐いている。

顔だけじゃない、頭の中もぐちゃぐちゃだった。のぼせたようにぼーっとして、考えられることなんて一つだけ。

——早く、出したい。

そう思っていると、カールがおれの中から指を引き抜いて、まるで見せつけるように糸を引くそれを舐めた。

「さすがですグランツ殿。まだ射精するのは危険でしたから助かりました。こちらの具合は、すぐに入れても大丈夫なくらいトロトロですよ」

「カール」

自分のベルトに手を掛けていたカールを、レイヴァンが睨んで制止する。

しばらく見つめ合ったあと、カールが仕方がなさそうに折れた。

「はいはい、わかりました。今夜はレイヴァン殿下に譲りましょう」

「えーっ！　なんで、レイだけズルい……っ」

抗議するアレクをカールが笑顔で黙らせる。

「ズルいも何も、アレクセイ殿下はまだ反省中なのでは？」

「うう……、そうだけど……」

アレクは納得いかない表情でおれとレイヴァンを交互に見た。そして、諦めたように肩を落とす。

「……いや、はい。その通りです」

「よろしい」

アレクがしょぼくれながらおれの乳首を捏ねたので、今は刺激が強すぎる行為に本気で嫌がった。力が入らないまでも、アレクのイタズラな指を掴んで止める。

「もう……ッ、気持ちいい、から、……やめて！」

涙目で睨むと、アレクは嬉しそうに目を輝かせた。

「待ってマシロちゃん、今のすごく可愛い！　ねぇ、もう一回言って」

「やだ！」

「駄々っ子のマシロちゃん可愛い……ッ。うぶっ！」

しつこいアレクの顔面を、顔の真横から伸びてきたグランツの手が鷲掴みにした。

「嫌がっているでしょう」

アレクがグランツの腕を両手で掴んで剥がそうと抵抗するも、騎士団長の腕力の前には歯が立たないようだった。

「ちょっ、もとはといえば団長が、あ、待った、痛い痛い……っ！　団長！　潰れる！」

本気ではないにしろ、あの巨大な手で顔を握られたアレクは必死にグランツの腕を叩いて降参していた。グランツもすぐにアレクを解放する。

「……邪魔をするなら出ていけ」

不機嫌そうに言い放ち、おれの股の間に座ったレイヴァンが、そのまま膝裏を掴んで持ち上げる。出ていくのは嫌なようで、みんな一斉に大人しくなり、各自おれの周りに陣取った。

カールはさっきレイヴァンのいた、おれの右側に座る。

レイヴァンによって左右に開かれた脚は、まださっきの余韻で震えていた。蕾もひくひくと入り口を収縮させている。レイヴァンの熱く張り出した先端があてがわれると、待ちわびたかのように亀頭に吸いついた。

ほぅ……と感嘆の息を吐いて、欲情に揺れる紫色の瞳におれを映す。

その視線が、おれの許しを待っているように感じて、レイヴァンに両手を伸ばして笑ってみせた。

「お腹いっぱいにして、レイヴァン様」

おれのお願いに、レイヴァンは嬉しそうに破顔した。

「……ああ、もちろんだ。僕のマシロ」

レイヴァンの熱が、ぐぐっとおれの中へ入ってくる。

めりめりと肉壁を押し割って奥へと埋め込まれ、びっちり埋め尽くされる感触に甘い息を吐いた。

カールに指で散々解《ほぐ》されていたからか、詰まることなくレイヴァンを受け入れる。だがやはり指とは比べ物にならないくらい太いそれに、おれは全身をくねらせて悶えた。

「はぁ……っ、あぁ……っあっあぁぁ……っ！」

「く……ッ」

脚を持ち上げられ、半分以上入ったそれを奥まで一気に叩きつけられる。腹が圧迫され、中が尋常じゃないくらいにわななき、レイヴァンの肉棒を締めつけた。

ピクピクと身体を揺らし耐えるおれに、アレクが再び乳首を舐めながら話しかけてくる。

「マシロちゃん、レイのでお腹の中擦られて、気持ちがいいの……？」

だがおれには会話をする余裕などなかった。あ、あ、っと途切れた声が開けっ放しの口から漏れるだけだ。

「ちゅっ、ぐちゃぐちゃだね。団長、俺もマシロちゃんの可愛いペニス触らせて」

グランツの手が渋々離れ、今度はアレクの手に握られる。グランツとはまた違った手の感触に爆発寸前の竿がふるふると揺れた。アレクは左の乳首を舌で転がしながら、器用におれのはち切れそうなペニスを射精しない絶妙な力加減で扱く。

その間もレイヴァンの熱い昂りがお腹の中を何度も突き上げた。グランツは相変わらず後ろからおれを抱きしめて首筋や耳の裏を舐め、時折軽く噛んでくる。

カールは同時に何か所も与えられる快感に踊らされ喘ぐおれを、うっとりした表情で観察していた。

「はあっ……んうっ！　や、あぁ……ああんッ！」

興奮で荒く息を吐きながら、おれの肌に沿って首筋などを舐めていたグランツが、おれの右耳を飴玉のようにしゃぶりだした。大きな口は耳をすっぽりと咥えてしまう。耳をすべて口内に収められ、湿り気のある分厚い舌が耳の穴にまで突っ込まれて、ピストンされる。まるで舌を性器に見立てて耳を犯されているようでゾクゾクした。

グランツの興奮した息遣いと、ぶじゅぶじゅといやらしく激しい水音が脳みそに直接響いて思考を溶かしていく。

さらに、おれの背中には、ずっと大きくて熱いモノが当たっている。グランツの勃起した男根が背中の真ん中にある溝に沿ってハメられていた。巨大な熱い塊《かたまり》が、くぼみと背骨を擦り上げる。グランツの先走りとおれの汗でよく滑り、ぬちゃぬちゃと粘り気のある音を立てていた。

グランツだけじゃない。アレクもカールも、おれに触れていない手で自身を慰めている。

五人分の息遣いと水音が部屋にこだまし、みんなこの異様で甘美な空間に没頭していた。

おれの全身が他人から与えられるあらゆる刺激に支配される。

膨大な快楽はとても気持ちよくて、苦しくて、熱くて、頭がおかしくなるほど心地よかった。このまま溶けてなくなってしまいそう。

おれは、譫言《うわごと》のように限界を告げる。

「も……や、ら……ぁ、イキた、い……」

「じゃあレイヴァン殿下に、中に出してってお願いしてごらん？」

カールに言われたように、おれはレイヴァンにお願いした。

「レイ、ヴァ……しゃまぁあ……っ、にゃか……、いっぱい、だしてぇ……っ」

おれの言葉と連動するように、レイヴァンに絡みつく肉壁も大きく波打った。びっちり嵌《は》まった楔が質量を増したのを感じて喜びに声が出る。

「マシロ……っ、全部、呑み込め……ッ！」

腹に叩きつける腰の動きで全身が上下に大きく揺さぶられた。

アレクがおれの左乳首を甘く吸い、竿と玉を一緒に片手で転がす。

カールはおれのだらしなく喘ぐ顔を見ながら、右乳首の先端をぐりぐりと指で捏ねくり回した。

グランツもおれの右耳を夢中で舐め犯し続け、背中の溝に懸命に腰を振っている。

レイヴァンがおれの中でぐんっといっそう大きく膨れ、先端が最奥に押し込められたと同時に弾けた。お腹に、ドバドバと大量の熱い魔力が直接注がれる。

レイヴァンの精液に押し出されるように、おれのペニスからも勢いよく大量の白い飛沫《しぶき》が放たれ胸の辺りまで汚した。

背中にグランツの、太腿《ふともも》にはアレクの、そして腹にはカールの熱がそれぞれかけられる。

身体の中も、外も、全部が白い熱情に浸された。

散々焦らされて迎えた絶頂に、もう指一本動かせない。

疲労で瞼《まぶた》が閉じていく。

四人から全身のあらゆる箇所に口づけを受けながら、おれは深い眠りに呑み込まれていった。

次に目が覚めたら、きっとまた、みんながいる。

この温もりを、もうおれは疑わない。絶対に。

エピローグ

翌日。さっそくアイリーンに呼ばれたおれは、約束通り報告をさせられていた。

グランツとのあれこれだけでなく、結局最後四人としてしまったことも全部。

アイリーンが満足した頃には、せっかく淹《い》れてもらった紅茶が一口も飲まれることなく冷え切っていた。例のごとく、怒涛の質疑応答を終えてカラカラの喉に一口流し込む。うん、冷えても美味い。

アイリーンはおれが答えるたびに、目にも留まらぬ速さでペンを走らせ、終わったときにはかなりのページを消費していた。半分くらいあったノートの残りが、四分の一くらいになっている。もともとかなり大きな本だから、書いた量は計り知れない。

右手にはまだペンを持ち、左手を頬に当て、アイリーンは大変満足そうにため息を吐いた。

「はぁー……、なんて綺麗な展開。パーフェクト。さすがマシロ君、よっ！　総受けの鑑！」

また知らない言葉が出てきた。でもきっと碌《ろく》な意味じゃない。おれはげんなりしながら聞き返した。

「やめてくださいよ。それに『そううけ』って何」

「マシロ君みたいな子のことよ」

得意げに返ってきた答えにますますわからなくなる。

優柔不断なヤツってことか？

ずずず……、と冷めた紅茶を啜《すす》っていると、アイリーンが頬杖をついてニヤニヤと見てきた。この人、もうおれに本性を隠す気はないらしい。

「それにしても変わるもんねぇ。あれだけ頑《かたく》なに『騙してるのに、恋愛なんてできませんよ』なあんて言ってたくせに、バッチリ全員から告白されちゃったじゃないのよ。私の見立て通りね！」

「……そうですね」

その通りなんだけど、なんか素直に頷きたくない。やり口が強引だっただけに、アイリーンに嵌《は》められた感が否めないからだ。まあ、結果オーライではあるんだけど。

「そうだ、グランツ様の件。さすがに縛るとかやりすぎじゃないですか？　絵面が犯罪でしたよ」

おれの苦言に、アイリーンは謝るどころかくねくねとしながら悦に入った表情になった。

「だって、筋骨隆々の武人が縛られてるのって、なんか興奮しちゃって……」

「うわぁ……」

「何よ。マシロ君こそ、あれだけガチガチに縛ってたのにひっくり返されちゃったんでしょ？　やりすぎでも負けちゃったんだから、文句なんて言わせないわよ。次はもっと気合いを入れて縛らなくちゃ！」

「……次なんてないですよ」

あれ以上どう気合いを入れると言うんだろうか。あのときグランツを縛っていたモノだって、スパイ用の魔具とか言ってたけど、それ以上って……対魔物用とかか？

全身雁字搦《がんじがら》めにされて吊るされているグランツを想像して青ざめる。次は絶対に阻止しないと。

「もう、そんなことより！　結局誰と付き合うの？」

キラキラと期待の籠《こも》った最高に可愛い表情を向けられる。が、残念ながら期待に応えられる返答はなかった。

「誰とも付き合わないですけど」

「えーーっ!?　なんで！」

予想以上に大きな声で驚かれて、耳がキーンとした。さすがに本人も叫びすぎたと思ったようで、慌てて口を両手で塞ぐ。

ぐわんと揺れた頭を押さえていると、先ほどよりずいぶんと控えめな様子で文句を言いはじめた。

「何が不満なのよ。全員イケメンじゃない」

「不満はとくにないですけど」

「じゃあなんで」

なんでと言われても。

アイリーンが好奇心で聞いていることはわかってるから、別に答えなくてもいいんだけど。今回は彼女のおかげでおれも気持ちがスッキリできたのは事実だし、ちょっとした恩返しのつもりで話に付き合うことにした。

「だってよく考えてください。おれが王宮に来てまだ一週間も経ってないし、みんなのことだって知らないことのほうが多いんですよ？　おれ自身、男でも関係ないって思えたのが昨日の夜なのに、そんなんで誰と付き合うかなんて決められません」

「それは……、たしかにそうね」

神妙な顔つきになり、一応納得してくれたようだ。

「でも、だったら、これから色々知っていけば、今後四人のうち誰かと付き合うってことでしょ？ね？　そうでしょ、マシロ君⁉」

しかしなおも食い下がってくるアイリーンに、おれは笑顔ではぐらかした。

それからアイリーンに『彼らがいかにおすすめか』を聞かされながら、おれはここに来る前のことを思い出していた。

あのあと、おれは昼過ぎまで熟睡してしまった。今思い返しても信じられないけど、五人でセックスするなんて暴挙に、身体が極限まで疲労した結果だ。よく生きてたなと自分でも思う。

最後汁まみれになったおれの身体は綺麗に洗われていて、カールのベッドでゆっくりと寝かせてもらっていた。もちろんおれ一人で。

寝てる間に、回復魔法もバッチリかけてもらっていたようで、どこも痛くなかった。倦怠感は少し残っていたが仕方がない。きっと何も施されていなかったら、今頃ベッドでゾンビのように呻《うめ》いていたことだろう。

ベッドから出て、用意された服を見つけてげんなりした。また袖などにフリルのついた可愛らしい青いシャツと黒い膝上の短パンが置いてあったのだ。カールの趣味なんだろうか。仕方なくそれを着て、隣のソファーがある部屋へと移動すると、みんなそこにいた。おれが起きる頃合いを計って集まってきたらしい。部屋の絨毯《じゅうたん》が変わっていたのが生々しかった。

おれの服装に用意した本人はとても満足そうにしていた。レイヴァンはシャツの色が気に入らないと文句を言い、グランツは顔を赤くしている。アレクはおれを可愛いと褒めちぎり、今度はメイド服を着てほしいとリクエストしてきた。もちろん断ったけど。

大きめのローテーブルを囲うように、二人掛けのソファーにレイヴァンとアレク、カールとグランツがそれぞれ向かい合わせで座っていた。テーブルの上には軽食と、五人分のティーカップが並べてある。

おれは一人掛けソファーに座る。すると、アレクが立ち上がっておれのそばまで来た。どうしたのかと首を傾げると、自分の上着を脱いで、おれの膝に被せる。

「可愛いお膝が気になって、つい見ちゃうからね」

ウインク一つして自分の席に戻る一連の動作に感心する。さすが本物の王子、気遣いがバッチリだ。

それからおれたちは、改めて今後について話をした。内容はもちろん、おれと四人の関係についてだ。

結果を先に言ってしまうと、お友達からはじめよう、ということになった。

つまり今のところ、とくに何も変わらない。

だっておれたちはまだ会って一週間も経ってないし、お互いのこともよく知らない。

……穴の中まで知られてるだろ、っていうのはとりあえず置いといて。

とにかくおれは、付き合うならちゃんと好きになってからがいいと正直に伝えた。

みんなのことは好きだけど、それが恋愛として好きなのか正直よくわからないからだ。

でも、みんなの気持ちが本当に嬉しかったから、おれもちゃんと応えたい。相手のことをちゃんと考えて好きになりたいし、おれのことも知ってほしい。そう伝えた。

「みんなのこと、ちゃんと好きになりたいんだ」

このセリフだけだと誠実に聞こえるけど、裏を返せば、おれにだけ都合のいい提案にすぎない。

だけど全部承知で、みんな「それでいい」と言ってくれた。おれが誰かを好きになるまで、待ってくれるって。

今すぐ選ばせて、振られてしまうよりかずっとましだそうだ。

その代わり、遠慮なく口説《くど》くと宣言された。いったいどんなことをされるのか、想像できない。

だけど正直、そんな予測不能な日常をどこか楽しみにしていた。


「何笑ってるの。嬉しそうにしちゃって」

頬杖をついたアイリーンが興味深そうに聞いてくる。

「別に、なんでもないです」

「えー、気になるっ、教えなさいよ！」

「どうしようかなぁ」

「もうっ、生意気よ！」

「あははっ」

憧れだった女性とお茶をしてるのに、考えてるのは彼らのこと。

本当、今でもちょっと夢みたい。

女の子にモテたくて魔力を増やしに王都に来たら、王子様が倒れてて、声を掛けたら魔力が増えるどころかゼロになっていた。

それに変なフェロモンでイケメンばかりに好かれるようになるし、男とセックスしないと死ぬなんて言われるしで、もう散々。

それでもおれは、今なら魔力がなくなってよかったって思う。

だっておかげで、おれのことを好きだって言ってくれる彼らに出会えた。

父さん、彼女は見つけられなかったよ。だけどおれもきっと、彼らのことを好きになる。そんな気がするんだ。

——モテたかったが、こうじゃない。でも、これはこれでありじゃないか。

だっておれの恋愛は、ここからはじまるんだから。

番外編①

双子王子と魅惑のお風呂

王宮で暮らしはじめて二週間ほど経った頃、おれは暇を持て余していた。

というのも、本当にやることがないのだ。

家でしていた家事や畑仕事は当然ないし、洗濯も掃除も王宮には専門で仕事をしている人がいる。

少し手伝おうとしたことがあるが、仕事を取らないでくださいと怒られてしまった。彼らはとても自分の仕事にプライドを持っている。

騎士棟に行って身体を鍛えるのもいいけど、当然ながら騎士のトレーニングはハードなメニューばかりでとてもついていけず、ふらっと行っても邪魔になるだけだ。しかし実は、週に二回、おれ専用に組んだメニューでロイドがコーチしてくれることになっている。

どうしてもマッチョになりたいおれが、遊びじゃないのは百も承知でロイドに頼み込んだ成果だ。

ちなみに向こうからは条件を提示され『グランツと一緒にお昼ご飯を食べること』を約束させられている。もちろん二つ返事で了承した。

しかし、今おれが暇しているということは、残念ながら今日はその日ではない。

つまり、本当にやることがなかった。

仕方なくおれは、広い庭をぶらぶらと歩いている。もちろん一人で。

あの四人は積極的におれを構ってくれるから忘れがちだけど、実はかなり忙しい。

レイヴァンは学園の生徒会業務がかなり大変らしく、一日の半分は部屋に籠《こも》って仕事をしている。それに闇属性はレイヴァンしかいないこともあって、闇魔法を直接教えてくれる人がいない。そのため基本独学で習得しているらしく、歴代の闇属性保有者が残した魔導書を読んで勉強しているそうだ。カールとは師弟関係と聞いていたけど、魔法じゃなくて主に魔力の扱い方や魔導書の解読を一緒にしているんだそうだ。

アレクも生徒会運営をしているみたいだけど、基本学業がメインで日中は学園にいる。ちなみにレイヴァンがいままで人前に出られなかった分、アレクが積極的に公務をこなしていたらしい。アレクはアレクのできるサポートでレイヴァンを支えていたようだ。

カールは魔力の研究のほかに、街のエネルギー管理をしている。たまに装置の点検でいろんな場所に視察に行くらしく、移動時間を短縮するために胸にぶら下げてあるペンダントで自分の部屋に転移できるようにしたそうだ。だからあの移動魔法は、カールの部屋に行けるものらしい。

グランツは騎士団の仕事。王都全体の警備や施設の整備と管理、あと騎士の育成をメインにしている。滅多にないけど、国内で魔物の被害が報告されれば討伐にもいくらしい。

当然ながら、みんなそれぞれ忙しく、おれに構っている暇なんてないのだ。

おれがグランツとほぼ裸同然でカールの部屋へ転送されたときに三人が集まっていたのも、実は仕事をしていたらしい。王都の結界について話していたそうだ。

主に魔物除けで張っている結界は、カールが管理している。学園でも同じ結界を使用していて、そっちはアレクとレイヴァンが管理しているそうだ。三人でその結界の情報を共有していた最中に、おれとグランツが突然現れたということだった。

そりゃ、あれだけ怒られても仕方がない。謝るタイミングを完全に逃しているからあえて言わないけど、心の中で謝っておく。

王宮内はかなり広くて庭の数も結構ある。すべて庭師の人たちが綺麗に管理していて、色とりどりの花や植物が年中植えられているらしい。

おれのもとの属性が土だからか、こういう緑があふれている場所はやっぱり落ち着いた。

「あれ、マシロちゃーん！」

大きな噴水のそばに設置されたベンチでのんびりしていると、どこからかアレクの声がした。まだ学園にいる時間なのにどうしたんだろう。キョロキョロと周りを見回すと、王宮の入り口のほうから大きく手を振るアレクと、嬉しそうにおれを見るレイヴァンが並んで立っていた。

ああ、この庭は入り口近くの庭だったのか。それにしても、あの二人が一緒にいるなんて珍しい。

「アレク、どうし……うわっ！」

「マシロ！」

「マシロちゃん！」

やらかした。噴水の中で、ずぶ濡れになってうなだれる。

完全に二人のことしか見えていなかった。ベンチのそばに噴水があったことをすっかり忘れていたおれは、立ち上がった拍子につまずいて落ちてしまったのだ。

髪の毛から下着までびしょ濡れで、これは自然に乾かすのは難しい。

唯一の救いは、庭師の人たちが完璧な仕事をしてくれているおかげで、噴水がすごく綺麗だったことだ。おかげで濡れているだけで汚れはない。庭師さん、いつもありがとう。

心配しながら駆けつけてくれたレイヴァンたちの手を借りて、無事に噴水から出る。しかし、当然びしょ濡れなのは変わりない。

「大丈夫か？　怪我は？」

自身が濡れるのも気にしないで、レイヴァンがおれの身体を触って怪我がないか確認してくれた。肘や膝を打ってはいるものの、他はなんともない。ドジをした恥ずかしさもあって、笑いながらそう伝えると、レイヴァンは険しい表情のまま、そばで心配そうに見ていたアレクに目配せした。

アレクも心得たようにおれに近寄り、打ったところを出すように言われる。

二人に言われては従うしかなく、打った箇所を見せると、アレクが手のひらをそこに向けた。ほわっと優しい黄色の光が手のひらから出て、みるみる痛みが引いていく。

回復魔法だ。

「ありがとう、全然痛くない」

「どういたしまして」

手足を軽く振って喜ぶおれを、アレクが微笑ましそうに見ていた。その斜め後ろで、レイヴァンが少し拗ねたようにそっぽを向いている。

それが気になって、アレクにこそっと尋ねると、くすくすと笑いながら教えてくれた。

「闇魔法には、回復魔法ないんだって」

「おい、アレク！」

「うわっ、聞こえちゃったか。て、おいっ、痛い！　ごめんって……っ」

どうやらおれに知られたくなかったらしい。

拳を振り上げたレイヴァンがアレクの頭を殴る。アレクは大げさに痛がったが、端《はた》から見たらそんなに強くなさそうで、ただのじゃれ合いなのが見て取れた。

なんだかんだ前よりも、二人の距離が近くなったように感じてほっこりする。

「くしゅんっ」

おれのくしゃみに二人が同時に動きを止めて振り向き、心配してくれた。どうやら身体が冷えてしまったみたいだ。いくらいい天気でも、これだけ濡れていれば風邪をひいてもおかしくない。

レイヴァンが自分のマントを脱いで、おれの肩にかける。

「すまないマシロ、気がつかなくて。早く温めないと」

「ここからだと王室専用風呂が近いんじゃない？」

「そうだな、マシロ、落とさないから大人しくしていろ」

「え？　わっ……！」

あの路地でのようにマントで全身を包まれたおれは、レイヴァンに横抱きにされ、そのまま『王室専用風呂』に連行されたのだった。

「おおっ、広い！」

王室専用風呂とかいうから、すごくゴージャスなキラキラ風呂を想像していたけどそんなことはなく、清潔感のある綺麗なお風呂だった。ただ、とにかく広い。

円形の湯船に魔法で常にお湯が張られていて、すぐに温まれるんだそうだ。

見たことない広さのお風呂にテンションが上がる。早く入りたくて、さっさと服を脱いで準備をするおれの後ろで、一向に脱ごうとしないレイヴァンとアレク。

「二人は入らないの？」

おれが声を掛けると、二人はあからさまに動揺し出す。

「俺たちはあとから行くから、先に行ってて」

「ああ、肩まで浸かるんだぞ」

「わかった。早く来てね」

広いお風呂は楽しそうだけど、一人で入るには広すぎる。

全裸になったおれは脱いだ服を籠に入れ、先に浴室へ入った。白で統一された空間には湯気が立ち込め、それは真ん中にある大きな浴槽から出ていた。常にお湯が張ってあるというのは本当らしい。

一歩足を踏み入れた瞬間、床に張られたタイルが足の裏を冷やして、一人でキャーキャー騒いでしまった。やっぱり一人でも楽しい！

壁際に設置してあった立派なシャワーで軽く身体を流し、張り切って中央にドドンと鎮座している巨大な浴槽へと近づいた。ぱっと見ただけでも直径四メートルはありそうな大きさに感嘆の声が漏れる。張られたお湯は白く濁って、中が見えなくなっていた。

試しに腕を突っ込んでみようと水面を触ったところで、背後で扉の開く音がした。振り返ると、裸になったレイヴァンとアレクが立っている。

しかし、なぜか二人は扉の前から動こうとしなかった。絶対寒いはずなのに、何をしているんだろう。

仕方なく手を振って二人を呼んだ。

「おーい、二人とも一緒に入ろう！」

おれが呼んだあと、二人で何やら目配せしていたようだったが、ぎこちない動きでこっちに歩いてくるのを確認して、おれはまた浴槽に向き合う。

後ろで二人が牽制し合っていることなど、まったく知らなかったおれは、浴槽の縁に手を掛けて無邪気に白いお湯を掻き回して遊んでいた。

「あー……マシロちゃん。そろそろ中に入ったら？　本当に風邪ひいちゃうよ」

すぐ後ろまで来ていたアレクにそう言われ、大人しく浴槽の縁を跨いで片足をお湯の中に入れた。

「わあっ、温かい。見て、お湯に入った足が見えなくなってる！」

濁ったお湯の中に吸い込まれるように見えなくなった足が面白くて二人に報告したのに、レイヴァンは片手で顔を覆って見てくれない。それどころか、早く入れと怒られた。なんだよノリ悪いな。

「……はーい」

おれは少し不貞腐れながらも、言われた通り今度こそ肩までお湯に浸かった。さすが広い浴槽。足を伸ばしても全然余裕だ。

「……やっと見えなくなった」

「いいかレイ、抜け駆けはなしだから」

「……わかってる」

そんな会話を二人がしていたなんてつゆ知らず、おれに早く入れと急かしたわりに突っ立ったままの双子を呼ぶ。

「レイヴァンもアレクも早く来てよ。寂しいじゃん」

二人が同時に手で顔を覆い、変な声を出したことにビビる。いきなり息ピッタリなんだけど。しばらく二人は微動だにしなくなり、また同じタイミングで顔から手を外し、これまた同時におれを挟んで左右に分かれ、横並びに浴槽に入ってきた。なんなんだいったい。

おれの右側にレイヴァン、左側にアレクが座る。

そういえば、レイヴァンのこともアレクと同じように呼び捨てとため口で話すことになった。アレクに関してはあの酔っ払い事件ですっかり砕けた口調になってそのままだったわけだけど、レイヴァンがそれにすごく文句というか、不満を訴えてきたのだ。

『僕もアレクと同じがいい』と言ったレイヴァンが、なんかお兄ちゃんの真似をしたい弟のように見えて微笑ましくて、気がついたら了承していた。

二人とも身体が大きいから、同時に入ってきたことで浴槽のお湯がだいぶあふれて出ていった。魔法でまた湧き出てくるらしいから問題ないんだけど、出た量が多くて、流れたお湯の音がお風呂中に響いた。

しーんと静まり返ったあと、それがなんかじわじわ面白くなってきて、肩を震わせて笑いを堪《こら》える。しかし、おれの揺れに合わせてお湯も揺れたので二人にはすぐにバレた。

「どうしたの？　何か面白いことあった？」

アレクが顔だけ傾けて聞いてくる。

返事をしようと、おれもアレクを見た。だが、さっきの笑いが残っていて、笑いの沸点が低くなっているのか、アレクの姿が白く濁る水面から金髪のイケメンが生えているように見えてしまい、ぶふぉっ、とアレクの顔面に向かって思いきり噴き出してしまった。

「うわっ!?　ちょっと、マシロちゃん……!?」

「おい、風呂の中で暴れるな……っ」

「ご、ごめ……っ」

さすがに王子に唾を掛けてしまったのはまずかった。でも、我慢できなかったんだからしょうがない。

おれはせめて顔についた唾をおとそうと、アレクの顔面めがけてお湯を掛けた。それが、予想以上にお湯が舞い上がり、アレクの頭まで盛大にぶっ掛けてしまった。

弁明させてください。本当に、お湯を掛けたことは純粋な善意だったんです。

艶《つや》のある金髪からお湯をぼたぼたと滴らせ、少し俯《うつむ》き気味で表情が見えないアレクに、恐る恐る声を掛ける。

「アレク……？　あの、わざとじゃなくて……」

「……マシロちゃん」

ゆらりと揺れたアレクが目を光らせ、大量のお湯とともに勢いよく立ち上がった。

とんでもない量の飛沫《しぶき》は滝のようにおれと隣のレイヴァンに降り注ぎ、頭から濡らした。あまりの迫力に固まって、立ち上がったアレクを見上げる。

アレクは腰に手を当て、得意げに笑った。

「ははっ、これでお互い様ね！」

……規模が全然違うんだけど。

それよりも、本人は気づいていないみたいだけど非常に気まずいことになっている。アレクが立ったことでアレクのアソコが、おれの目の前でぶらぶら揺れてるんだけど……。まだ勃起していないはずなのに十分大きいそれに驚きつつも、つい見てしまう。

一人オロオロするおれの背後から、ざばんっと大きな水音がし、レイヴァンも立ち上がったのがわかった。

レイヴァンはアレクに突っかかるように一歩前に出る。前に出るということは、おれに寄るということだ。つまり。

「何がお互い様だ！　お前は加減というものを考えろっ」

「でも先にしたのはマシロちゃんだし」

「僕まで濡れているんだが」

「それはごめんって。でも、どうせ風呂なんだしいいじゃん。ね、マシロちゃ……ん⁉」

「どうした……なっ⁉」

やっと気がついたか双子どもよ。

おれを挟んで立ったまま言い合いをしていた双子の下で、背中を浴槽の縁に追い込まれたおれを挟み込むように、金の毛を持つアソコと黒の毛を持つアソコが、ひょこひょことずっと揺れていたのだ。しかも二人の動きに合わせてちょっとずつ迫ってくるの。本当に勘弁して。

自分たちが何をしていたのかに気がついて、二人が勢いよく後ろに一歩下がった。しかし、それがまずかった。

二人が後ろに下がったと同時に浴槽のお湯も左右に割れ、アレクがさっきお湯を半分にしたことも重なり、ちょうどおれが座っている真ん中のお湯が少しの間なくなった。そして、お湯の割れ目からこんにちはしてしまったのは、おれの半勃ちした先っちょだった。

本当に一拍ほどのわずかな時間現れただけで、ちゃんと白く濁ったお湯の中に戻っていったものの、その光景はしっかりと二人にも見られていたようだ。上から痛いほど視線が注がれている。

いや、だって！　仕方ないじゃん！　目の前で二本にひょこひょこされたら、気になるじゃん！

二人が俯《うつむ》いたまま冷や汗を流すおれを見下ろしながら、ぼそぼそと何か言い合っている。

「今の見たか？　あれはアウト？　アウトだよね？」

「ああ、見た。あれは仕方がない」

二人の思考が通じ合っているのを感じる。実にまずい。

「あ、あのおれ、のぼせそうだから……ひぃ!?」

そろそろと二人の足元を抜けようとして、両肩をそれぞれにがっしりと掴まれて失敗する。

「どこ行くの、マシロちゃん。身体洗ってあげようね」

「そうだ、マシロ。まだ身体も冷たい。もっとゆっくり温まろうか」

「ちょ、待って……っ、誤解なんですぅ……ッ！」

あのあと、風呂でおれの全身をくまなく洗った双子はアレクの部屋へ移動し、今は満足そうに談笑している。その二人の間で、おれはベッドにのぼせた身体を横たえたまま、もう二度とこいつらと風呂には入らないと固く誓った。

番外編② 大人の嫉妬は底がない

「どうしていつも、こんな服ばかり持ってくるんですか……ッ！」

とある日のお昼過ぎ。与えられた自室で、おれは不満を爆発させていた。

どうしてこうなっているのかというと、話は昨日の夜までさかのぼる。

昨晩は突然部屋に来たカールに魔力を貰って朝まで一緒に眠り、朝は朝で先に目覚めたカールにイタズラされたせいでクタクタになってベッドから起きられず、一人艶々《つやつや》で満足そうなカールが仕事に向かうのをベッドから見送って、そのまま力尽きたようにまた寝た。

それで起きたのが今より少し前で、ずいぶん太陽の位置が高いなと思えば、もうお昼を過ぎていたのだ。この時点で、おれの不満はわりと溜まっていたんだけど、とりあえず寝起きでダルい身体を起こすためにお風呂に入ることにした。

ちなみに回復魔法はかけてもらっていたから身体の痛みはない。だけど、なんとなく倦怠感は残る。とくにカールはいつもねちっこいというか、おれがかなり本気で嫌がっても結局丸め込まれていいようにされる。酷いときは、回復魔法をかけてもらっても、なぜか足腰に力が入らなくなることも多い。……いや、これに関しては全員か？

とにかく、おれはお風呂に入った。そして、見つけてしまったのだ。

内腿《うちもも》につけられた無数のキスマークを。思わず眉をひそめる。

なんでかカールはいつもここにつけたがるのだ。ちなみにレイヴァンは首筋が多く、アレクは背中やお尻、グランツなんて足の甲につけてくる。

そのせいで、おれの身体にはいつもどこかしらキスマークがついていた。

カールのつけたところは、服を着てしまえば見えないけど数が多い。自分の脚なのに、少し妙な気分になるくらいに情事の名残が濃い光景に、消えないとわかっていても、意識して多めに洗ってしまう。

ここでもおれの不満は結構溜まり、カールのしつこいところを愚痴りながら泡を身体に塗りたくった。シャワーで流している最中に、部屋の扉が開く音とカールの声がした。どうやらお昼の休憩で戻ってきたようだ。

「マシロ君？」

お風呂の扉越しに呼びかけられる。おれはシャワーを止め、返事をした。

「お仕事終わったんですか？」

「とりあえずね。お昼貰ってきたから一緒に食べないかなって。ここ開けてもいい？」

「ダメに決まってるでしょ……っ!?」

「あはは っ、残念。新しい着替えも持ってきたから置いておくね。あっちの部屋で待ってるから、隅々まで綺麗にしておいで」

「いいから早く行って！」

「あはは……っ」

本当に、隙あらばちょっかいを出してくる。

カールはおれが反抗したり、悔しそうにするとすごく喜ぶ。

そういうおれも、おれの反応にいちいち楽しそうに笑うカールがなんだかんだ嫌いじゃなくて、つい生意気な態度を取りがちなんだけど、これは内緒だ。

「くしゅんっ」

しまった、シャワーを止めていたせいで、すっかり身体が冷えていた。急いでもう一度お湯を浴びてお風呂を出る。ふわふわのタオルで身体を拭き、カールが用意してくれたという着替えを探す。

おれが用意した着替えと同じ場所に、綺麗に畳まれた服があった。そばに下着もある、けど……なんだかすごく小さい。というか、布？

嫌な予感に顔を引きつらせ、恐る恐る下着らしき黒い布を指で摘んで広げた。

その形状に衝撃を受ける。

これはもう、布じゃなく紐じゃないか……ッ！

「カール様ぁーー!?」

おれは大声で犯人を呼んだ。腰にはちゃんとタオルを巻いている。

すると、待ってましたとばかりにウキウキしたカールが登場した。

「どうしたの、マシロ君」

「どうしたのはこっちのセリフですよ！　なんですかこれは!?」

おれはカールに向かって黒い紐を突き出した。

にっこりとぼけた笑顔を返すカールは、当然のようにそれは下着だと答える。

「あ、白がよかった？」

「そこじゃないのはわかってるでしょ……ッ、これじゃどこも隠れないし」

「え？　たぶん大丈夫。サイズ合ってるよ」

「紐ですよ!?　さすがにここまで小さくないです！」

憤慨するおれを不思議そうに眺めてから、カールは顎に手を当てて考えはじめる。絶対失礼なこと考えてるなこいつ。

「うーん、たぶん大丈夫だと思うんだけど。そこまで怒るなら穿いてみてくれるかい？　君の言う通り隠れなかったら謝罪しよう。でもちゃんと穿けたら、残りの服も着てきてね」

そう言い残し、カールは寝室に戻って行った。

おれは馬鹿にされて腹を立てながらも黒い紐を広げて改めて眺める。一応隠す場所であろう箇所に広めの布があるものの、やっぱり紐の部分の割合が明らかに多い。

これでサイズが合っているとか、おれの息子を馬鹿にするのも大概にしろ。

憤慨しながら向きを合わせ足を通し、上に引き上げる。

……隠れる、だと……ッ。

信じられない事態に驚いて二度見するが、ちゃんと収まっている……

「嘘、だろ……」

目の錯覚かと思って目を擦ってみても、大事な部分の肌色は一切見えなかった。

ショックというより、なんだか怖かった。得体の知れないものを穿いている気がして落ち着かない。でも、カールの言った通り穿けてしまった。つまり残りの用意された服も、着なければならないということだ。

恐る恐る用意された服を両手で広げて確信した。

おれは、嵌《は》められたのだ。

カールは服を見たおれが着ることを拒否すると想定して、わざとヤバい下着で軽いパンチをかまし、売り言葉に買い言葉でおれの退路を塞いだんだ。そうとしか思えない。

だってそれは、フリルがふんだんに使われた可愛らしさ爆発の長袖ブラウスに、股の際極限の短さの黒い短パンだったからだ。

おれが前に散々嫌がった服よりも、さらにレベルアップしている服にドン引きする。

……本当に、フェロモンフィルターが掛かったおれって、どんな風に見えてるというんだろうか。

しかし、約束は約束。相手はカールだし、守らなかったあとのほうが怖い。

おれは一度大きく深呼吸をし、なるべく何も考えないようにしてフリフリの服を着た。

どうせカールがまた仕事に戻るまでの辛抱だ。いなくなったら、すぐに着替えよう。

「お待たせしまし、た……」

半ばやけくそに、カールの待つ部屋の扉を開けると、そこにいるはずのないグランツと目が合った。一瞬時が止まる。

目を見開いて、おれから視線を離さないグランツの顔が、じわじわと赤くなっていき、突然叫んだ。

大きな声を出されて、身体がビクッと跳ねあがった。

「マ、ママママ、マシロ殿ぉーーッ!! その格好は、いったい……ッ、もしかして自室ではいつもそんなに可愛らしい服装を!? いや、どんな格好でも、たとえ何も身に着けていなくてもっ、マシロ殿は世界一美しくて可愛い……っ」

「ストップ! グランツ様、落ち着いて……っ、自分が何言ってるかわかってます!?」

「マシロ殿の、部屋着が、可愛い……」

「そこじゃないんです、問題はそこじゃないんです……ッ!」

お互いにパニックを起こして慌てふためくおれたちの間に、割って入るようにカールが立つ。そして、おれを見てにやりと意地悪く笑った。

「マシロ君、ピッタリだったでしょ?」

腹立つな。でもその通りなので何も言い返せない。

黙り込んだおれの手を機嫌よさそうに引いて、おれがいつも寝ているベッドにカールと並んで座らされた。部屋の端に置いてあるテーブルの上には、軽食のホットサンドが並べられていた。カールが持ってきたものだろう。そして、そこのテーブルとセットで置いてあるイスにグランツが座っている。

彼は赤くなった顔を片手で隠しながらも、おれをチラチラと見ていた。

まさかカール以外の人間が部屋にいるなんて思わなかった。予想外の事態に、せっかく固めた決意も折れて、全身をなるべく小さくして服を隠す。

成人した身でありながら、こんな勘違いも甚だしい幼い格好をしていることに、今更ながら全身が真っ赤になって震えた。ずっとおれの肩を抱いていたカールが震えに気づき、そっとおれを抱き寄せる。

「どうしたの？　寒い？」

耳元で囁くような甘く良い声に、ついに我慢の限界を超え、冒頭のシーンに戻る。

「どうしていつも、こんな服ばかり持ってくるんですか……ッ！」

勢いよく顔を上げ、目の前にある一見爽やかそうな美形に噛みつく。

真っ赤になって怒るおれを、カールが心底楽しそうに見ていた。

「どうしてって、可愛いからさ。グランツ殿も褒めていただろう？」

「そう、それ！　なんでここにグランツ様がいるんですか！」

勢いに任せて、思いきりグランツを指さすと、屈強な巨体がビクッと揺れた。

自分がいることでおれが怒っていると思ったのか、グランツはおれの様子を窺《うかが》いながら理由を説明し出す。

「それは、……今朝のトレーニングに、マシロ殿が来なかったと、ロイドから聞いて……体調でも、悪いのかと……」

終始気まずそうにして目を逸らすグランツの説明でおれも思い出した。

今日は週に二回の騎士団トレーニングの日だったことを。

マッチョになりたいおれを、グランツと一緒にお昼ご飯を食べることを条件に、ロイドがコーチをしてくれる約束の日だった。昨日カールが突然来て、そのまま魔力を貰って色々あったから、すっかり忘れていた。

グランツと一緒にお昼ご飯を食べることが条件での約束なんだから、当然おれが行かなかったことはグランツに報告される。それでわざわざ心配して、様子を見に来てくれたのか。

おれから頼んだことなのにすっぽかしてしまって、ロイドにも申し訳ない気持ちになる。たとえ忘れた原因が、おれのせいじゃなくても。

「ああ、それは申し訳ありませんでした。マシロ君が朝そちらに行けなかったのは私のせいなのです」

「……どういう意味ですか？　カール殿」

カールの含みのある言い方に、グランツは片眉を上げて怪訝《けげん》そうにしている。

おいおいおい、何を言う気だこの人……ッ。

嫌な予感に警戒しておれはカールを見つめた。しかし、カールの視線はグランツに向けられていて、おれのことなど見てもいない。

カールはちょうどおれたちと対面のイスに座るグランツに見せつけるように、ゆっくりとおれの内腿《うちもも》に手を差し込んだ。その表情には愉悦が浮かんでいる。

突然のことに固まってしまい、おれは抵抗することも忘れて息を呑む。

外側にこじ開けるように広げられた股の内側には、昨夜カールにつけられた無数のキスマークが散っていた。グランツもその卑猥な光景に驚きながらもくぎ付けになっている。大きく目を瞠《みは》ったまま、微動だにしない。

カールはグランツの反応を見て満足そうに微笑み、あらわになった赤い痕を上機嫌に一つ一つ指でなぞった。皮膚の薄い内側の敏感な箇所を、指の腹で掠《かす》めるように撫でられるたび、反射で腰が小さく跳ねて、おれの吐く息もだんだん甘くなっていく。

「こういうことです。グランツ殿」

わずかな刺激の数々が少しずつおれの身体に蓄積され、大きな快感に変わっていく。

いつの間にかカールの手ではなく、自分の意思で股を開いていた。両腕を後ろにつき、片足を隣に座るカールの脚に乗せ、正面のグランツにもよく見えるように左右に大きく広げてみせる。バランスの悪い体勢を、カールが背中に手を添えて支えてくれた。

腿《もも》のつけ根ギリギリしかない丈のズボンが、股を広げたことによりもっときわどい部分まで隙間を作り、大事なところだけを隠している。もともとぴっちりしているズボンに股間がもっこりとテントを張って、おれが感じていることを主張していた。

グランツは息を荒くし、眉間に皺を寄せる。険しく怖い表情とはうらはらに、鋭く細められた茶色い瞳は熱情に浮かされていた。

グランツの反応がお気に召したのか、カールも自慢げにおれの内腿《うちもも》を撫でる。

「やはりこの服を選んで正解だった。マシロ君につけたいやらしい花がよく見える。これを隠してしまうなんて、もったいないと思うでしょ？」

グランツが自分の太腿《ふともも》に乗せた拳を握りしめ、ごくんと喉を鳴らした。

そして、掠《かす》れた低い声で肯定する。

「ああ、たしかにもったいない。しかし……他人のつけたものでなければ、もっと美しいのに」

グランツが射貫くような視線をカールに向けた。それに、カールも好戦的に笑う。

「おや、あなたも言いますね。では、つけて確かめては？」

「……どういう意味だ」

カールはまだ痕がついていない箇所を指さし、トントンとつついた。挑発的な仕草に、グランツの雰囲気が殺気立つ。

「ここ、貸してあげましょうか？」

「……ッ、いくらカール殿でも戯言が過ぎる。マシロ殿はあなたのモノではない」

「失敬、しかしあなたのモノでもないでしょ？」

二人が不穏な空気で睨み合う中、中途半端に放置されたおれはムズムズする腰の疼きに我慢できず、膨らんだ股間に手を伸ばして自分で擦った。

「あ……んっ」

蚊帳《かや》の外にしていたおれが急に喘ぎだして、二人が驚いたようにおれを見る。

だが我慢していた快感に箍《たが》が外れたおれは、二人の視線を感じながらも、ズボンの上から自分の手のひらで必死に股間を上下に擦った。直《じか》に触るよりも鈍い刺激だったが、布の中であふれた大量の先走りが、ぐちょぐちょと卑猥な音を立てるのが気持ちよくて止められない。

「はあ……あぁ、きもちぃ……ふぅ」

一人で勝手に盛り上がって喘ぐおれを、二人が無言で見ている。その視線に、肌がちりちりと沸き立ち、腰の揺れを大きくさせていく。

他人に見られながら自慰をすることが、こんなに興奮するとは思わなかった。はじめての感覚に背中がゾクゾクと痺れ、おれは二人に見られながら、下着の中で果てていた。

達した疲労感に背中からベッドに倒れ込む。自慰自体ははじめてじゃないのに、背徳感とでも言うのだろうか、通常ではありえない状況に気持ちを持っていかれたようだった。

仰向けに倒れて、天井をぼーっと眺めながら、胸を大きく上下させて息を整える。投げ出した脚の内腿《うちもも》に、下着から漏れた白濁が筋になって垂れていった。その感触に、ぴくんと腰が小さく揺れる。

股間はとても気持ち悪いが、気分はすっきり。適度な疲労感で眠くなってきた。

さっき入ったばかりだけど、もう一度お風呂に入って、今日はもう寝てしまおう。みんなと違って仕事もないし、うん、そうしよう。

汗だくの身体をベッドに沈めたまま目を閉じるおれの上に、二つの大きな影が覆いかぶさってきた。その気配に気がついてうっすら目を開けると、おれを見下ろす飢えた男たちが揃って唇を舐めていた。おれを食べたくて仕方がないと雄弁に語る視線に冷や汗が出る。

「ずいぶんと盛り上がってたね。一人で腰を振っているのは可愛かったよ」

「ああ、泣きながら自分で慰めているのが、すごく可愛かった」

「でも」

「だが」

カールがおれの横に腰かけたまま、垂れた残滓《ざんし》を手のひらで脚に擦りつけ、そのまま股のつけ根まで撫でてくる。

グランツは、おれの頬を濡らす生理的な涙を親指で拭った。

「「次は、私の手でイってごらん」」

二人の嫉妬は、おれに対しても当てはまるらしい。

おれが自分で触って、気持ちよくイったことを咎めるように、その後の二人からの愛撫はとてもしつこかった。それは、おれが疲れて眠るまで続き、目覚めたおれは、身体中に散らばる無数のキスマークを見て、悲鳴を上げたのだった。

この作品に対する皆様のご意見・ご感想をお待ちしております。

おハガキ・お手紙は以下の宛先にお送りください。

【宛先】

〒 150-6019 東京都渋谷区恵比寿 4-20-3 恵比寿ｶﾞｰﾃﾞﾝﾌﾟﾚｲｽﾀﾜｰ 19F
（株）アルファポリス　書籍感想係

メールフォームでのご意見・ご感想は右のＱＲコードから、
あるいは以下のワードで検索をかけてください。

アルファポリス　書籍の感想　検索

ご感想はこちらから

本書は、「アルファポリス」（https://www.alphapolis.co.jp/）に掲載されていたものを、
改題、改稿、加筆のうえ、書籍化したものです。

モテたかったが、こうじゃない
魔《ま》力《りょく》ゼロになったおれは、
あらゆるスパダリを魅《み》了《りょう》する愛《あい》され体質《たいしつ》になってしまった

三ツ葉なん（みつば なん）

2025年 2月 20日初版発行

編集－山田伊亮・大木 瞳
編集長－倉持真理
発行者－梶本雄介
発行所－株式会社アルファポリス
〒150-6019 東京都渋谷区恵比寿4-20-3 恵比寿ｶﾞｰﾃﾞﾝﾌﾟﾚｲｽﾀﾜｰ19F
TEL 03-6277-1601（営業） 03-6277-1602（編集）
URL https://www.alphapolis.co.jp/
発売元－株式会社星雲社（共同出版社・流通責任出版社）
〒112-0005 東京都文京区水道1-3-30
TEL 03-3868-3275
装丁・本文イラスト－さばみそ
装丁デザイン－AFTERGLOW
（レーベルフォーマットデザイン－円と球）
印刷－中央精版印刷株式会社

価格はカバーに表示されてあります。

落丁乱丁の場合はアルファポリスまでご連絡ください。

送料は小社負担でお取り替えします。


ISBN978-4-434-35317-8 C0093